リナ

姜《カン》英《ヨン》淑《スク》 著
吉川凪 訳

現代企画室

目次

リナ

国境

　兵士たちが二十二名の脱出者たちに銃口を向けながら、ゆっくりと歩いて来た。乾ききった舌で唇をなめていた少女がその場ですっくと立ち上がり、口を開いて何か言いかけた。「動くなと言ったろ」兵士たちが怒鳴った。少女はその場で再び正座し、近づいて来た兵士たちの顔を見上げた。銃を持ってはいるものの、彼らも腹が減ってたまらないように見えた。

　背が低く、細おもてで額に黄色いにきびのある少女の名は、リナ（悧娜）という。今年十六になるリナは、炭鉱地域で働く両親の長女として生まれた。リナは学校が終わると幼少年職業訓練センターに通って夜遅くまで単純な機械部品を組み立てていた。飽きて眠くなれば、ねじを鼻の下に突きつけては「死ね、死ね」と言いながら足元に一つずつ投げ落とした。

　兵士のうちの一人が、数人ずつ固まって正座している人々の前にやって来た。兵士の靴はつま先のゴム底が取れているので、怒り狂って口を開けたガマガエルみたいだった。兵士は上半身をかがめ、リナの横ですすり泣いている少年の頭を指でつついた。少年の体の震えがリナの肘にそのまま伝わってきた。

「歌でも歌え。何か知らないのか？　学校で習ったのを歌ってみろよ。おじさんは退屈で仕方ないんだ」

少年は、「ぼく、学校行ってません」と言って大声で泣いた。少し離れた所に座っていた少年の父親が顔をしかめて息子をなだめようとしても、泣きやまなかった。おびえた少年の泣き声が、洞窟のように真っ暗な国境に響き渡った。男の子が脱出して捕まると他の国に売られて昼夜を問わず三十六時間ずつみっちり働かされ、女の子はいろいろな国の売春地域をひき回されたあげく、病気になって死ぬ間際にやっと解放されるのだという噂が広まっていた。リナはその話を聞くたびに混乱した。薄汚い洗濯物がひるがえる炭鉱村の狭い家で一生暮らすのと、娼婦になってでも外国で暮らしてみるのと、どちらがつらいのか、判断がつかなかった。

「歌なら私が上手です」

リナが兵士たちに向かって言ったとき、一歳の赤ん坊と三歳の幼児が声をあげて泣き出した。子供たちは空腹のために泣きじゃくり、それが不憫でたまらない母親たちは、どんな状況でも乳房を出して当てがった。

そこから二キロほど離れた所に国境があるらしい。この国を脱出することにしたという話を父に聞かされて以来、リナは夜ごと国境を夢見た。夜になれば国境には風の音と銃声が絶えず、あちこちに火の手が上がった。脱出しようとして捕まった人たちは裸で一列に並んで銃殺されてから真っ黒になるまで焼かれ、フクロウが心配そうな目つきでその一部始終を見守っていた。

それでもリナは疑わなかった。ずっと向こうに青い堤防のように広がっている国境は、ある瞬間にぱっと開くのだと信じた。あの青い堤防がこちらに向かって波のように押し寄せ、空が開くようにひとりでに開くのだ。そして見えない手が現れ、脱出者たちをそっくり安全な投網の中に入れて魔法のように国境の向こうに連れて行ってくれるのだと思っていた。

二十二名の脱出者は、三家族と縫製工場に勤める若い労働者たちから成るチームだった。国境近くに生まれ、そこでずっと暮らしてきた人たちだ。「一緒に脱出する人を見つけたぞ、われわれもこの国を出よう」父が厳かに重大な発言をしたとき、リナは嘘だと思った。国境を越えて他の世界に行くなんて、およそ思いつきそうもない父だったから。リナは、数年前の深刻な飢饉で餓死した、近所に住んでいた遠縁のおばあさんの言葉を思い出した。「いくら間抜けな人間でも、生きているうちに三度は自分の人生を賭けた挑戦をするものだよ。その三度の挑戦が終わる頃、寿命が尽きて死ぬんだね」歯が一本もない口で話すから何を言っているのかわからなかったが、整理してみればそういうことだった。

兵士たちは相変わらず銃をかついだまま煙草をくわえ、おびえる人たちの間をぶらぶら行ったり来たりした。そのときリナは、遠くから走って来る白く丸い光を見た。小さかった光は次第に大きくなり、まぶしい青色に変わった。

「明かりだ！」

リナは思わず叫んだ。遠くから走って来るのは、国境の歩哨所に食事を運ぶ小型トラックだった。女たちはもうおしまいだとばかり、泣きそうになって横にいる人の手を握った。トラックの前の座席に座った男が先に降り、少ししてから運転手が降りて、すぐに歩哨所に入って行った。「あいつじゃないか？」父親たちが焦った顔でささやきあった。

明かりのついた歩哨所の窓辺に、煙草を吸っている人たちが見えた。数分後、トラックの前の座席にいた男が出て来て、それぞれの家族の代表である父親たちを呼び集めた。父親たちは足がしびれているので中腰になって挨拶していたが、しばらくすると互いに背を向けて風呂敷包みや服の中に隠していた金を出した。男は父親たちから受け取った金を集め、唾をつけて数えてから束にして握り、歩哨所へ入って行った。そしてまた外に出て、脱出者たちが集めてきた食料の包みを持って歩哨所に戻った。「ちくしょうめ」縫製工場の労働者たちが、今にも歩哨所に飛びかからんばかりにわなわなと震えていたが、すぐにまたひざまずいた。歩哨所の中にいる人々がテーブルの上に食べ物を並べてゆったり飲み食いするあいだ、脱出者たちはごくりと唾を呑みながら、その音をずっと聞いていなければならなかった。

だいぶ過ぎてから、ようやく男が歩哨所の外に出て来た。体にぴったりしたズボンとジャンパーを着てフードから顔だけ出したその男が、二十二名の脱出者たちを第三国まで連れて行ってくれる最初の引率者だった。最終目的地であるP国までは最短経路では行けず、いくつかの第三国を迂回せねばならない。彼らの運命はたった一人の引率者にかかっていた。リナは色黒で輪郭のはっきりした引率者の顔を見たとたん、運命の恋人に出会えたと思った。

二十二名は銃声を一度も聞かぬまま、ついに国境を越えた。国境は緑色のベルトのように広々と伸びた堤防の上にはなく、銀色の橋脚が光る川の上にもなかった。国境はただ、退路がなく四方のふさがった、傾斜のついた静かな山道の一部でしかなかった。リナは国境を越えるとき、喉にひっかかっていた飴がすっと胃に滑り落ちて、また息ができるようになったような感じがした。

国境を越えてから、ゆるい下り坂が続いた。母親の背中におぶわれた赤ん坊二人を含めた二十二名がさっさと歩き出した。道を行く人々のシルエットすらおぼろげで、白っぽい服や風呂敷包みだけが点々と見えた。引率者は黙って先頭に立ち、足早に一行を導いていた。年寄りたちは息が切れて咳きこみ始め、赤ん坊は時々泣いた。リナは、足の指が土の中に突き刺さるように傾いたので足首がしびれてきて、時々立ち止まった。足は、山道を登るときより降りるときのほうが痛かった。

リナは、父が家を出る時間をわざとはっきり教えてくれなかったのだろうと思った。父が弟を捨てて行く訳がなかったし、再婚できそうもないから女房は捨てないだろうし、銃殺されたり奥地に連れ去られたりしても惜しくはない子供は、どう考えても自分に違いなかった。しかし出発の時間を前もって教えてくれていたとしても、たった二足の靴はとうの昔に、もうこれ以上履けないほどボロボロになっていた。今は、友人たちが履いていた靴が一つずつ思い浮かんだ。「いつ出発するのか教えてくれていたら、底が厚くて軽そうな、あの白い運動靴を盗んだのに」リナは膝をたたいて残念がった。

二十二名はついに最初の第三国に入る関門である川に到着した。引率者がまず靴を脱ぎズボンを膝の上にまくり上げて川の渡り方を示し、皆は引率者に従って一人ずつ川へ入った。しばらく雨が降っていないので、川はリナの腰にも届かないほど浅かった。皆は水に足をつけると振り向いて、越えて来た国境に向かって手を合わせ、頭を下げた。リナはとても小さかったから縫製工場の労働者におぶってもらったが、緊張のあまり、思わず尻に力が入った。

川の上流も下流も、脱出を試みる人たちの列で溢れた。どういう経路で国境を越えたのか、なぜ国境を越えて他の国に行こうとするのか、川で出会った人々は互いに何も尋ねなかった。両脚で忙しく水を切る音だけが次第に大きくなった。

脱出者たちの行列が高い土手の上に長く延びた。土手の下は低いあぜ道だったが、そこで長い行列が分散し、しばらく歩くとまた二十二名がひと固まりになり、赤ん坊二人を含めた一行が、狭いあぜ道を一列になって歩いた。引率者が先頭で、最後尾にリナの父親、その前にリナがいた。リナはときどき手を伸ばして前の人に触れないと、安心できなかった。

「ひと休みしましょう」

引率者の声が聞こえるや否や、二十二名がカササギのように一列になってあぜ道に座りこんだ。老人たちが空咳をした。赤ん坊たちがむずかると、母親たちだけが立って申し訳なさそうに頭を下げ、また乳房をふくませた。リナは行列の後ろにいるのが嫌で、前に進もうとして溝に落ちてしまった。溝は思ったより深く、引率者が手を取って引き上げてくれた。そのとき、前のほうで弟を抱いていた母が罵った。

「なんて気の強い子なんだろ。そんなことするなら、よその国に捨ててしまうからね！」

「気の強さなら、母ちゃんにかなう人はいないわ。みんながあたしの代わりに母ちゃんを置いて行くかも知れないよ」

みんながくすくす笑うと、リナの母が目をむいてにらみつけた。リナの母は十九の時にリナを産んだ。リナが悪いことをすると、いつも「あたしは十九であんたを産んだんだ」と言った。そのたびにリナは母に口答えをし、母は「あんたも三、四年後にはあたしみたいに子供を産むだろうってことだよ」と言いながら笑った。リナはその言葉が祝福なのか呪いなのかわからなかった。いつでもどこでも息子を抱いている母が憎かったし弟も憎かったが、今はそんな憎しみでもなければ空腹が紛れそうになかった。赤ん坊の泣き声は次第に大きくなった。引率者はジャンパーのポケットから飴を出して赤ん坊の母親たちにだけ一つずつ渡しながら、できるだけ早く泣きやませるように言った。

坂道を少しずつ登ってゆくと、小さなはげ山に着いた。小さな子供までが山で木を切って暖を取らねばならない貧しさは、国境の内も外も変わらないらしかった。そのうえ春にはときどき自然に山火事が起き、すべてを焼き尽くした後に収まった。

山を越えてほとんど平地になった時、闇の向こうから爆発音のような音が聞こえた。密林をものともせずに進む最新型の戦車のように大きな音だったが、その実、たった一台のオートバイに過ぎなかった。皆はリーダーの指示など受ける余裕もなく、驚いて山の中に走って逃げたり、その場に身を隠したりした。リナは、家族はどこにいるのだろうと思ったが、背後から白い光が差してくるので、伏せたまま身動きできなかった。リナは誰かが棒で頭をなぐり、首根っこをつかんで引っ張って行くような気がして、死んだように伏せていた。鼻をつく湿った土の匂いが、恐怖を鎮めてくれた。

オートバイは気の向くまま道のあちこちに照明を乱射すると、跡形もなく消えていった。一行は動揺し始めた。赤ん坊たちは驚いて泣き、死の危険を乗り越えた人々は、魂の抜けた表情でため息をついた。時間がどれほど過ぎたのかわからなかったし、何時なのか誰も教えてくれなかった。瞼がやたら重く、古い運動靴は力なく折れ曲がって、足首をくじきそうだった。

力の抜けたリナは、歩きながら眠くなってきた。目の前に朱色の炎がめらめらと燃え上がった。朱色の炎の中に温かい布団があり、布団綿が心地よい寝息を立てていた。白い小麦粉の風船は、初めは小さかったが徐々に膨らみ、ふんわりと温かいパンになって全身を包んだ。舌をどっちに出しても甘いパンがいっぱい口に入ってきた。しかしそれも束の間、リナはウエストにゴムの入ったズボンをはいて綱渡りをしていた。めまいがしてバランスを失って倒れたときのように、頭の中がぼうっとして足が前に進まなかった。早く夜が明けて周囲がよく見えるようになればいいのに、そうしたらどこかで横になって眠りたいと思った。

平地をひたすら歩き、明け方にようやく明るい灯が見えた。引率者は二十二名を、平地の果てにぽつんと建っている古い家に連れて行った。木のドアを開けるとすぐ土の床で、一方にベッド二つ、真ん中にテーブルが一つ置かれていて、テーブルの上には食べ残しの麺がくっついたお椀がころがっていた。髪の毛の少ないおばあさんが、まるで絵の中の人物のようにベッドに横たわっており、嫁か娘であるらしい女はテーブルの横に腰かけて縫い物をしていた。引率者は自分の家のように勝手に戸棚を開けて何かを取り出したり、入れたりしていた。話しかけたとしても言葉は通じなかっただろうが、ベッドに寝ているおばあさんとテーブルの横の女は、どちらがより貧しいのか賭けでもするように、脱出者たちと互いに見つめ合った。

二十二名は土の床の上に輪になって座り、食べ物を待ちながら天井と門ばかりきょろきょろ眺め、前に座っている人と目が合えば、にらみつけた。いくら待っても食べ物が出てこないので、皆は待ちくたびれてこっくりこっくり居眠りし始めた。リナは運動靴を脱いで靴底の泥を払った。靴の中敷に張ってある薄い木綿の布は擦り切れてぐにゃぐにゃになり、溝に落ちたときの泥がこびりついていた。

　引率者が赤ん坊の母親たちの手のひらに、白い紙に包まれた睡眠薬を一包ずつのせた。

「これからもっと歩かないといけないから、子供が泣かないように睡眠薬をのませて下さい。さっさとのませて、出発しましょう」

　リナは、飴も睡眠薬も出てくる引率者のジャンパーのふくらんだポケットの中に、他に何が入っているのか、とても気になった。赤ん坊の母親たちはその家の女が洋銀の器に入れてくれた水に砂糖を溶かし、睡眠薬を混ぜて、ぐったりした赤ん坊たちの口にスプーンで少しずつ入れてやった。赤ん坊たちは指をしゃぶってばかりいたのが、甘い水が口に入ってきたので、ちゅうちゅうと吸いこんだ。皆は赤ん坊の口の中に入ってゆく睡眠薬入りの砂糖水ばかり見つめていた。そうしているうち、一人の男がついに怒りを爆発させた。

「おい、俺たちの食う物はないのか？」

「気長にやらないと目的地まで無事につけませんよ。まだ始まりに過ぎません。皆さんは数時間前に国境を越えたばかりなんです」

　リナはきっぱりした引率者の顔が素敵で、拍手でもしたい気分だったが、我慢した。引率者は二十二名の安全に責任を持つ人物だったから誰もそれ以上口答えができなかった。肩に触れる明け方の空気が冷たい。田畑の向こう、道の向こうに何軒かある農家は、濃い霧が動くにつれ屋根の片隅や戸が一つずつ見えてきた。犬の吠える声が聞こえていたが、いつしかその声も小さくなった。

夜明けの霧に運動靴が、そして全身がしっとり濡れ、リナは両手で肩を抱いた。

　白樺の木が二、三本ずつ立っているくねくねした道をしばらく歩いた。霧も晴れてきて空が少しずつ青くなり、最高に青くなったと思ったとき、驚いたことに、まだら模様のバスが一台止まっているのが見えた。引率者は、腰に鍵や眼鏡ケースをぶらさげた運転手と、一行の理解できない言葉でずいぶん長く話をしていた。二十二名は道端に座り、引率者が話しているときは引率者を、運転手が話すときには運転手を見た。

　引率者が父親たちを呼び集めた。父親たちは風呂敷包みや服の奥深くから金を取り出して引率者の手にのせると、引率者は金を数えてから、一部をバスの運転手に渡し、残りは自分のポケットに入れた。そのとき突然、父親のうちの一人が引率者に飛びかかって胸倉をつかんだ。

「こいつ。さっき国境の歩哨所で金を払ったじゃないか。なんでまた取るんだ」

　引率者は唾を吐くと、つかんだ手を一瞬にして振り払った。

「あれは国境を越えさせた分、これはここまで連れて来てバスに乗せた分。私の仕事はここで終わりです。捕まったら、あなたがたが先に死ぬでしょうが、私も殺されるんですよ」

「この野郎、言葉も通じない国で、俺たちを捨てていくのか。安全な場所まで連れて行ってくれるべきだろう」

「あなたがたにとって、安全な場所ってどこなんです？」

　引率者が言うと、皆が静かになった。リナは霧のかかった道を歩いてバスの反対側にさっさと消えてゆく引率者の後姿を見つめていた。そして何か重要な告白でもするかのように、その後を追ったものの、いざ引率者が振り向くとリナは言葉を失った。リナはうつむいたまま、しばらくもじもじしていた。引率者はリナの顔をじっと見ていたが、手を出してリナの額に張りついた髪の毛をさっと払った。そのときリナはやっと口を開いた。

「おじさん、眠り薬が余ってたら、ちょうだい」

引率者はふくらんだジャンパーのポケットに手を入れて白い薬の包みをいくつか出しながら言った。

「のみすぎたら死ぬぜ」

リナは、これからもずっと国境を出入りする運命にあるらしい引率者の後頭部を見ていたが、その姿はすぐ霧の中に隠れて見えなくなった。怒りの収まらない父親たちは言葉も通じない外国人運転手につかみかかり、他の引率者を探してくれと訴えた。運転手はおかまいなしに車のエンジンをかけ、まず自分のズボンの前のファスナー、次に田んぼを指差して、小便をしてこいと一人ずつ全員に合図をした。「ああ、何か食べなきゃ出るものも出ないよ」そう言いながらも、男も女も田んぼに入って用を足した。リナも傾斜のついたあぜの下に下りた。縫製工場のお姉さんが尻を出して小便をしていた。ろくに食べていない二人の尻は、貧弱だという点ではいい勝負だったが、恥ずかしさなどは感じなかった。リナが先に女の尻をつねった。女もリナの尻をつねり、二人はくすくす笑った。小便が終わり尻を振ろうと体を上下にゆすったとき、リナは局部に、かすかに草の葉が触ったのを感じて肩を震わせた。それは顔の上に細かい雨が落ちるときのくすぐったさに似ていて、全身がぞくっとした。

まだら模様のペイントがところどころはげたマイクロバスに、二十二名はぎっしり重なるようにして乗りこんだ。運転手は男たちに煙草を一本ずつ回し、何かしきりにわめいていた。

バスはくねくねした道を走り、また走った。すきっ腹にきつい外国煙草を吸った男たちも、その煙を吸った女たちも、睡眠薬をのんだ赤ん坊たちも前後不覚に眠りこんでいるあいだ、バスは走り続けた。

車窓に溢れる日の光がまぶしくてリナが目を覚ますと、バスは小さな市場の前に到着していた。運転席は空になっていて、煙とともに肉のような匂いが漂ってきた。皆は目を開け、肩をゆすりながら窓の外を見た。市場の入り口で現地の人々が三々五々に座って賭け事に熱中したり、白っぽいシャツを着て、何日も洗っていない硬い髪に寝ぐせがついたまま、麺を食べたりしていた。この国の赤ん坊たちは、罰として立たされているみたいに両脚をまっすぐに伸ばした姿勢で母親の背におぶわれていた。

「あたしこれ以上行きたくなくなった。P国は、あたしたちを受け入れてくれるのかな」隣に座った縫製工場のお姉さんが、リナの肩に頭をもたせかけた。「お姉さんは不満を言わせたら一等賞だね」リナがお姉さんの脇の下をくすぐり始めた。脇の下が汗でじっとり濡れたお姉さんは、くすぐっても笑わなかった。しばらくして運転手がバスに戻って来たが、一人で何か食べたらしく鼻筋や額が油でてかてかしており、いつの間にか半袖に着替えていた。誰かが立ち上がって運転手に言った。

「われわれに何か食べる物をくれませんか」

もちろん運転手には言葉が通じない。それで今度はスプーンでものを食べる真似をして見せた。すると運転手はバスのドアを指して、誰かが入って来て胸倉をつかんで足で蹴る真似をし、両手首をバツの形に重ねてその上に手錠をかけて引っ張って行く仕草をした。役者並みの演技に、皆は窓の外に視線を向けて、何も言えずにいた。

バスが走り始めた。狭く高い山道を走るバスはひどく揺れて、尻が宙に浮いた。下は、落ちたら体がバラバラになりそうなほど深い断崖絶壁だった。人影はまったく見当たらず、たまに道路を横切るのは、首に鈴をつけてうろついている黒い牛の群れや、老いた羊の群ればかりだった。

山に沿って回る下り坂を走っている時、バスが急停車した。運転手が外に出て行き、皆は何が起こったのか心配して、前の方に集まった。山から落ちてきた土砂と大きな岩が、道の真ん中をふさいでいた。運転手はバスに戻ると、数人の男たちの袖を引っ張って外に出した。男たちが汗を流して土砂と岩を片付けるあいだ、運転手は座ってのんびり煙草をふかしていた。片付くとバスは再び出発したが、それでなくとも気力がないのに臨時の力仕事までさせられた男たちは、ぐったりして再び眠りこんだ。

遠くの高く深い山の間に、小さな三角形の黄土色の川が見えてきた。バスが走れば走るほど川は大きくなって三角形ではなくなり、川の上に大きなコンクリートのダムが見えた。川幅は広くはなかったが、黄色っぽい泥の交じった水が高い山をぐるりと巻いて、微動だにしない大蛇のごとく静かに流れていた。「この国も人の住む所じゃない」沈黙を破って誰かが言った。下流に行くほど土砂の流入が増えるから川はいっそう濁るはずだと言った。リナは窓に顔をくっつけて思った。

「二十二名全員が溺れ死んでも、黄土色の水は表情ひとつ変えないに違いない。もともと川は、跡形もなく何もかものみこんでしまうものじゃないか。私たちがここにいることは誰も知らないだろう。私たちは空中に浮かんでいるようなものだ」

寝台車

　バスは日暮れになってようやく、車のたくさん通っている道路に入った。重なるようにしてやっと座っている二十二名は、下半身の感覚が麻痺してもじっと耐えた。バスはいつしか車と自転車と煤煙がひと固まりになって転がっている大都市の中心部に入り、二十二名の視線は華やかな照明をつけた都会の夜に注がれた。都市は灰色の空気の上にぷかぷか浮かんでいるみたいだった。埃と疲労に長時間さいなまれた泥だらけの異邦人たちは輪になって立ち、辺りを見回した。

　二人目の引率者は背が高くて面長の、かなりの年配に見える女だった。運転手は引率者に何か短い言葉をかけると、上機嫌で男たちに煙草を一本ずつ分けてくれ、雑然とした狭い道で車をすいすい走らせた。バスから降りた二十二名は空腹のあまり、そろってハンバーガー屋のガラス窓の前に立ち、客の前に置かれた食べ物を見つめた。引率者けどこの国の人なのか、この国の言葉も、二十二名の言葉も話した。

「ここに長くはいられないわ。皆さんは夜行列車に乗らなりればなりません」

「腹が減って、何か食べないと動けないよ。このまま行ったら電車でも食べかねないぞ」

　父親たちはひょっとして食べ物をくれるのではないかという期待に目を輝かせて、引率者の近くに集まった。リナは果てしなく広がった照明と高層ビル、車の騒音と人の話し声でいっぱいの巨大な都市を眺めていた。両手に荷物を持った買い物客が、明るい表情で次々と商店街から出て来た。リナの足はひとりでに商店街の前にある露店に向かった。露店ではヘアバンドや人形、靴などを売っていた。リナは靴の露天商の前に行って、ヒールの高い、白い毛皮のついたブーツを触ってみた。白い毛の柔らかな感触に、思わずため息が出た。白い毛を触っている指の爪には黄土色の泥がついていて、手の甲は木の皮みたいに荒れていた。「あたしが住むことになるP国は、この国より豊かだと言うわ。あたしもあの人たちみたいにジーンズに革靴を履くんだろうな。ほんとに大学にも入れるのかな。おなかいっぱい食べることはできるだろう」リナはふいにうれしくなって一人で笑った。

「姉ちゃん、ここで何してるの。母ちゃんが呼んでるよ」

リナは弟に、ブーツの白い毛を触ってみろと言った。弟がブーツを触ろうとすると、露店の主人が腕を振り上げて弟の頭をぴしゃりとたたいた。頭に来たリナはリヤカーを足で蹴り、弟が呼ぶのも聞かずに路地へ逃げた。路地には小さな店が一列に並んでいて、ある店の中で、緑色の長いスカートをはいた女がうつ伏せになった男の足の裏をもんでいた。女の顔は白く面長だったが、男の足の裏を押す手は男の手のように節くれだって大きく、太かった。赤いスカートをはいた女がリナを見て、弓のようにカーブした眉をしかめたが、それでもガラス窓から離れずにいると、窓に近づいて来て鬼婆のような表情で、あっちへ行けという手ぶりをした。リナは急いで路地を抜け出した。

日の暮れた都会はとても暗く、霧なのか煤煙なのかわからない灰色の空気が頭上によどんでいて、息をするのもつらかった。通りはひどく混雑しているから、ちゃんと前を見てついて歩かないと迷子になりそうだった。少しでもよそ見をすれば引率者が見えなくなり、ぜんぜん関係のない人の後についていて歩いていたりした。

暗い駅前の広場は人波でごった返していた。ところどころに警察官がいたが、身分証明書を見せろとか、どこから来たのかと聞かれたりすることはなく、誰も彼らに興味を示さなかった。二階の待合室に上がると引率者が父親たちに切符を渡してくれた。広い待合室には椅子がたくさん並んでいたけれど、空席はなかった。室内の空気は息苦しく、床は紙くずや煙草の吸殻だらけだった。出発時刻まで二時間あったが、この国の人たちは出発の何時間も前から駅に来て電車を待つらしい。電車だけではなくバスも船もそうだし、飛行機だって時間どおりには出ないと聞いて、皆はうなずいた。引率者が手に持っていた鞄を開け、白い肉饅頭の入ったビニール袋を一つずつ家族ごとに配った。

「一人二つずつだ」大人たちが言った。あまりに空腹だったので、前に座っている人の顔すらろくに見えなかった。醤油もつけず、水も飲まずに饅頭を口に入れた。向かいの椅子に座っている女たちが、饅頭をじろじろ見ていた。「こんなうまい肉饅頭は初めてだ」誰かが感嘆して言った。皆、すぐに饅頭を食べてしまい、今度は何が出てくるのかと引率者の顔をじっと見ていると、引率者は名も知らない熱帯の果物を鞄から出して二人に一つずつ配った。皮をむかずに二つに割ると透明な赤紫色の実が飛び出した。

原色の服を着た西洋人たちが待合室の風景をカメラに収めていた。リナは何を撮っているのかも知りたかったけれど、彼らの放つ不思議な匂いの方が、もっと気になった。そのとき、改札口のほうから大きなベルの音が聞こえた。電車が来るまでにはまだ一時間もあるのに、乗客が改札口の前に押し寄せて列をつくり、行列は待合室を過ぎて一階に下りる廊下にまで続いた。人々は一時間のあいだ、ただ立って待っていた。改札口が開くと黄土色の川の水が流れるごとく、たくさんの人が階段を下りたり上ったりした。二十二名はその横で引率者を取り囲んだまま、押し流されないよう小走りに走った。

電車は、まるで広い湿地をくぐり抜けて来たみたいに、全体が濃い緑色だった。制服を着た車掌が数人現れ、手に持った木の棒で指示しながら押し寄せる乗客を整列させようとしたが、勢いにのまれてあきらめ、立ち去った。

寝台のある客室の一つにリナの家族全員が入り、父と母は下の段に、弟とリナは上の段に上がった。電車のスピーカーから、なまめかしい声の女が歌う、軽快な歌が流れていた。引率者が各部屋を巡回し、皆がちゃんと乗っているか確認した。気後れした一行は客室の中にじっと閉じこもり、外に出ようなどとは夢にも思わなかった。

「検札にきたら何も言わずに切符だけ見せて下さい。絶対にしゃべらないで。体を洗いたいでしょうが、我慢して下さい。むやみに電車の施設を利用して、この国の人たちに見とがめられても困りますから」

引率者が出て行ってドアを閉めたが、それでもうるさいことに変わりはなかった。絶えず客室のドアを開け閉めする音、廊下で騒ぐ声、スピーカーから流れる歌で電車の中は騒然としていた。座って居眠りしていたリナの母は、電車が揺れたはずみに寝台へ倒れて眠りこんだ。父は、いつの間にかこの国の人たちと同じように脂でぐしゃぐしゃになった髪のまま、服の中に隠した金を出して数えているところだった。リナは鏡を出して日に焼けた顔をのぞきこんだ。

リナは下におりてドアを細く開いてみた。乗客が廊下の窓枠に腰かけて煙草をふかしていた。客室の中にいる人たちは熱帯の果物の皮を通路に投げ、茶色い紙袋に手を突っこんでヒマワリの種を食べては皮をぺっぺっと吐き出しながら、賭け事をしているグループにあれこれ口出ししていた。子供たちは寝台にうつ伏せになって寝ていたが、大人たちは子供たちが寝ようが寝まいが、関心がなかった。

車窓の外の風景が見えないほど暗くなると、電車は長い警笛を鳴らして出発した。リナは寝台に腹ばいになってカーテンの隙間から見える風景を見ていた。リナが今までに見た中で一番大きい都市が、少しずつ遠ざかっていった。時々眠りかけたものの、ちょっとした音にも驚いて目を開けた。それでもいったん寝つくと夢から抜け出せなかった。リナは体に合わないぼろぼろの服を重ね着して、どこだかわからない場所を歩いていた。白い外套を着て木綿の紐で腰をぎゅっと縛り、白いマスクをした祭官たちが近づいて来た。リナは白い砂糖壷に落ちて甘くきれいな砂糖を食べ、ついには砂糖で喉が詰まり足を滑らせて砂糖の中に埋まって死んだ。また、道を歩いていて靴が擦り切れて素足に石が刺さり、歩くこともできずに逆立ちをしたまま、その場をぐるぐる回った。

そうしているうちに、リナは本当に眠りについた。しかし夢の中では電車が動かなくて、線路の上でずっと止まっていた。リナはまだ夢の中にいるのだろうと思ったが、夢ではなかった。窓を覆ったカーテンを開けると、外はまだ暗闇で建物も明かりも見えず、電車は山の中に止まっていた。

突然、廊下の方が明るくなって話し声や、他の客室のドアが開く音が聞こえた。リナは下に降りて父の肘をつねった。父は素早く服をひっかけると、緊張した表情でまっすぐに座った。

二十二名のうち、リナの家族四人と老夫婦、そして生まれたばかりの赤ん坊がいる家族四人が電車から引きずり降ろされた。リナの家族四人と老夫婦、そして生まれたばかりの赤ん坊がいる家族四人が電車から引きずり降ろされた。しどろもどろに言い訳をしているこの国の男たち数人も一緒に降ろされた。今ではもう癖になっているので、言われなくても捕まったら反射的に膝を折って座り両手を挙げたが、地面が平らではないため、どうしても体が片方に傾いた。銃を持った二人の警察官が風呂敷包みをつつき、引率者は銃を持っていない警察官と話していた。皆は赤ん坊がぐずったり、おじいさんが咳きこんだりするごとに、警察官が怒って電車を出発させてしまったらどうしよう、と心配顔だった。外は思ったより寒く、電車の表面に霜がついていた。引率者がやって来て父親たちに言った。

「どこでもそうだけど、あの人たちもお金をくれと言うの」

父親たちは手鼻をかみながら、困った顔をした。

「なんだと、泥棒野郎め。俺たちに金があるもんか。それに金だけ取って、俺たちを置いたまま電車が出て行ったらどうする」

「そんなはずはないわ。電車は電気が足りなくて走れないんだから。あなたがたのために止まってるのではないの。あの人たち、鼻が利くのよ。私たちが運が悪かったんです」

父親たちはまた服の奥に隠した金を出すのに、わざとぐずぐずしていた。金を集めて渡すと、警察官たちが機嫌のいい顔で、父親たちに煙草を一本ずつ渡して火をつけてくれた。十人は再び寝台車に乗り、怒った父親たちは廊下で煙草を吸ってしまうと、怒りをぶつけるように吸殻を窓の外に投げ捨てた。

二十二名はその電車で五十時間あまり耐えた。引率者がときたま持って来てくれる肉饅頭やお菓子以外には、食べ物もろくになかった。とてつもなく広い土地が、南西の方角に行けども行けども限りなく続いていた。皆、暇を持て余してそれぞれの客室に遊びに行き、我が家のごとくトイレや洗面室に出入りして、この国の人たちと言葉を交わしたりした。

目的地である南西の果ての都市に着いた日の夜明け、気温は高かったが小雨が降った。この国の人たちはあんなに食べてもまだ食べ物が余っているのか、大きな風呂敷包みを頭の上にどっさり載せたり両手に持ったりして駅の広場に出て行った。広場にはタクシーやマイクロバス、馬が引く荷車、自転車にオートバイまで、あらゆる乗り物が集合していた。

鼻先に感じる気温が、今までとは違った。朝日もすぐに昇り、寒さも感じなかった。リナは、運動靴が擦り切れてしまったし、暖かいのはありがたいと思いつつ、深呼吸をした。二十二名は赤と青のまだら模様の布に身を包んだ、毛並みのよい馬が引く馬車二台に分乗した。これから南西の果てに行き、そこでまた別の第三国に行くための国境を越えるということ以外には、何もわからなかった。リナは動いている馬の尻を見つめ、五十時間を狭い電車の中で過ごした人々は、魂が半ば抜けたように、見慣れぬ風景をぼんやり眺めていた。

道の両側にたまねぎ畑が広がっていた。畑仕事をする人たちが輪になって座り、大きな缶に盛られた飯をよそいながら食べていた。いいお天気なので道端の家々は戸を開け放していて、内部がよく見えた。女たちは器に食べ物を盛っては、下半身むきだしで遊んでいる子供たちを追いかけながら食べさせていた。おじいさんたちは家の前に座ってどこともなく遠くを眺めていた。石材加工工場では時間のたつのも忘れ、石を研磨して石の造花を作っていた。一人の男が肉を長く切って洗濯ひもにかけて乾かしていた。黒い牛たちはのっそりと家の周囲を徘徊し、牛のいる風景の後ろには、広大な田畑が広がっていた。

どれほど走っただろうか。尻の感覚がなくなってきた頃、ひづめの音がゆっくりになり、馬は走るのをやめた。古い城跡の城門を抜けると、門を中心にして両側に広がった商店街が目についた。店の前にはポプラの並木がみずみずしい枝を張っていた。老人たちが大きな水煙草の缶に唇をつけ、目が真っ赤になるほど二十二名を凝視した。

引率者は路地にある安っぽい店に一行を案内した。調理用の厨房が別にある訳ではなく、道に棚を出して薬味の瓶や食材をずらりと並べ、その前に簡単な椅子とテーブルを置いただけのものだった。二十二名が全員座るには狭くて、隣の店まではみ出した。

がら空きだった店の前がみすぼらしい身なりの人々でいっぱいになると、見物人が集まって来た。麺は油っぽかったけれど、老夫婦はもちろんのこと、小さな子供たちまであまりにも腹が減っていたから、夢中でずるずると音を立てながら食べた。

「中に入っている焦げ茶色の実が、この地方でよく採れる麻薬なんだけど、ここでは麺にも入れて食べるんです」

それが麻薬よりひどいものだと言ったところで、すきっ腹には何の関係もなかった。ずるずると麺をすする音だけが路地に響き、皆の顔に深く刻まれた皺が少しずつ伸びた。店の主人が男たちにまた煙草を勧め、食べ終えた男たちは煙を宙に吐き出し、女たちは久しぶりにのんびりおしゃべりをした。

食事の後で二十二名が向かったのは、この国がとても栄えていた頃、この地方で勢力の強かった少数民族の支配層が住んでいたという住宅団地であった。今は貧しく家のない人々に国家が無償で与える住宅に過ぎないが、昔は最上部の権力層の人々が住んでいたそうだ。ほとんどが空き家で、蜘蛛の巣だらけのうえ、今にも崩れそうだった。

二十二名は、きれいな口の字形に建てられた二階建ての家の中庭へ案内された。リナは埃が白く積もった階段を、足音を立てて上がって行った。二階はいくつかの部屋に分かれており、部屋ごとに古風なベッドや椅子、時計がおよそ百年前の姿そのままに置かれていた。皆は暖かいからそのまま中庭にいると言い、誰かが中庭の片隅に立てかけられていたムシロのようなものを広げて敷くと、母親の背中から下ろされた赤ん坊たちが、はしゃぎながらはい回った。女たちは荷物をほどいて整理し始め、男たちは家の入り口に集まって窓枠に描かれた模様や、壁にかかった絵を見物した。

「ここで休んで、夜になったらバスに乗ります。バスから降りたらまたずっと歩かなければいけませんから、休めるときに休んでおいて下さい」

引率者の言葉が終わりもしないうちに、縫製工場の労働者の男が慌てて起き上がり、トイレに駆けこんだ。そして少しすると他の人々も大急ぎで外に走り出し始めた。下痢だった。赤ん坊たちはおむつが足りなくてやきもきしている母親の気持ちを知ってか知らずか、おむつにもらすと、その下痢便を指につけてなめた。最後にはトイレの順番を待ちきれずに、皆、家の外ならどこでも尻を下ろして排便する珍風景が繰り広げられた。リナは人目を避けて住宅団地の中にある小さな祠のような所に上がって行った。してはいけないとは思いつつも、とうてい我慢できなかった。下腹がぼこぼこと鳴り、いくら尻の穴に力を入れても抑えられなかった。下痢をしなかったのは引率者一人だけだった。

「いったいどうしたのかしら。お尻の穴がただれてしまいそうだわ。食べたものを全部出しちゃって、どうしましょう」

「何日も食べていない人たちに、あんなものを食べさせちゃったんだから、私が薬を買って来ます」

引率者が出て行き、一行は暖かい日差しの下でぐったりと体をかがめ、もよおすたびにトイレに走った。引率者が下痢止めを買って戻るまで、誰も口を開こうともせずにドアや柱にもたれて座っていた。リナも背をもたせかけて座っていたが、木のドアが倒れそうにバリバリいう音を立てるので後ろを振り返ってみると、ドアの枠に小さな半獣人の姿がびっしり彫刻されているのが見えた。少数民族の人々が華やかな時代を過ごしていた頃に作られたものらしい。半獣人たちは数百年の間、そのドアの枠の中に閉じこめられて深い眠りに落ちていた。

夜になり、二十二名は寝台バスに乗った。靴を脱いで横になっていると、足の匂いがひどかった。全員がやつれた顔で、何をする気力もなさそうに見えた。下痢止めをのんでもまだ下痢が止まらない人たちは、有料トイレの代わりに停留所の裏の畑に行った。皆は腹が減って、バスに乗ってしまってからも下腹を押さえて寝台にじっと横たわっていた。バスは出発時間が過ぎても動こうとはしなかった。

リナが引率者の背後に立って見ていると、小さな木の椅子に座ってビー玉で賭けごとをしている人たちがいた。バスに乗ったこの国の人たちは出発しないことに抗議もしないで寝台に横たわり、よく寝ていた。寝台バスの前をさえぎっているバスの運転手が、車を止めたままどこかに行ってしまい、連絡がつかないらしい。国境を越え命がけで旅している二十二名にとっては実にとんでもない話だったが、どうすることもできなかった。

寝台バスは予定より二時間も遅れて出発した。明かりの消えた都市は、灰色のガラスの箱に入った模型のようだった。下の段の後方に乗った赤ん坊の母親たちが、乳を飲ませるためにときどき目を覚ました。バスはガソリンスタンドに一度停車した以外、何事もなく走り続けた。

明け方六時に到着するはずだった寝台バスは、八時にやっとこの国の最南端の都市に着いた。この国の人たちは目的地に着いたのに降りようともしないで、相変わらず眠っていた。引率者は小さな声で皆を起こし始めた。都市はすでに朝を迎え、巨大な白転車の列を抱いたままのろのろと太陽を昇らせていた。二十二名はバスの停留所の前の道に座って焼き芋の朝食をとった。

引率者は彼らを普通の路線バスに乗せた。二十二名が乗るとバスは満員になった。しばらくして、黒い髪を三角形の黒い帽子の中に詰めこみ、柔道着のような長袖の黒い服を着た少数民族の女たちが、とてつもなく大きな荷物を頭の上に載せてバスに乗って来た。黒ずくめで、飾りといえば袖に描かれた三本の青い線がすべてであった。女たちはひどくはにかんで、バスに乗った人たちと目を合わせようとせず、座席がないためバスの真ん中の床に一列に座った。バスは高い山の道にそって走り始めた。

朝の日差しが照りつけ、窓の外はとても暑かった。開いた窓を通して腕や首に吹く風が心地よかった。リナは遠くに広がった高い山々と、山の中の狭い道を見つめた。気温は徐々に上がったので赤ん坊たちも厚い上着を脱ぎ、下着一枚になって痩せた手首を出し、声を上げて泣いた。リナも今まで一度も脱がなかった上着を脱ぐと、縮こまっていた背筋が自然に伸びるような気がした。「これでよかったのかなあ。無事に入れるだろうか?」男の言葉に、誰も反応しなかった。車内が静まると、黒いしみが顔いっぱいにできた少数民族の女たちが、そうっと首をめぐらせて人々の顔を盗み見た。

バスが農村に二十二名を降ろしたとき、少数民族の女たちが振り向いたが、リナが手を振るとまた向こうを向いてしまった。引率者はある農家に一行を案内した。村の真ん中には井戸も遊び場もあったから、二十二名は井戸の横の空き地に座ってゆっくり休んだ。

「皆さんが今いる場所から八時間歩けばこの国の南の国境に着きます。でも、小さな子もいるし、おなかもすいていることだし、国境を越えてまた違う国に入り、P国の宣教師たちが運営する教会まで行くには、八時間ではとても無理です。道に迷えば数日かかるかも知れません。だけど、そこに着きさえすれば温かいご飯が食べられるし、脱出者援助のために派遣された宣教師たちが作ってくれるパスポートを持って、無事にP国に入れます。もちろん飛行機で行くんですよ」

飛行機という言葉に、皆は大きな口を開けて笑った。それから井戸水を汲んで顔や足を洗ったのだが、リナは、女は服を脱いで思い切り体を洗えないと不平を言いつつ、両足に水をかけただけだった。一行は荷物を軽くするため、いらない服や当座使わないものを井戸端に出し、リナは井戸の近くで見つけた丈夫そうな草で運動靴の真ん中をきっちりと縛った。そして手鏡を出して顔についた汚れを拭き、しげしげと鏡をのぞきこんだ。

森の中

南側の国境に向かって道路を歩き始めると、ちょうど夕陽が山の稜線の向こう側に沈もうとしているところだった。山のふもとにある農家はすぐに暗闇に包まれた。道路はゆるい上り坂になっており、上に行くほど気圧が低くなって息が切れた。前に向かって歩こうとしているのに、足がなかなか進まない。少し行くと引率者がまず道路を渡り、皆もついて渡ると、道路の下には生まれて初めて見る光景が広がっていた。

「この辺りに住む少数民族が千年だか二千年だかにわたって作った棚田がこれなんです。遠くからこれを見るために来る観光客もたくさんいるんですって」

田は子供のいたずら描きのように乱れながらも。山の傾斜に沿って自然な形をつくっており、それを取り巻く山の中腹には農家が指の爪ほどに小さく見えた。二十二名は豊か過ぎて退屈な国から着た観光客のごとく、道路に一列に並んで千年の時間を見下ろした。日差しは徐々に弱まり、やがて白い光だけを残して消えてしまった。そのとき、どこからか笛の音が聞こえた。道路の片側に小さな掘っ立て小屋があり、中では上下白い服にピンク色のチョッキを着た少数民族の女二人が座って笛を吹いていた。梳き上げた黒髪と、他人をまっすぐ見つめない、うつむき加減の目もとが美しかった。一行がその前に立って笛の音を鑑賞していると、幼い女の子が出て来て堂々と手を差し出した。誰も金をやらなかったから、女たちはそれ以上笛を吹かなかった。

道路から山道に入る坂道が右手に現れた。引率者と男たちが前を歩き、女たちがその後に従った。土の道なので皆の足音もあまり聞こえなかったし、遠くから聞こえていた犬の吠える声も、すぐに木の葉がそよぐ音にかき消されてしまった。高い所まで登って行くと鬱蒼とした森がいちめんに広がっていて、男たちが前から引っ張ってくれなければ歩けないほどだった。前方に父が見えた。リナは、三十六歳になる父の後姿を見つめた。炭鉱に生まれ、炭鉱で死んだ祖父のように生きる運命であった父が、なぜ脱出しようとしたのか知りたかったが、そんなことを尋ねるのもなぜか気がひけた。リナは他にも父に聞きたいことがあった。「リナ」という名を、誰がつけたのか……。

山は、上に行けば行くほど前が見えづらくなった。すでに木の葉の枯れ始める季節なので、体が触れるたびにかさかさと音がした。木の枝に止まった鳥たちは驚いてばらばらに飛び立ち、離れた所では山の動物たちが逃げて行くのが見えた。赤ん坊は泣き声を上げ、女たちはその場にしゃがみこんで愚痴をこぼした。

「ここで捕まったらどうなるかわかってるんですか？　さっきの田んぼ、見たでしょう？　あそこで死ぬまで働きたいの？　ここは子供も大人もみんな労働力なのよ。この国は、都市では一人、農村は二人子供を産むことができるけど、法律を破って、何人か余計に産むんです、働き手が必要だから。産んでも戸籍に載せないわ。だからあなたがたなんか、もし捕まったら最後、一生奴隷のようにこき使われるに決まってる。見た目も自分たちと変わらないし、それに役場なんて、ずっと遠いんだから……」

幼い子供たちは両親の背におぶわれ、母親たちはむずかる赤ん坊をあやそうと、小さな声で歌いながら歩いた。三歳児はよく駄々をこねるのに、生まれて間もない赤ん坊はどういう訳か声も出さない。森の中の茂みは湿り気を帯び、リナの足もたちまち濡れてきた。茂みの中を手や足でかきわけて進まなければならなかったから、あちこちで転んだり倒れたりする音が聞こえた。一行の中でも一番若い、縫製工場で働いていた男たちが皆の荷物を数個ずつ分担して持ってくれた。全員がすっかり怖気づいたところに、一歳児の母親が叫んだ。

「どうしよう。ちょっと見て」

皆は、声を上げた母親の周りに走って行こうとして、足を踏みはずして転んだ。引率者が先に近づき、赤ん坊の顔を懐中電灯で照らした瞬間、小さな頭が母親の懐からだらりと落ちた。赤ん坊の父親が赤ん坊の瞼を開いてのぞきこむと、黄色い目やにが眼球を覆っていた。「お腹を痛めて産んだばかりなのよ。死なないで」母親が泣き出し、リナは二十代前半ぐらいにしか見えないその女の顔をじっと見た。「人はそんなに簡単には死なない。黙ってろ」父親が母親を責めたが、誰も何の応急手当もできなかったから、二十二名はそのまま前進することにした。

夜の間に山を越えるのは、容易ではなさそうだった。疲れきった脱出者たちの間で、前後の間隔が開き始めた。リナはぼろぼろの運動靴のせいで速く歩けなくて、老人たちよりもずっと遅れながら、巨大な木の間から黒い森の上に青く色づいている空を見上げた。月の光のもと、森の中は鬱蒼とした木々に覆われ、いっそう黒かった。

いくらか進むと、リナの母がめまいを起こしてその場に倒れた。父は荷物を背負っているから、リナが弟を背負わなければならなかった。「姉ちゃん、ぼ、ぼく、うんこがしたい」十一歳にもなる弟がどもりながら言った。弟の体は羽毛のように軽かった。ふだん、食べ物があれば全部弟に食べさせると言っていたくせに、結局は母ちゃんが食べちゃったんだろ、とリナはつぶやいた。歩きながら眠くなったリナは背中で寝ている弟がずり落ちないよう、両手の指をしっかり組んだ。目を開けるたびに周りは鬱蒼とした藪の中で、何も見えなかった。

森の中で妙な匂いがした。そのとき、前方から、あわただしく弟の名を呼びながら駆け寄って来る父を見た。リナはうれしくて「父ちゃん」と呼んだが、父は近寄るとすぐに弟を抱き取った。皆は火を焚いて、つかまえた野性の雉を焼いて食べていた。深い山奥だから焚き火をしても見つからないだろうと思ったらしい。草むらの周辺に血の跡があり、むしった羽が散らばっていた。人々は雉の肉を引き裂いて木の枝に刺し、焼けた石の上に載せ、焼け次第、年寄りから一つずつ取って食べた。病んだ赤ん坊を抱いた女が、雉の肉を食べている人たちに背を向けたまま、指で乳首をつついて赤ん坊の口にくわえさせた。リナは、出ない乳をしきりに押さえながら痛いとも言わない女の肩越しに見ていた。

「水でもあればいいんだけど。おしっこでも飲ませてみようか」

女がリナの顔を見上げながら言った。女の目つきは、胸に抱いた赤ん坊に危機が迫っていることを訴えていた。リナは焚き火の前に集まっている人たちの方に行った。

「誰か、水持ってませんか？」

「この山奥に水なんかあるもんか。おいお前、小便をしてあの子に飲ませてやれ」

一人の男が横に座っていた少年の顔を見ながらぶっきらぼうに言い放ち、振り向こうともしなかった。

「ところで、あたしの分の肉はどこにあるの？」

リナが聞いたが、誰も答えなかった。リナは、まだ火種がちらちらしている辺りを棒でかき回し、探り当てたものを口の中に入れた。肉だと思ったのに、食べようとしてみると、火に焼けた木の皮や石ころだったりした。人々は火種が消える前に薪を足して火をおこし、膝を抱えたままうずくまって居眠りした。リナも割りこんで火のそばに座り、両腕で自分の肩を抱いた。

気温が次第に下がり、眠っていたリナは泣き声に目を覚ました。皆は肩を寄せ合って眠っていた。見回すと、怖くて大きな声も出せずにしのび泣く声が、森の周辺をめぐっていた。三歳児が少し離れた所に一人でいるのが見えたので、リナは走っていってその子を抱きしめた。子供はひどくおびえた様子で振り向き、両手で目をしっかり覆った。

夜が明けると二十二名はすぐに歩き始めた。一行の唇や指先には一様に真っ黒な灰がこびりついており、顔に血の跡がついている者もいた。二十二名の運命にはおかまいなく、森は一晩中抱いていた深い暗闇を一枚ずつはぎ落として、新しい森に生まれ変わろうとしていた。水気のにじんだ木の葉は新鮮に見え、青い苔も、しっとりした土も、生気を漂わせていた。

だが皆は朝から少し変だった。元気がなく、口もきけないのに目にはひどく力があった。誰かが話しかければすぐに取って食いかねないほど過敏になっていた。男たちは太い木の枝を折って一本ずつ手に持ち、行く手を邪魔するものはことごとくたたきながら森をかきわけて行った。ある者は木の枝にとまっている鳥を捕ろうと石を投げ、三歳児は必死で自分の親指を吸ってばかりいた。全員が食べ物を探しに森の中で散り散りになった。そのときだった。赤ん坊の母親が、長く鋭い悲鳴を上げた。赤ん坊の皮膚が蛙のように青黒く変色していたのだ。目は固く閉ざされ、開けさせることができなかった。母親が、しっかり包んでいたおくるみを開くと、赤ん坊の全身はすっかり青みを帯びていた。母親はおくるみを抱いたまま、その場で失神してしまった。「ごめんなさい。風邪薬でものませればよかった」引率者の言葉に、赤ん坊の父親はしばらくものが言えなかった。やがて赤ん坊の父親が立ち上がり、倒れた母親が抱いているおくるみを乱暴に広げた。リナは、赤ん坊の額に母親のセーターの丸いボタンの跡がついているのを見た。宇宙船が下りた痕跡だという、畑につけられた抽象的な模様のように、とてもはっきりとした円だった。赤ん坊の父親が赤ん坊をおくるみにくるんだまま足早に森の中に入って行くと、皆がざわついた。

「どうしたらいいんだろう？　このままじゃ、お母さんまで死んじゃうよ」

「知らねえよ。俺は腹が減って何も考えられない。死んだのが、犬かノロジカだったら良かったのに。山の中で、食えそうな動物が見当たらないとはな」

しばらくして戻って来た赤ん坊の父親は、手に持っていた白い木綿の手ぬぐいに火をつけて木の枝の上に投げた。これで脱出者は二十二名から二十一名に減った。

皆は、夫の膝枕で寝ている赤ん坊の母親が目を覚ますのを待った。母親は寝ているときも腹の上から手を下ろさなかった。そして突然目を開けると、母親が起きるのをぼんやり座って待っていた息子をたたき始めた。そしてまた、どこからそんな力が出るのか、今度は横に座っている小柄な夫をやたらに殴った。

　リナは皆の目を避けて、赤ん坊の父親が来た道を走って行った。かなり走っても赤ん坊の死体は見えなくて、気がつくと、弟がついて来ていた。リナは森を包みこんでいる青い空を見上げた。辺りを見回しても赤ん坊は見当たらず、頭がくらくらした。もと来た方向に走って帰るとき、岩の上に赤ん坊の靴下が片方だけ落ちているのを発見した。「ね、姉ちゃん、虎に食われちゃったんだね」弟が言った。四方を見渡したが、どこにも赤ん坊の痕跡はなかった。リナは靴下をポケットに入れながら言った。「バカだね、虎なんかいるもんか。何もごもご言ってるのよ」

　午後になると老人たちは髪の毛を探ってシラミを探して食べ、男たちは地面を掘ったり岩をひっくり返してカイコに似た虫を捕まえて焼いて食べた。そんな物すら食べ尽くしてしまうほどだった。勇気のある女たちは焼いた虫を食べたりもしたが、胸が悪くなってすぐに吐いてしまい、胃を落ち着かせようと松の実を採ってなめては、また吐いた。この国の人々は、テーブル以外なら脚のあるものは何でも食べるのだと引率者が言うと、誰かが低く飛んでいるトンボを捕まえた。リナはトンボ二匹とサソリみたいな虫一匹を食べた。もっと食べたかったが、もうなかった。その後、胸の中ではトンボたちが折れた羽を広げて飛ぼうとし、お腹にはサソリがぎっしり詰まっているみたいに思えて、息をするのも苦しかった。

　夜になると月がかすかに明るかった。皆は焚き火の前に座って腕に噛みついたり、脇をかいて出てきたものを口に入れたり、足の指にたまった垢を食べたりした。髪の長い新婚の女は自分の髪を口にいれてくちゃくちゃ噛んだ。人々の体温が上がるにつれ、夜の気温も高くなっていた。

火が消えてしまった後、引率者は一行をせき立てて、再び歩き始めた。そして皆が死にそうになる時分にようやく森の果てに到着したが、誰もが疲れ過ぎていて、喜ぶ力も出なかった。背後には一行がかきわけて来た鬱蒼とした森が見え、前方にはなだらかな高低のある高原が広がっていた。何の花だかわからない、タンポポのような丈の短い花が高原全体に咲いていた。皆は元気を出して足早に歩き始めた。ある地点まで上がると、急な下り坂の広がっているのが見えた。森の中に赤ん坊を置き去りにして来た夫婦が、何かやり残した事でもあるみたいに、森の近くをうろうろしていた。

坂道を先に下りていた引率者が突然、座って身を隠せと手で合図し、一行は前から順番にその場にしゃがみこんだ。得体の知れない音が聞こえた。森を過ぎて高原に向かって吹いてくる強い風の音のようだった。リナは好奇心に勝てず、体を半分起こして前を見下ろした。黒く深い高原が果てしなく広がっていた。前の方には、引率者と縫製工場の男たちをはじめとする比較的若い男女が集まっており、中腹辺りに父と母、そして弟がいた。リナがその場に伏せようとした瞬間、引率者を含め、前にいた人たちが慌てて立ち上がり、道の右側に走り始めた。いち早く状況を察知した人々は右に走り、引率者の指示を受けるには遠すぎて何のことだかわからずにうろたえた人々だけが、その場にしゃがんでいた。リナは、逃げ遅れたことに気づいた。よれよれの服を着てツルハシとシャベルを持った男たちが高原の中腹を横切り、逃げ損ねた人々を追いかけて来た。この国の言葉がかなりできる管理職出身の女がツルハシとシャベルを持った男たちに近づいて何か言うと、一人の男がツルハシを女の肩に振り下ろした。突然の出来事だったので逃げ遅れた人々はいっそう恐ろしく、ぶるぶる震えていた。

　新婚の女と管理職出身の女、そしてリナと老人が連行されて黒い高原の果てに下りて行った。男たちがツルハシを肩に担いだまま後ろからついて来るので、逃げるのは不可能だった。高原の果てに、高原よりもさらに暗い色の巨大な建物がひとつ立っていた。お椀を伏せたような形の建物は窓もなく、巨大な円筒形の煙突二本を備えていた。ツルハシを持った男たちが、一人ずつ首根っこをつかんで四人全員を建物の中に押しこんだ。

化学薬品工場

むかつくような臭気の漂う化学薬品製造工場だった。腐食した太い灰色のパイプが高い天井にぎっしり張り巡らされており、工場内部の中央には巨大な円筒形のタンクが一列に設置されていた。円筒形の真ん中に鋭いスクリューと回転羽根を備えたタンクの上段では、赤い計測器が心臓のように一定の間隔で光っていた。燃料だか農薬だかわからない化学薬品を入れる大小の容器が工場の床と左右の壁面を埋め尽くしていた。

「私、結婚したばかりなんです。お願い、助けて下さい」

「この年寄りをお助け下さい。私がいなければ生きていけないばあさんがいるんです」

「私たち、P国に行かなければいけないの」

「両親に会わせて」

四人が口々に訴えたが、ツルハシを持った男たちは互いに何か目配せをしていた。工場の右側の壁に外へ通じるドアが開き、ドアの前で待っていた男たちが四人を裏山のてっぺんへ連れて行った。

丸太でできた、湿っぽい建物の中に入るや、皆は鼻を手で覆った。五十人ほどの工場労働者たちが、小さなオンドル部屋で重なるようにして座ったまま寝ていた。彼らは巨大な虫のようでもあり、荷解きされた荷物のようでもあって、顔や体は垢まみれだった。垢と小便のしみた布団は数枚しかなく、何人かの膝の上を覆っているだけだった。天井や壁はすべて鼠の小便のしみやカビに覆われていて、部屋のすぐ横にあるトイレはドアの代わりに汚れた布が一枚垂らしてあるだけなので悪臭が漂っていた。「はるばる来たけれど、わが国もこの国もたいして違わないな」緊張しながらも、皆は異口同音にそう言った。

一人の男が大声を上げて戸口に座っている人を揺り起こすと、その部屋の中にいた人々がドミノ倒しのように次々と目を覚ました。すぐに五十人の間に隙間がつくられ、労働者たちが怖気づいている四人を部屋の真ん中に押しやったが、彼らは後ろを振りむくこともできず、顔を上げて前を見ることもできなくて、床ばかり見下ろしていた。労働者たちの泥だらけの靴下は破れて足の指が全部出ていたし、足首が片方しかない人もいた。「この人たち、みんな狂ってるんじゃないの?」女たちはそう言って、恐ろしさに泣いた。老人がしゃしゃり出て女たちをなだめようとしたが、ツルハシやスコップで容赦なく殴られてしまい、倒れて両脚をばたばたさせながら泣いた。ようやく、このすべての状況に実感がわいた。

多量の水蒸気を発生させるボイラーが奇怪な音とともに回り、朝の作業が始まった。粉砕機が何かを猛烈な勢いで砕く音が、とても近い所から聞こえてきた。女たちは耳をふさいだまま、粥をつくるのに動員された。黄色でもなく、青みを帯びてもいないうるち粟がその材料だった。倉庫には飼料に使われるトウモロコシの粉がぎっしり積まれ、粟もたくさんあったが米は見当たらなかった。粟は小石が半分ぐらい混じっていたので竹のふるいでより分けた。リナは石を一つずつつまんで、「死ね、死ね」と言いながら足元に投げ落とした。おじいさんは粥をつくるかわりに工場の前庭を掃き、工場から出てくる各種のゴミを集めて山のように積み上げた。一、二日のあいだに黒いしみが顔いっぱいにできたおじいさんは、工場の軒下に座って、遠くの山を眺めていた。

栗粒が煮えて粥になったが、粘り気もなく、特有の匂いだけがした。木のしゃもじで粥を混ぜていたリナは衝動的に大きな鍋の中へ唾を吐き、台所をのぞいていた一人の男がそれを目撃した。男は工場の管理者だったが、顔が真四角で目が大きく、臆病そうに見えた。

巨大なドラム缶に入った化学薬品が、さらに大きなドラム缶の中に入れられかき混ぜられると、寒天ができる直前のようにどろりと固まった。固まった薬品は数十種類の添加物を混ぜてから各種の装置に順々に移され、熱い水蒸気にさらされたり、冷たい風に当たったりした後に容器に入り、工場の前庭にぎっしり積み上げられ、トラックで運び出された。

工場の裏は渓谷だった。工場の排水が何の濾過装置もなく川の水に混じって流れるので、水本来の色はなく、不透明な灰色の水が流れていた。川の近くでは山も畑も、植物はすべて芽も出ないで枯れてしまい、ごくありふれた鳥やショウジョウバエですら、まったく見当たらなかった。

朝つくった粥は労働者たちに一日二回与えられ、労働者たちは工場の片隅に並べられたテーブルの前に一列に座って塩をおかずに粥を食べた。昨夜、高原でツルハシを持っていたのが誰だったのか、顔を見てもとうてい区別がつかなかった。リナと女たちは粥をよそって運んだのだが、幼く見える男の子が一人、うつむいたまま上目づかいにリナを見ていた。目の下にはくまがあり顔は白いハタケだらけで、骨格は小さくなかったものの、がりがりに痩せて靴下も履いていない両足は、くまでのように骨張っていた。リナが舌を出した瞬間、少年と目が合い、少年はすぐにうつむいてしまった。

四角い顔の男が、灰色のテーブルの真ん中辺りに座っていた労働者の首根っこをつかんで工場の中に引っ張って行った。労働者を立たせておいて手で合図をすると、労働者は男の言うがままに服を脱ぎ、両腕を上げたまま震えた。四角い顔の男は横にあったバケツから化学薬品を希釈した白っぽい水を汲んで男の体に何度もかけ、手に持っている鞭でぴしゃりと音を立てて打ちつけた。

四角い顔の男は五十人の工場労働者たちをそんなふうに鞭一本で支配し、女たちは労働者たちが打たれるたびに目を覆って泣いた。「ここがいったいどこなのか、誰か私たちの言葉で教えて!」男は何かにつけ、痩せこけた労働者を一人ずつ工場の隅に連れて行って何度も鞭打った。打たれた人たちはゴムまりのようにはね上がり、ドラム缶に立てかけたはしごを猿のようにのぼって、何事もなかったのように働いた。少しでも反抗する気配を見せるとゴムの容器に入った人糞を無理やりに食べさせられた。そんな日は一日中、人糞と化学薬品が混じって化学変化を起こした匂いで、頭が割れるように痛かった。だがそんな光景はいつもの事なので、時間がたつにつれ、労働者たちはもちろん、リナも女たちも泣かなくなった。

夜が来る前に黒いジープで帰宅していた四角い顔の男は、家に帰らなくなった。男は女たちが互いに手を取りあって座っている、工場の建物の内部にある小さな部屋に入って来て、既婚の女二人を順番に連れて行った。女たちは連れて行かれるたびにお菓子を一袋ずつ持って帰っては震えながら食べ、食べ終わると深い眠りに落ちた。毎晩そんなことが起きるので、二人は悩んだ。新婚の女のほうがずっとつらそうだった。

「あたしたちがここでこんな目に遭ったと知ったら、P国で会う亭主たちがあたしたちを許さないわ。だから、絶対、あたしたちだけの秘密にしておくのよ」

リナは首をかしげていたが、思い出したように言った。

「あたしは秘密守れる。でも二、三日前、おじいさんが庭で、『けしからん女どもめ』って言ってたわ。おばさんたちのことじゃない？　ここで女はあたしたちだけだもん」

「本当かい？　夜にあいつの部屋で起こっていることを、じいさんが全部知ってるって？　困った、ほんとに困った。どうしよう？」

「でもあたしたちが力を合わせれば、あの四角い顔のデブ一人ぐらい、どうにかできないかねえ？」

誰も答えなかった。翌朝も女たちはトウモロコシの粥をつくり、おじいさんは前庭を掃いた。真っ昼間に労働者数名が、何のとがもなしにひどく鞭打たれ、四角い顔の男は念入りに手を洗った。男は脚を組んで椅子に座り居眠りしていたが、椅子が音を立てて倒れる瞬間に目を覚まし、思い出したように鞭で労働者たちを打った。

夜になると女たちは立て膝で座り、自分たちの足の甲ばかり見ていた。リナは祈るというのがどういうことなのか知らなかったが、両手を合わせて祈った。すると、まるで祈りに応えるかのように部屋のドアがさっと開き、四角い顔の男が現れた。四角い顔の男は既婚の女たちではなく、リナの手首をつかんだ。女たちは強く抗議した。「この子はまだ子供よ。私たちはいいけれど……」しかし男は手首を離さなかった。リナは柄にもなくお祈りなんかしたことを後悔した。

機関室の隣にある男の部屋の窓は厚いカーテンで覆われていた。四角い顔の男がベッドに腰かけて上着を脱ぎ、短く太い煙草に火をつけてくわえた。男の首の周りが真っ赤にほてっていて、腹まわりの肉はぶよぶよしていた。しかも脇の毛が黒い刃物のように全部胸の方に向いていたので山賊のように見えた。男が人差し指を鳴らしながらリナにこっちに来いと言い、リナは蟹のように横に歩いた。男が開いた両脚の間にリナの体を引き寄せ、何かつぶやきながらリナの髪と襟首と肩を触った。リナはベッドの横の壁に飾りのようにかけてある二本の牛の角をじっと見ながら、声も出せなかった。

男がリナの耳に向かって、二音節からなる短い単語を何度もつぶやいていた。ベッドは湿っていて、天井から長いコードで吊り下げられた白熱灯は、ひとつ間違えると頭にぶつかって割れそうだった。男は二音節の短い言葉を繰り返しながらリナの服を脱がせると、自分のベルトを取ってズボンを脱いだ。リナはベッドに寝て天井を見つめ、目玉だけをぐるりと動かした。男が最後に腕時計をはずすと、リナは全身をこわばらせて足の指に力を入れた。

国境を越えて以来、一度も洗ったことのない体から何とも言いようのない匂いがして、リナですら自分の体が自分のものでないように感じられた。尻の穴の周りについた下痢便の跡も平気なようすで、男は唇でリナの局部を長いあいだなぞっていた。そして四角い唇で二音節の短い言葉を繰り返しつぶやきながらリナの体を押さえつけた。リナは驚いて起き上がり、壁にかかった牛の角を取って男に投げつけたものの、ベッドの上で跳びはねたところを、男の手に捕まった。男の力が強いので象と猫が戦うようなものだったが、リナは足をばたつかせ、枕を投げ、胸をつねったりしながら抵抗した。男は二音節の短い言葉を繰り返しつぶやきつつ、まるでリナを縛りつけるかのようにのしかかった。そして充血した目が破裂せんばかりに力を込め、リナの体の上に液体をたっぷりこぼすと、ベッドの上にごろりと横になった。男の息がおさまるまでにはちょっと時間がかかった。リナは辺りが静かになってから、腹の上の液体を指につけて明かりに透かしてみた。はらわたがひっくり返りそうな匂いのする、化学薬品みたいな白い液体だった。リナはカーテンを開いてガラス窓に手を当てると、びっくりして退いてしまった。窓全体が灰色の蛾に覆われていた。

リナは三日に一度ずつ、薬品を積み出すためにどこからかやって来るトラックだけを待った。トラックが来るたびにトラックに乗ってＰ国に逃げることを想像した。いや、一緒に脱出していた人たちが工場に訪ねて来て、再び一緒に旅立つことを想像した。化学薬品工場は流刑地なので、繰り返される労働以外には何もできなかった。

化学薬品は一年中製造されているから、工場では季節がわからない。黒い地面に根づいた丈の低い花たちは季節に関係なくいつも咲いていたし、高原の上の方から時おり塩粒のような砂が飛んできたりもした。高原の花はいつだって黄色く、それ以上伸びもしなければ、葉が落ちたりもしなかった。

女たちは相変わらず粥をつくり、労働者たちの作業服を洗濯し、工場で使う容器を洗った。女たちのおかげで工場は少しずつ清潔になり、労働者たちも少しずつきれいになった。おじいさんはやはり庭を掃きながら「けしからん女ども」という代わりに、「けしからんガキ」とつぶやいていた。長く黒い髪の新婚の女は食堂で使う錆びたはさみを持って来て、たった三回はさみを動かしただけで美しい髪を切り落としてしまった。高い地位にいた女は仕事をしながら、故国で覚えた政治綱領を一日中つぶやいていた。

リナと女たちはときどき四角い顔の男の車に乗って村に行き、強い日差しを浴びつつ一日中畑仕事をした。村の人々は、工場労働者とまったく同じ作業服を着た女たちを、口がきけないのだろうと思った。仕事が終わるとその代価として、ぱらぱらと粘り気のない米の飯を茶碗に一杯と、ほろ苦いお茶一杯を貰うのがすべてだった。たまに着古した服や靴、それに麻薬をひと握りくれることもあった。

ごくたまにではあるが、化学薬品工場の労働者たちは、四角い顔の男が外出して不在になると工場の前庭で遊んだ。自分たち同士で順繰りに歌を歌い、拍手をした。彼らのうちの一人が立ち上がって四角い顔の男の真似をした。互いに鞭で打ったり打たれたりする真似をし、尻をたたいて笑った。おじいさんはその光景を見るたびに冷たい顔で「情けない奴ら」と言って舌打ちをし、リナと女たちは、今では家族のように労働者たちと一緒に笑ったりもした。

祝日

よく晴れた日の朝、四角い顔の男がリナの手首をつかんで黒いジープに乗せた。「どこに連れてくの？　あたしたちも連れて行くか、この子を置いて行くか、どっちかにしなよ」残った女たちとおじいさんがジープにしがみついたが、男は答えもせずエンジンをかけた。発車してから男は真っ黒なサングラスをかけ、大音量で音楽を鳴らした。リナは風が気持ちいいので窓に鼻をくっつけ、黙って風景を眺めていた。単純で速いリズムが深い山中に響き渡った。四角い顔の男は自分の人生の最も楽しい時期でも思い出しているかのように、リナをちらちら見ながら何か独り言を言っていた。

同じ曲ばかりがずっとかかっていた。日差しはますます強く、リナはまぶたを細く震わせながらシートに深くもたれた。四角い顔の男が車の前方から何かを出して手に載せてくれた。平たくて固いそれは、チョコレートだった。チョコレートをひとかけら口に入れると、説明しようのない複雑な味とともに、甘さが口じゅうに広がった。リナは山をさまよっていた時間が懐かしかった。他の十七人は無事にP国に入っただろうか、縫製工場のお姉さんは、両親は……。すべてがどうしようもなく懐かしくなり、リナは自分の履いている運動靴をずっと見下ろしていた。いくらも走らないうちにセメント工場が見え、道路の幅が狭くなってきて、さらに行くと小さな山のふもとにこぢんまりとした集落が見えた。

車から降りて村の入り口に立つと、村の男たちが来る人をつかまえては酒を飲ませ、飲まないと村に入れないぞと大声を出していた。四角い顔の男は大きな器に注がれた酒をごくごく飲んだ後、リナにも飲ませた。酒を飲んだ人々は、木の台に並べられた丸くて赤い餅を一つずつ貰って村に入って行った。男が村の女たちの手伝いをしろと言うので、リナは女たちが餅を切ったり果物を運んだりしている所に向かった。働きながら歌を歌ったり笑ったりしている女たちの中に交じったリナは、よそ者のようには見えず、十六歳にも見えなかった。

村の人たちは男女いずれも原色の長いスカートの上に白い布を巻いており、女たちは髪に赤い花をつけ、男たちは花の首飾りをかけていた。子供たちは桶に水を汲んでせっせと運び、男たちは馬や牛の耳から肛門まで刷毛を使ってごしごし洗った。乾いた地面に水の落ちる音、気持ちよくなった馬がひづめの音を立てながら人々の間を行き交う音、子供たちが餅を手に持って息が詰まるほど笑い転げる声……。リナは久しぶりに平和な音のただ中に立っていた。

午後になると村の人々が空き地に集まった。入念に洗われた馬と牛は頭に花をつけて楽しそうに行き来し、酒に酔った人々は馬と牛の間を子供のように走り回った。四角い顔の男がリナを引っ張って一人の女の所に連れて行き、そこでリナもちょっと化粧をしてもらった。隅の方に立った女たちが、鏡を見て笑った。リナも女たちが置いて行った鏡を持って顔を見た。寝台車や井戸端で見た顔が、なぜだかいっこうに思い出せなかった。亡くなった親戚のおばあさんに似ているようでもあり、知らない男の顔に似ているような気もした。

舞台などはなかったものの、ある家の裏で誰かが太鼓をたたき、長く黒い髪を揺らしながら五人の男が前に進み出た。速く規則正しい太鼓のリズムは、上半身裸の男たちを興奮させた。男たちは興奮が高まると刀を持ってぐるぐる回り、じっとしていた馬と牛の頭を、一刀のもとに切り落としてしまった。首を切られた馬と牛の体が草の上でもがき、男たちはその首から流れ出る血を、自分の腰に巻いた白い布に塗りたくった。そのとき、きれいに着飾って首と腕と脚に真鍮の輪をいくつも重ねてつけた女たちが現れて上半身を回しながら歌い始め、男たちは見物人にも血を塗り始めた。その場にいる人たちみんなが白い布を血だらけにしなければならない日なのだ。

空き地の真ん中には原色に塗られた仮面と、ろうそくを供えた祭壇が見えた。赤い服を着て大きな耳と赤い唇の仮面をつけた司祭が登場すると、血まみれの馬と牛の頭を抱いた。そしてきれいな刺繍をほどこし、花を飾った大きな白い袋の中に馬と牛の頭を入れ、肩にかついだ。人々は村を出る馬と牛の頭に向かって腰をかがめ、自分たちの祖先ででもあるかのようにお辞儀をした。

村の人たちは夜になっても誰も寝ないで、飲んで騒いだ。奇妙なのは首に真鍮の輪をはめた女たちで、彼女たちはその状態のまま食事をし、眠った。女たらは重大な出来事を乗り超えるたびごとに輪を一つずつ増やしてゆき、一生そのまま暮らす、不思議な運命の主人公であった。夜が更けると村人は数人ずつ家に集まってボールを転がしたりカード遊びに賭けたりし、四角い顔の男も賭け事に加わっていた。逃げるチャンスだと思いながらも、リナはちらちら振り返る四角い顔の男の視線を振り切ることができなかった。

また夜が来た。四角い顔の男は相変わらず意味のわからない二音節の単語をつぶやきながらリナの服を脱がせた。リナが男に聞いた。「どういう意味？　この悪党め」男はその言葉がわかって返答でもするかのように、再びその二音節の言葉をつぶやきながら目を丸く開いた。男がベルトをはずし、ズボンを脱いでから最後に腕時計をはずすまでリナはいつもおびえていたが、今ではもう、あまり怖くなかった。リナは男の指示するまま、脚を上げろと言われれば上げ、下ろせと言われれば下ろした。伏せろと言われれば伏せたし、尻を持ち上げろと言われれば持ち上げた。そうしながら、そろそろ自分の十六回目の誕生日が来る頃かも知れないと思った。

ある家の前に人だかりがあった。家の中は明かりがついていて、人々が中をのぞきこんでいた。そこにいた女の顔は黒く小さかったが、腹は臨月だった。女は自分でお湯を沸かすと床に置いた白い陶器のたらいにお湯を入れた。ふらふらと歩いては陣痛が来ると立ち止まり、陣痛が終われば、再び歩いた。女は服を全部脱ぎ、腹にだけ白い布を巻いてから床に横たわった。白髪のおばあさんが家の中に入って女の局部に頭を当て、両手を振りながら呪文を唱えた。臨月の女は陣痛の間隔が短くなると、何かの木の実をもぐもぐ噛んで食べた。リナは思わずその家の入り口に張りついた。おばあさんが女の横に座り、赤ん坊の出て来るのを待っているあいだ、女の夫とその友人たちはドアの外で麻薬を吸っていた。

時間がたっても赤ん坊が出て来ないので、おばあさんはうたた寝し出した。臨月の女の体は汗まみれで、失神しているように見えた。すると彼女の五人の子供たちが、眠りから覚めたばかりのような顔で一人ずつ入ってゆき、女の顔と、上下に動いている腹にキスをして出て行った。その効果があったのか、女が急に悲鳴を上げ、おばあさんが驚いて白い唾を飛ばしながら女の股間に向かって強い抑揚で呪文を唱えた。リナは知らず知らずのうちに女に合わせて荒い息をしていた。すると女の陰毛の下が黒く開き、赤ん坊の頭が見えた。赤ん坊は出ようかどうしようか迷っているようにじっとしていたが、しばらくすると赤ん坊の黒い頭が何かの力に動かされて少しずつ出てきた。おばあさんが両手で赤ん坊の頭をつかみ、横に優しく揺らすと頭、続いて肩が出てきた。出産が終わり、リナも一緒になって安堵のため息をついたけれど、まだ産声すら聞こえてこなかった。すると外にいた赤ん坊の父親と友人たちが入って行って二頭身の赤ん坊を白い布でくるみ、その場ですぐ子供の首を絞めた。祝日に産んだ子供は不浄なので生かしてはおけないというのだ。死んだ赤ん坊は男たちがどこかに持って行き、おばあさんが女の腹の上に座って腹を押すと、胎盤が出て来た。その光景を見守っていた人々も産婦も泣かなかったが、リノは下腹がとても痛くなった。

リナは、酒を飲まなければ入れないと言われた村の入り口に行き、坂道を見下ろして泣いた。「母ちゃん」と言いたかったが、言わなかった。リナは、人生というものが、四角い顔を見ながら訳のわからない二音節の言葉ばかり聞いて暮らし、祝日に子供を産んで殺すぐらいのことでしかないのならば、このままここで暮らしたって構わないだろうと考えつつ、夜明けの近い遥かな山の谷間を見ていた。頭や顔に真っ白な雪のようなものが落ちてきたので指先でつまんでみると、ぼそぼそとした砂粒だった。帰り道、四角い顔の男は酔っぱらってジグザグに車を走らせ、二人は夜が明けてようやく工場に着いた。

脱出

何日か雨が続いた。一日中空が暗くじめじめしている中に、高原の花だけが黄色く咲き誇っていた。食べ終わった食器の片付けを手伝っていた面長の少年が、リナを見てにこっとした。リナが舌を突き出して少年とふざけている光景を、四角い顔の男が見ていた。怒った男が少年を工場の中に引きずりこみ、上着を脱がせて冷水を浴びせ、容赦なく殴った。リナが工場の中に走って行って、叫んだ。「こんな小さい子をたたくなんて、卑怯よ。あんたは搾取の大王で頭のおかしい、人間のクズだ」すると男がリナの顔を一発殴り、リナは工場の床に倒れた。少年の名前はピーといった。

四角い顔の男は、狂ったように五十人近くの労働者を一人残らず鞭打った。天気のせいだとしか言いようがなかった。鞭でぴしゃりと打つ音に鳥肌が立った。おじいさんはいつも持ち歩いている茶色い表紙の手帳を抱いて、重大な局面にを前にした哲学者のような表情で座っていたし、新婚の女は労働者たちが殴られようがどうしようがおかまいなく鋏で爪を切っていて、高い地位にいた女はさらに大きな声で綱領をそらんじていた。皆が狂いつつあった。リナはここまでがすべて夢であったらいいのにと思った。そして床から起きて座り、魂の抜けた人のように力なく笑った。

午後の食事は、朝炊いた粥を温めなおすだけでよかったから、女たちが粥を温めて五十個の椀によそった。その中で一番先に運ぶ四角い顔の男の粥の中に、リナは引率者がくれた睡眠薬を三包混ぜた。そして工場労働者たちの分をすべてよそってから、最後に四人が食べる粥の椀のうち、ふちの欠けた椀を選んでその中に睡眠薬二包を入れ、よくかき混ぜた。リナがまず四角い顔の男に粥を運ぶと、眠りから覚めた男が器を持ってごくごく飲んだ。ふちの欠けた椀に盛られた粥を食べるおじいさんの顔が、なぜか悲しげに見えた。

その晩、高原に激しい風が吹き荒れた。四角い顔の男は湿ったベッドに顔を伏せて深い眠りに落ちていた。リナは服を着て男の頬をひっぱり、左右にひねってみた。白熱灯のひもを持って左右に揺らしてみても、手足をつねってみても反応がないところを見ると、眠りこんでいるのに間違いはなかったから、リナは部屋のドアを開け、待機していた女たちを呼び入れた。女だけで四角い顔の男を運び出すのは、なかなか骨の折れる仕事だった。

リナは丸太小屋に走って少年を探した。少年は他の男の体の下に敷かれて寝ていたので顔が見えなかったが、「ピー、ピー」と呼ぶとすぐに起きてきた。リナは少年の手を取り、男が寝ている部屋に入った。四人が力を合わせて四角い顔の男をそうっと転がして担架にのせた。

それからドラム缶の前に行ったが、それは高い所に置かれていたため、四人が腕をまっすぐ伸ばして担架の先端をドラム缶のふちにくっつけなければならなかった。そして担架の下側を持ち上げ、寒天のようにどろりとした灰色の化学薬品が入っている缶の中に、四角い顔の男を首尾よく入れることができた。そして皆は怖くなってその場にへたりこんだ。化学薬品の中に入った男はゆっくりぐるぐる回りながら眠っていた。

次はおじいさんの番だった。おじいさんは労働者の間で、彼らとまったく同じ姿勢で眠っていた。

軽いから担架がなくても運ぶのはたやすかったものの、女たちは化学薬品の中におじいさんを入れるかどうかで、しばらく意見が分かれた。

「この人に何の罪があるのよ。全部あたしたちのせいじゃない。それに、残されたおばあさんがかわいそうだわ」

「何を言ってるの、この老いぼれが口を割ったらあたしたちは終わりなのよ」

「いいえ、むしろいいかも知れないわ。亭主に捨てられたらP国の男と結婚できるかも知れないじゃない。その方がどれだけいいか」

意見は分かれたが結局、女たちは貞操を守ったことにするため、おじいさんも化学薬品のドラム缶に入れた。やがて工場の内部が明るくなったので分離機を作動させると、缶の中のスクリューがゆっくりと回り始めた。二人の男を入れたドラム缶が同じ方向に回り、やがて高速で回転し始めた。しばらくして分離がほぼ終わり、溶鉱炉がぐつぐつと沸騰し始めた。女たちはドラム缶の下で「おじいさん、ごめんなさい」と言いながらしきりに両手をこすり合わせた。また四角い顔の男についても、ひと言ずつ話した。「あの男はほんとに大きくて、時間がかかった。あたしだってつらかったのに、あんたは痛かっただろう」女たちは哀れむような目でリナを見た。

それからリナは女たちと工場の裏の谷に行き、工場の建物から出る排水をじっと眺めていた。まもなく四角い顔の男のベルトのバックル、黒いズボンや黒い財布の切れ端、そしておじいさんの縞模様の服の切れ端、茶色い手帳のカバーが流れてきた。しかしどういう訳か、血は見えなかった。リナは二人が今にも生き返るみたいで恐ろしく、しきりに唇をなめた。女たちは一目散に丸太の家に走り、大手柄を立てた人のように、眠っている労働者たちに叫びかけた。

「皆さん、皆さんはもう自由の身です。早く逃げて下さい」

大きな声で言っても誰も目を覚まそうとはせず、労働者たちは少しずつ体を縮めた。リナは少年の手を取って女たちと一緒に走り始めたが、どれほども行かないうちに右足の運動靴がぱっくり切れてしまった。リナは靴ひもをほどき、ぶらぶらしている運動靴の真ん中をしばって肩にかついだ。

四人は高原を過ぎ、南だろうと思う方角に向かって歩いた。工場から逃げられてうれしかったのも束の間、歩けば歩くほど、同じ場所をぐるぐる回っているような気がした。少し前に確かに通り過ぎたはずの、ニガナの花が咲き誇る丘の下に再び立っていたり、さっき通った大きな二本の木の下を、再び歩いていたりした。それでも四人は、二度と戻りたくない戦場を出た兵士たちのように黙って前だけを見ながら歩き、化学薬品工場の話は絶対にしなかった。

この地の主人は、独りで天と地を熱している太陽。真昼の大気は黄色く沸きかえり、日差しに焼かれた地面は降水量の絶対不足で、ひびだらけだ。通り過ぎる人もなく、空中には飛び回る鳥の影すらない。植物であれ動物であれ、生きとし生けるものは皆、日差しに乾いてしぼみ、黒く焦げてしまいそうだった。しばらく歩くと、遠くに聳えていた山々が視界から消え、腰の高さほどの雑草の茂る平野が、果てしもなく続いた。広大な平野の真ん中に、一本の木があった。木は全体が炭のように真っ黒に焼けて、両腕を広げてようやく立っていた。

道は、雨上がりのぐちゃぐちゃした地面を牛の群れが踏み荒らして行った跡のように、不規則にへこんでいた。いったいこの道で何があったというのだろう。リナは体をかがめて土を触ってみた。

大粒の塩に似た砂は、日に焼けて茶色くなっていた。どこに目を向けても、行き先をどの方向に定めても、黄色い草の生い茂る平野に、まっすぐ伸びているこの道を避けて通ることはできなかった。リナはこの道を「塩の原っぱ」と呼んだ。水分がなく乾いてでこぼこした地面が、研いだ刃物のように固かった。何歩も行かないうちにもう片方の運動靴の底がぜんぶ破けてしまい、ついに両足とも裸足になった。破れた運動靴をひもでつないで肩にかつぎ、つま先で歩くと、足を踏み出すごとにきっちり体重分の痛みが足の裏を通して心臓まで貫いてきた。最初は悲鳴を上げたが、後には意識が朦朧としてむしろ気持ちよくなってきた。二十二名で始めた長い脱出の道程はすべて忘れ、今は足の痛みだけが残っていた。痛みの記憶はその後もずっとリナの中で生き続けた。

塩の原っぱは、まるで何もなかったかのように足元から姿を消し、乱れた模様がずっと刻まれている砂漠に出た。執拗に風が吹いて口も耳も砂でざらざらし、顔にも砂粒がくっついたが、風がどの方向から吹いてくるのかは予測がつかなかった。皆は脱いでいた服を頭にかぶって歩いた。夜にかけて気温が下がり、皮膚が冷たくなった。高い地位にいた女が両手を腰に当てて決断を下した。「ここで寝て行こう」二人の女がまず砂の深くえぐれた所に入って抱きあって横たわった。太陽熱が残っていたので、誰かが寝ていたベッドのように暖かかった。リナもピーと一緒に砂のくぼみの中に入って体をくっつけて横向きに寝た。頼れるのは共に逃げる人々の、熱に浮かされ腹をすかせた肉体だけだ。家に残してきた犬の名前から、国家に忠誠を尽くしていた頃に出会った人々の名前まで、寝言がしきりに続いた。何か音が聞こえたような気がして頭を持ち上げてみると、砂漠の果てに火柱が上がっているのが見えた。

リナは砂漠を見るのが怖かったから、ピーの体を抱いてその顔だけが目いっぱいに映るようにして横たわり、砂のついたピーの顔をしきりになでた。砂が一瞬にして耳の穴にたくさん入ってきた。国境を越えるときに聞いた銃声、死んだ赤ん坊を抱いた母親の泣き声、大きな木の枝に覆われた遠い空の鳥の声。さまざまな音たちが砂とともに耳の穴いっぱいに入ってきて、取り除くことができなかった。ピーもリナの肩をしっかりつかみ、うわ言を言いながら寝ていた。いつの間にか夜が明けた。夜明けの空は濃いブルーで、どこからか何かが聞こえてきそうだった。リナはそのとき、青い空を頭に載せてこちらに向かって来る巨人を見た。巨人の髪は黒くて長く、体全体のシルエットが空と一体になって動いていた。リナは慌てて皆を起こした。そして巨人の静かな足取りと鈍重な体の動きに合わせて、前へ前へと歩いて行った。不思議なことに足の裏に分厚い膜ができたように痛みが消え、体が軽くなった。砂漠が消え去って黄色い花の咲く平原が再び現れた瞬間、リナは点のように小さくなったまま砂漠に帰って行く巨人の後姿を見た。

正午を過ぎる頃、砂漠を抜けた。雑草の丈が少しずつ低くなり、地面が柔らかくなってきた。そして川が見えた。葉先の黄ばんだ水草が、川岸に沿ってどこまでも広がっていた。四人は水を見るやいなや服を脱いで水にざぶんと飛びこみ、へたな犬かきで泳いだ。水はぬるくて生臭く、リナが今まで知っていた、澄んだ流れる水の感触とは違い、重くて濁っていた。水が体に触れると手足から力が抜けた。リナは水泳には自信があったが、ろくに腕を動かすこともできなかったし、頭を水の外に出すことさえ、簡単ではなかった。頭を水につけ、体がやや傾きかげんに水面と水平になると、体の重さをさほど感じなくなった。浮遊物だらけの濁った川は深さがわからなかったが、南に伸びた川は下流になるほど徐々に幅広くなっているように見えた。

リナは川岸に横たわって裸のまま濡れた体を乾かした。髪はまだ濡れていたが、体はすぐに乾いて温かくなった。白く不透明な膜が瞳孔を覆っているようで、目を開けることができない。目を開けて身を起こして座るとまたくらくらして、体を弓のように曲げてはまた伸ばした。リナは、魚が陸で跳ねるように全身をよじって跳ね起き、足を見下ろした。マメがつぶれ、またマメができたままの、水にふやけた両足が見えた。じっくり見ても元の足の形がどうだったのかさっぱり思い出せなかったし、今となってはどうやっても、傷のない元の足に戻ることはできないように思えた。

川に沿って歩いて行くと川幅が目に見えて狭くなり、ほとんど流れていないように見えた。川の周囲の道は歩けないほどとがった石が多かった。当惑した四人の前に、竹を編んで作った舟が一隻姿を現した。リナは竹かごの舟が、子供のときに本で見た熱気球に似ていたので、科学者になって熱気球に乗って宇宙に行けるのだと思った。竹で編まれた小さな舟は四人乗るのもひと苦労だったし、しきりに傾くため、バランスを取ろうと全員が神経を使った。倒れた木の枝に舟が引っかかり、櫓を漕いでもびくともしなくなると皆が互いを罵り始め、いっそのこと工場でのんびり粥でも食べていた方がよかったと愚痴を言った。岸に近づいたころ、四人はもう疲れて誰も櫓を漕ごうとはしなかった。そのとき滑稽なことに、かごの舟がべきっと音を立てて割れてしまったので、ひどくくたびれていたものの、皆は腹を抱えて笑った。するとなぜか急に元気が湧いてきて、泳いで川を出ることができた。濡れた体は川を出るとすぐに乾いた。髪と足腰にべっとりくっついた水草が、ぬるく重たい水の感触を思い出させ、全身の力が抜けた。

四人の足取りは次第にのろくなった。リナは目を一度閉じて再び開ければ、嘘のように街の真ん中に立っていればいいのにと思った。いくら目を閉じて開けても、もちろんそんなことは起こらない。川に沿ってただ歩いた。あっという間に日が暮れて夜になってからも、とぼとぼ歩く足音は途絶えなかった。リナは考えた。川や砂漠、太陽や木のようなものは絶対思いどおりにはならないんだ！　そのとき、広く暗い所から単純で速いビートの音楽が断続的に聞こえ始めた。数台の自動車が都市の騒音を響かせつつ、川の上の橋をゆっくり走る光景が目に入ってきた。

豊かさよ、こんにちは

リナはピーの手を握ったまま、女たちと共に大陸の南西側の隅にある麻薬と観光の都市の中心部に着いた。都市に出るまで六回もヒッチハイクをして、運転手の投げてくれるバナナや熱帯の果物をトラックの荷台で食べたりした。すぐにトラックに乗せてくれたスーツ姿の運転手は、ガソリンスタンドが見えるたびに車を止めた。運転手はガソリンを入れもせず必ずどこかに電話をかけていたので四人はすぐ状況を察し、ほとんど人の来ないガソリンスタンドで運転手が席を離れた隙に四十本の指を総動員して素早く車中をあさった。煙草と飴、それに食べかけのお菓子の袋以外に、あまり盗むようなものもなかった。

朝は混雑した通りを、あちらこちらと押し流されながら歩いた。この都市は、それほど遠くない国境地帯に麻薬を流通させて稼いでいる三角地帯にあった。都市の建物の外壁は灰色でもベージュでもなく白ばかりで、雨がしみになったレンガの建物や日差しに乾いて固くなった木造の建物もなく、時間の経過とともに褪せてしまった色は見かけられなかった。建物の前庭は色とりどりの小さな花で埋め尽くされ、花の道に沿って路地に入ると高級な商店がぎっしりと立ち並び、店の中からは、この世のものとは思えないほど背が高く、体格の大きい青い目の観光客が、ゆうゆうと出て来た。

リナは道端のベンチや建物の塀にもたれて座り、行き交う人々をぼんやり見上げていた。通り過ぎる人々は今までリナが見たこともない種類の人たちだし、この都市はこれまで通って来た所とは全然違う。人々の顔には憂いによって刻まれた深い皺や傷などなかった。初めは躊躇したけれど、リナは観光客がカメラを向ければすぐに手を出して小銭を貰うようになった。ある観光客は果敢にも、乞食たちの膝の前に自分の食べていた果物の皿を、まるで子犬に餌をやるように置いた。それでも彼らが食べ残したトロピカルフルーツの皮は、ちゅうちゅう吸うとなかなかうまかったし、露天のカフェのテーブルに飲み残しのジュースがあれば、従業員が来る前にハゲタカのようにひったくって逃げた。一度は半分ほど残っている酒の瓶をかすめたのだが、酒だとは知らずに飲んだリナは、全身がむくんで道端に倒れこんだ。だが、そうしてでも水分を補給しなければならない。

夜になると都市は姿を一変させた。観光客を乗せて走るマイクロバスが路地いっぱいに止まり、大きな看板が照明をチカチカさせながら、危なっかしく吊るされていた。乗用車から降りた人々は日が落ちると高級レストランに押し寄せてたくさんの料理を注文し、大半を食べ残した。ある女は、疲労のあまりミスをした従業員の頬をひっぱたいた後、健忘症患者のように笑いながら隣の人とおしゃべりをしていた。ひっぱたかれた従業員は食堂の裏口から出て大きな残飯の山の横にうずくまって泣いていたかと思うと、どこかに電話をかけた。従業員が再び裏口に入って行くのを待っていた四人は、食堂の残飯を入れたドラム缶に鼻を突っこんだ。傷んでしなびたソーセージやカビが生えてどろどろになったケーキが出てきた。今ではもう、どんなに腐ったものを食べても下痢などしなかった。

人々が都市郊外のこぎれいな住宅に帰ってしまえば、どこからともなく浮浪者たちが集まって来た。彼らは自動車がびゅんびゅん走る道路の真ん中の中央分離帯や公衆電話ボックスの横など、どこでも眠り、街中で騒ぎを起こすことは決してしなかった。リナは木の下や大きな官公庁の建物の前や後ろ、ちょっと危険ではあるがトラック置き場に保管されているトラックの車輪の下に板を敷いて寝た。

都市の交通を麻痺させ、秩序を乱す銃声も聞こえてきた。遠い外国にまで来て心中する恋人たちもいたし、麻薬の後遺症で正気を失い、センターラインをふらふら歩いたかと思うと車のライトめがけて飛びこんで行く人もいた。リナが補修工事を終えたばかりの寺院の軒下で寝ていた日、にわかに銃声が始まって数分間続いた。すぐにパトカーが出動し、けたたましい救急車のサイレンが聞こえた。道路の真ん中に白いシャツを着た男たちが血まみれになって横たわっており、二台の車が商店に突っこんだままで、何台かは道路の段差にひっかかっていた。翌朝、都市は再び元の姿を取り戻していたものの、無防備に寝ていた浮浪者たちの縮こまった死体が見つかり、死体公示所に移された。

リナも一度、死体公示所に行ったことがある。どこかのビルの前で寝ていたとき、起きてみると固いベッドに手足がくくりつけられていた。建物の中は、がやがやいう声でざわついていた。死人だと思われ、運ばれる途中で目を覚ましたのだ。リナは驚いて「母ちゃん」と叫んだ。リナは誰にも気づかれずにそうっと地下に行ってあちこちの部屋を見てみた。死体を保管する箱が一方の壁に沿って一列に立てられており、一人の男が書類のファイルを口にくわえたままその窓を開けるたびに、死体が顔を突き出した。

一夜の喧嘩や騒ぎの後には、形式的ではあるが取り締まりがつきもので、都市は何事もなかったかのように沈黙を装った。夜中にも不夜城をなしていた食堂は客が減って残飯があまり出なかった。こんなとき一番いいのは救護団体のような所でくれる公式の配給品だったが、毎度のことながら、そういう場所は人が多すぎた。

二人の女が食べ物を求めて救護団体に行った日の夕方、リナとピーは川に沿って浮かんだハウスボートの軒下で、空腹を我慢しながら目前に広がった都市を見つめていた。杭に縛りつけられたハウスボートが川の流れにしたがって少しずつ揺れた。夜の空気はとても湿っぽく、しきりに蚊が寄って来て、ちっとも寝つけなかった。リナは女たちと一緒に救護団体へ行かなかったことを後悔したが、再び街中まで歩いて行くだけの気力はなかった。華やかな都心の夜景が暗い空の下できらした。地上から鉄砲を撃ったように都市の上空に向かって伸び上がる明かりが、まぶしかった。狭苦しい欄干の所で用を足していたピーが、体をひねってハウスボートの窓の中をのぞきこみ、ズボンをずり上げると、慌ててリナに向かって手招きをした。ハウスボートの中に男が三人いた。ベッドの上の紙箱の中には紙幣がぎっしり詰まっていて、男たちはその紙幣を一枚ずつ出しては、青い光線を放つ機械の上に透かして見ていた。そのうちの一人がふと窓に目を向けると、ポケットからナイフを取り出し、後の二人も窓のほうに視線を向けた。リナとピーは一目散に街中へ逃げた。

都市に来て約三週間が過ぎた頃、四人は公衆トイレの鏡の前に並んで自分たちの姿を鑑賞した。既婚者二人の体と顔は娘のように細くなっていた。女たちは、ピーが工場にいたときよりずっと大きくなったと言って背比べをし、リナは岩のように固くなった自分の太ももをしきりにたたいたりつねったりした。四人は黒い顔を見合わせて、記念写真を撮るようなポーズをしてみた。

いつも頭をいっぱいにしていたP国に対する幻想が少しずつ消え始めた頃、リナは高熱に浮かされ、ひどく病んだ。日差しの下に座っていると全身が崩れてゆくような気がした。リナはもう残飯をあさったりもせず、寝そべったまま手で虚空を探りはじめた。

「あんたが大将なのに、大将がこんなざまでどうするの。ずっとこんなふうなら、精神病院にほうりこむか、工場に連れ戻すわよ」

化学薬品工場ではぼんやりしていた新婚の女がそう言うと、ピーを除いた三人の女は思わず笑ってしまった。それでもリナは相変わらず、もたれさえすればどこででも眠りこみ、揺り動かしても目を覚まさなかった。

「ほんとうに会えてうれしいです。私たちはP国から皆様を助けるために派遣された宣教師です。ずいぶん苦労なさったことでしょう。私たちがP国まで安全にお連れします。神はあなたがたを愛しておられます」

リナたちが観光庁の建物の前に座ってお菓子の袋にわいた虫をつまみ出していたとき、人の良さそうな二人の男が近づいて来て、そのうちの一人が口角を上げて微笑みつつ、そう言った。初めて会ったP国の男たちはテレビで見たよりもずっと体格がよく、優しい話し方をするとリナは思った。「あの人たち、とても素敵」女たちがささやいた。そう言いながらも、この状況が現実に起こっているとは信じられないという目つきだった。

宣教師たちの車の中には水と米菓子、そして救急箱があった。一人の男がリナの額に手を当てると、解熱剤を出してのませてくれた。解熱剤を噛み砕いてのんだリナは毛布をかぶって運動靴を抱いたまま、後ろのシートの背もたれの方に顔を向けて横たわり、眠りこんだ。

白い教会の中に入ると、小さな花と、花の咲いた木がいっぱいあった。宣教師たちは外壁を白く塗った大きな建物の後ろに三人を連れて行った。悪夢の果てにたどりついた楽園の様子が非現実的に美しいように、広い庭は花の木がいっぱいで花の香りに満ちており、P国に行くために脱出した人々がおおぜい集まっていた。共同の水道で洗濯をする人、青いナイロンの布をかけて髪を切っている人、服をつくろっている人、耳をほじりながら騒いでいる人、笛を吹きながら歌う人まで、数え切れないほどたくさんの人がいた。脱出者たちは、このひとときだけは平和に見えた。しかし体内に積もり積もった脱出の路程は、彼らの表情をときおり底知れぬ闇に突き落とすようであった。

女たちを連れて裏庭を過ぎ、小さな建物の中に入った宣教師たちが段ボール箱の中から服を三着取り出した。リナは上下同じ色のトレーニングウエアを、女たちは花模様のワンピースを着ると、鏡の前に立って照れた笑顔を見せた。服も服だが、実は教会に入った時から、そこはかとなく漂う食べ物の匂いが腹をすかせた彼女たちの鼻をひどく刺激していた。食堂に行ってトレイにスープとご飯を貰い、テーブルについた。宣教師は、飢えていたのに急にたくさん食べたために死んだ人を見たことがあるという話を繰り返した。そして脱出から今までの旅程を簡潔にまとめ、未来のための念願まで含めた壮大な祈りを捧げた。スープと白いご飯を見下ろしながら、三人は泣きもせず笑いもしないで感激に浸った。ゆっくり食べ始めたものの、食事のペースは次第に速くなった。

日陰になって薄暗い教育館の食堂の中から、開いたドアを通して裏庭が見えた。白い花びらが、のどかに行き交う脱出者たちの頭に舞い落ちていた。そのときリナは見た。大きな教会の建物の柱を背景に白い壁にもたれて座り、日向ぼっこをしている三人を。両親と弟だった。リナはほんの一瞬、舌がこわばって言葉を発することができなかったが、聞こえるか聞こえないかの小さな声でつぶやいた。「相変わらず仲がいいんだな」そしてリナは両手の指を組み合わせたまま、しばらく動かなかった。家族のもとに帰りたかったけれど、リナは不満があまりにも多かったし、ひどく強情な性格でもあったので、素直に両親の懐に帰るのもいやだった。リナは彼らの頭上に舞い落ちる白い花びらに視線を移してしまった。

二人の男が騒々しく食堂に入って来た。食事をしていた女たちは、まだP国に入っていなかった夫たちの顔を見ると、さっと立ち上がって駆け寄り抱き合った。リナは彼女たちに向かってVサインをつくり、女たちはようやく安堵のため息をつきながら夫の胸に抱かれて思い切り泣いた。しばらくすると、化学薬品工場で悲劇的な最期を遂げたおじいさんの奥さんが、裸足で駆けこんできた。「あれ、うちのおじいさんはどこ？　一緒だったんじゃないの？」おじいさんを始末した人々は無表情になって視線を避け、落胆したおばあさんは、痙攣しながら床に倒れた。化学薬品工場に連れて行かれた四人を除いた残りの十七人は、三つのチームに分かれて行動していたらしい。リナは、縫製工場のお姉さんがどうなったか知りたかったが、何人がここに来ているのかは、尋ねなかった。そして真っ先に箸を置いて静かに席を立った。男たちが女たちに言った。「あの子、俺たちと一緒に脱出した子だろう？　両親があっちにいるのに」男たちの大きな声が聞こえたが、リナは聞こえないふりをしてゆっくりその場を離れた。

リナはピーの手を握って露店が立ち並ぶ通りに出た。道端では新鮮な熱帯の果実が高く積み上げられて売られており、観光客が建物の前に置かれたパラソルの下に腰かけてゆうゆうと本を読んでいた。陳列台の上に、全体にピンクのビーズとスパンコールのついた、つま先が細くて足がすらりと見えるきれいなサンダルが目についた。リナは熱い日差しの下で薄い木綿のスカートにピンクのサンダルを履いてどこかに歩いていく場面を想像した。リナは今まで運動靴しか履いたことがなかったから、P国に行って真っ先に、そして好きなだけ買いたいものがあるとすれば、それは履き物だった。リナはいつも影のように寄り添っているピーを探した。

「ピー、ピー、ねえ、このサンダルちょっと見てごらん」

返答は聞こえなかったが、リナはサンダルに夢中になっていた。

「ピー、このサンダル見てみなさいったら！」

再び呼んだが、ピーは現れなかった。リナは、露店の主人が他の客と大声で話しているあいだにサンダルを盗んで逃げようかどうかと迷ったが、迷いながらも、ピーがなぜ見えないのかと、しきりに後ろを振り返った。リナは結局サンダルを盗むことができず、サンダルは日の暮れる頃に売れてしまった。背の高い金髪の女が現れて「ビューティフル！」を連発しながらサンダルを抱いて離さなかった。リナは陳列台の、サンダルがあった場所をぼんやりと眺めていた。そして突然、足の踏み場もないほど観光客の多い路地に向かって走り始めた。日は暮れてしまい、ピーはどこかに行ってしまった。

リナは何日もピーを探して歩いた。都市をあげて何カ月も準備した長いお祭りの初日の朝、建物のてっぺんや木の枝の先に吊るされた七色の布が、風になびいていた。ピーを探してさまよっていたリナは、白い木綿の布で局部の辺りだけを隠し、厄除けの意味で顔いっぱいに白い小麦粉をまぶした男たちの行列について歩いた。市場から始まって川まで続いた下水道の管は、歩道より少し高い位置に突き出ていた。ピーは、ろくに濾過されていない汚物が下水管の先端から川に流れこんでいる辺りの、下水管を覆うコンクリートの上で、くたびれた犬のように眠っていた。汚物が川に流れこむにつれ、川沿いに打たれた杭だけを頼りに浮かんでいるハウスボートは、大量の汚物に押されて少しずつ川の中に流されてはまた元の位置に戻ることを繰り返した。

天幕の女歌手

満月の下で孵化する卵のような黄色い灯に囲まれた白い天幕を取り囲み、男たちは二本の指でしなやかに煙草の葉を巻いて火をつけた。夜が深まると赤ん坊は母親の胸にしがみつき、母親は赤ん坊の頭に顎をくっつけて真っ黒な空を見上げた。リナとピーは十日間も続いた祭りの期間中ずっと、顔に白い粉をまぶした男たちの行列について歩いた。男たちはおよそひと月のあいだ体も洗わず、場所を移動しては踊った。リナとピーは他に行く所もないので、男たちについてここまでやって来たのだ。高台の平らな地面に難民キャンプのような白い天幕がいくつも集まっていて、今は真っ暗だが、昼間は天幕の後ろに地平線が見える。

花びら模様の丸い枠がついた大きな鏡の前に座り、斜めにひびの入った鏡をのぞきこんでいる人を、皆は「永遠不滅の歌手」と呼んでいた。女歌手はつけまつげで重くなったまぶたを上げ、充血した目を穴の開くほど見つめた。赤くなった目の上で、濃く黒いまつげが震えた。割れた鏡を通さなければ自分が誰なのかも絶対にわからないとでもいうように、女歌手の目が血走った。少年が一人天幕に入って来て、女歌手の足首にきっちり巻きつけられた絹の靴ひもをゆるめ、女歌手の足の指がゆっくり動くのを確認すると、これでいいというようににっこりして見せた。女歌手は片手に少年が渡してくれた水のコップを持ち、もう一方の手で黒く重いかつらを取って鏡の前に置いた。

大きなかつらを取ると、小さな肩と鎖骨がむき出しになった。明かりの周囲に集まる蚊を追い払っていた女歌手が、右手で首の後ろをぴしゃりとたたくと血が出て、死んだ蚊が手のひらにくっついた。

そのとき公演の始まりを告げる太鼓が聞こえただろうか。浮浪者のようななりでピーと一緒に立っていたリナは、高く結い上げた黒髪をまっすぐ立てて外に出て行く女歌手に出くわした。青い絹の服を着て厚い絹のベルトを腰に締めた女歌手の顔は、磨いたロウのように冷たかった。女歌手は、うろうろしているリナを見ると、魚の小骨でも喉にひっかかったような咳をして、何か言った。リナは首にかけた運動靴を手でつかみながら、思わずお辞儀をした。そのときリナは非常に近い将来、彼女とまったく同じ服を着てこの辺りで最も有名な歌手になるなどとは、想像すらしていなかった。

公演の天幕の中。舞台には伴奏用の楽器らしきものは一つもなかった。客席は子供の座るような小さな椅子で埋められていたが、騒いでいた大人たちの数人が後ろにのけぞって倒れ、観客の笑いを誘っていた。女歌手はのろのろと進み出て舞台前方の椅子に座り、唯一の楽器である小さな木の太鼓を足の甲につけた。女歌手が足を上下に動かすと木の板どうしがぶつかる音がして、公演は始まった。

イウ、ウンウンウンウン、アアア、イーヒヒヒヒ。

女歌手は、丸太を切り出す音のように声を短く切って歌い出した。声は中ぐらいのテンポの低音ばかりだった。時おり、強風が天幕の一方をたたきつけながら吹きこんできた。興に乗った人々が一人二人と立ち上がり始めた。誰かが香を焚いて歌手の前に置き、別の人は家から持参した二弦の楽器を演奏した。また他の誰かは席を立ち、腕を上に振りながら客席を回った。客席の反応に合わせるように女歌手の声に力が入ってきた。女歌手の声は野原をさまよう風の音のごとく不規則で、喉から血でも噴き出しそうだった。

声の波動が大きくなり女歌手の化粧が汗でまだらになるとともに、天幕の中の雰囲気も自然に高潮してきた。頭を短く刈った男が前に出て女歌手の膝にしがみついて泣き始めると、他の人々も日頃不満がたまっているのか、何かつぶやき出した。女歌手の声が最高潮に達すると誰もがめちゃくちゃに体を揺らしたり、隣の人の袖をつかんでぐったりしたりした。胸に秘めてきた愛は忘れたと思っていたけれど、まるで昨日のことのように今この瞬間にも甦る。愛は続く。後でわかったことだが、歌の内容はそういうものだった。それはともかく、母親におぶわれた赤ん坊たちは足をばたつかせて笑い、大人たちは永遠不滅の存在である女歌手の足先にすがりついて意味のわからないことをしゃべり散らしながら、目をむいた。リナはそのときようやく、自分が妙な国に来ているのだと気づいた。

公演の中休みはたった五分だった。リナは足首を巻いていたひもをゆるめ、絹の布の中に包まれている足の指を順番に動かした。ピーが入って来て、リナの口の中にすっぱい果物の汁をスプーンで入れ、肩をたたいてくれた。そのたびにリナは、腕を後ろに伸ばしてピーの細い手首を握って、やっと安心した。そうしているうち二分が過ぎ、リナは一日分の睡眠を、この短いあいだにすべてとった。その間、天幕の外では馬たちが野原をゆっくりと走っていた。生まれつき片方の脚が短い馬もいて、地平線の近くまで走っては、また帰って来ることを繰り返した。

リナが歌手として出演する公演は、実に滑稽だった。病気で寝ている元歌手の歌は、何百年も前、遠くの海洋国家が頻繁に出入りしていた時代から当地の人々の皮膚にしみこんでいるメロディーだったので、教えることも習うこともできなかった。リナは女が着ていた大きな服を自分の背丈に合わせて直して着ると、椅子に座り、好きなだけおしゃべりをした。当初は話だけというのも無理なので、学校で友達からこっそり習ったラップをちょっと真似してみたり、縄とびやゴムとびをするときに子供たちと歌った歌を引き伸ばした程度のものを歌ったりした。

「歌が上手だから歌手になれるっていう訳でもないでしょ。どんな話でも歌のようにすればいいのよ。どうせ誰も聞き取れないんだから。あたしたち食べていかなきゃならないし」

そう言ってピーの前で歌って見せたとき、ピーはよくわからないというように首をかしげた。

リナが現れると、客席がざわざわし始めた。病みついた元歌手を神のごとく崇めていた年配の客たちはどこかへ消えてしまい、働き盛りの男や青少年がずっと多くなった。地平線を抱いて暮らすこの地の人々は、リナを天からぽとりと落ちて来た妖精かと思うほど不思議がった。厳格な産児制限のため、リナぐらいのハイティーンの少女はとても少なかったからだ。そのため、年頃の少女たちがすることは、たとい詐欺であっても通用した。その事実を最もよく知っているのが、公演場の一番奥に立ち、腕を組んで耳をほじっている男、自称「この地域で唯一の歌手マネージャー」である金《キム》プロデューサーだった。リナは目を閉じたまま顔にぐっと力を入れてがなり始めた。

今日のお話。十八で国境を越えあなたたちの国に来て二十四歳になった女の話。大きな地球の下側は貧しい女だらけ。貧しい女たちはどこにでもいるって？　言いたいことがあってもしばらく我慢して下さい。今は私が先におしゃべりする時間。

毎日詐欺を働き、毎日詐欺にあって、十八だけれど何でも知っている。男はどこを触れば喜び、女はどこを触ってもらえば喜ぶのか、知らないことはない。失業者だった父ちゃんが病気で亡くなり、いつも私ばかり見つめていた脱出ブローカーのおじさんが、父ちゃんが死んだ次の日に訪ねて来た。おじさんが白いクリームパンさえ買ってこなければ、私はそのまま家にいたかも知れない。クリームパンが少なくなるにつれ、私は家から遠ざかった。

国境を越えるとすぐにブローカーが私を売った。ボディーのへこんだポンコツ車も買えないぐらいの値段で。私を買った男は逃げられると困ると言って毎日一緒に寝たから、私は真夜中にパンティー一枚で逃げた。そしておとなしそうな女に会った。この女がまた私を売ったの。いくら貰ったのかな。私は車に十時間乗せられて町に売られた。町で何をしたのか覚えていない。お前らなんぞ十人売っても、まともな女一人買えないぜ。私たちを監視していた男がよく言ってた。ガリガリに痩せた私は、また売られて行った。

田んぼと畑しかない辺鄙な田舎で降りた。顔の小さい、痩せた男が紫の桔梗の花を持って私を出迎えた。農作業を手伝う女が必要だったんだって。男は殴りもせず、ご飯も食べさせてくれた。昼間は農作業をして夜は男に悩まされ、道を歩きながら居眠りしそうだった。そして子供を産んだ。子供は三つになるとしゃべり始めた。

おい、うちの母ちゃんは外国人だぞ。お前の母ちゃんは外国人か？　うちの母ちゃんはお兄さんの学費を稼ぐために国境を越えて父ちゃんに会ったんだ。そしておいらを産んだ。おいらは冒険心のある母ちゃんを持った幸運な子供。母ちゃんの戸籍は偽物だけど、うちの家族は立派な労働者農民として暮らすんだ。でも母ちゃんはまた他の国に行きたがってる。父ちゃんが言ったんだ。どっかで出稼ぎしてこい。だから母ちゃんは空港やビルのある町に出て行った。おいらもこの田舎を出るんだ。

町の人たちは私に言うわ。奥さん、田舎はどこ？　そんなとき私はこう答える。私はまだ二十四歳なのに奥さんだなんて、ひどいじゃない。すると町の人たちはまた尋ねる。どこから来たの？　そんな話し方は、いったいどこの訛りなの？　そしたら私は、はにかんで答える。国境よ。

リナが話を終えると、公演場の一番奥で腕組みをしたまま耳をほじっていた金プロデューサーが進み出た。彼は通訳すると言って、リナがしゃべった内容を大雑把にまとめて話し、拍手を求めた。そのため、この男が酔いつぶれて公演場に来ない日と、雨の日は公演ができなかった。天幕の前でピーが、出て行く人たちから観覧料を受け取った。金の代わりに羽もむしっていない鶏や、嫁入り道具だったという、ナフタリンの匂いのする薄い布団を持って来る人もいた。ピーは誰が現金の代わりに物を持ってきたかを記録し、その紙を大切に保管した。数日間で家を回り、料金を徴収するという重要な仕事が残っていたからだ。

金プロデューサー

リナとピーは天幕から出てしばらく歩き、低い山の上に家が整然と並んだ村に到着すると、まず最初に家の門にランプをぶら下げた。それから家の中に入り、ベッドにかかったくたびれたレースを巻き上げ、横になってあえいでいる元歌手の顔と体をくまなく観察した。舞台の上にいるときは年齢の見当がつかなかった顔も、化粧と服をはぎ取れば、まぎれもない老婆だった。リナは元歌手の尻を持ち上げ、ベッドのシーツを手で触ってみた。

「おばあちゃん、おしっこしなかったの？　今日は妙にお客が多かったわ」

リナは痩せこけた元歌手の唇をおしぼりで拭いてやり、水を飲ませた。飲みこめなかった水が、ゆがんだ唇の間から少し流れ落ちた。年老いても続けられると思っていた職を失った元歌手は、黄ばんだよれよれのレースのカーテンを周囲に吊るしたベッドで、ほとんどの時間を過ごしていた。あまりに声を出しすぎたせいだろうか。ある日、公演中に歌手の体が半分ねじれた。人々が駆け寄り、恐るべき圧力でねじれている歌手の体を伸ばそうとしたが、左の肩と腕を中心に縮んでしまった体は、どんな努力もおまじないも甲斐がなく、硬直し続けた。元歌手は寝てばかりいることに飽きてくると、窓際に置かれた一人用のソファまでやっとこさ歩いてゆき、開いた窓から入って窓枠でごろごろ鳴いている近所の猫の喉をなでた。それでも気分が晴れなければ、ソファから立ち上がってまたベッドまで歩いて行った。短い動線を繰り返すのが、彼女にとっては大遠征のようなものだった。

スプーンで口にご飯を入れてやるのも、便器に大小便をとってやるのも、すべてリナがやった。リナも行き所のない身の上ではあったが、元歌手もまた、面倒を見てくれる人がいなかったのだ。最初は近所の女たちが交代で面倒を見ていたけれど、彼女たちは煙草畑で一日中働いているから、しばらくすると誰も足が向かなくなった。仕事といえば田んぼか畑仕事しかないような所でリナが自然に歌手の仕事を継ぐようになったことは、幸運といえば幸運だった。それに鼻をつまんで大小便の世話をする代価として、元歌手の持っていた古ぼけたアクセサリーや持ち物も譲り受けた。つま先が弓のように巻き上がった木靴、袖とウエストの縫い目に緑色のカビが生えた絹のドレス、猫の生殖腺から採取したという麝香の入った小さい瓶、耳が痛くてつけられないぐらい重い錆びたイヤリングまで、すべてリナのものになった。

ピーが台所で夕食の支度を始めた。リナは、詰め物が全部はみだしそうなほど擦り切れた一人用のソファに腰かけ、料理をするピーを眺めていた。いつの間にかまた背が伸びたのでズボンは全部つんつるてんで、シャツも肩がきつく袖が短くなり、髪も長く伸びていた。ピーは床に散らかったがらくたをよけながら料理をした。黒いフライパンに油を回し、毎日食べるジャガイモと芹を入れて炒めた。野菜がしんなりするとフライパンの真ん中を開けて麺を入れて混ぜてから、さらに少し炒めた。麺の上に辛い唐辛子を入れ、この国の人たちがいつでも何にでも入れる香辛料をふりかけた。そしてソファに座っているリナに、焼きそばを入れた皿と水で割った酒のコップを運んできてくれた。リナは長いスカートをはいたまま両足をソファの上にのせて座って食べ、ピーはベッドに横たわっている元歌手の口にそばを少しずつ入れてやった。それは本来リナの仕事だったが、公演を終えて疲れて帰って来たリナにピーが気を使ったのだ。リナが暮らしていた国では、女たちのために男たちが過剰な配慮をすると馬鹿にされたのに。今度は一つしかないソファにピーが座って食事を始めた。リナは肘をついて座り、ピーにあれこれ尋ねた。「あんたいくつなの?」するとピーはそばを口にくわえたまま、「ウォ」だの「ナォ」だのと言いながら笑うばかりだった。「何よ馬鹿みたいに。あんたの年を聞いてるんだってば」それでもピーは「ウォ」だの「ナォ」だのと言っては、そばをほおばった。

「俺の分はないのか? 俺も腹が減ってるのに、ガキどもは薄情だな」

リナがフライパンに残った焼きそばをピーの皿に入れているとき、金プロデューサーがつかつかと入って来た。金プロデューサーは、何らかの理由で陽の目を見られないでいる歌手を探して世界的な歌手に育てるビジネスをしていると言って、リナに近づいてきた。この男はリナと同じ国の人間で、よくよく聞いてみれば彼も脱出者であった。彼は教育と文化政策が整った内陸の都市出身だと言い、首にかけた十字架のはじをカチャカチャ噛みながら歩いた。

男の仕事場もここから車で一時間ほど離れた所にある天幕だった。売れない歌手をどうやって新たに売り出すのかはわからなかったが、その天幕の風景は実に奇妙だった。朝、男が車で女たちを天幕の前に降ろし、夜、再びどこかに連れて行った。天幕は平地より少し高い所にあり、化粧の濃い数人の女が粗末な椅子に座っていた。女たちは化粧を直したりマニキュアをしたり髪をいじったりして一日を過ごした。女たちはそこで食事をし、用便もすませた。天幕の下で一列に座り、真っ青に塗りたくった目を据えて、丘を吹き抜ける風に向かっていちゃもんをつけ、たまに人が通れば自分たちに注目してくれないと言って怒り、石を投げた。高く結い上げた髪が風になびいて顔にぶつかると、いら立って煙草をくわえた。退屈でどうしようもなくなれば騒ぎ立てた。そうして体の緊張がすっかりほぐれると、短いスカートの中の三角パンティーの一部が見えるのも知らずに丘にしゃがみこんで両腕に頭をうずめて居眠りした。そんな女たちがどこから来たのかはわからなかったが、一つだけ明らかなのは、金プロデューサーによってすぐにどこかへ売られて行くだろうということだった。

「お前、ここにずっといるつもりか？　どうせお前もP国に行きたいんだろう？　でも最近P国の経済事情が非常に悪くて、定着金もほんの少ししかくれないらしい。それよりどこかでもっと金もうけをしてったらどうだ？　俺がお前をもっと高く売ってやれるんだがな。町の高級レストランみたいな所で働けばいいじゃないか」

リナは壺に入れておいた金を取りに行こうとして、床に置かれた水筒につまずいて倒れそうになった。男が煙草に火をつけてくわえると、垢にまみれた髪の毛の上に煙草の煙がゆっくりと立ちのぼった。リナは慌てて足の下に転がっている雑多な日用品を足で押しやった。金プロデューサーは仕事のない村の男たちと賭け事をして遊び、時間になれば人を集めてリナの公演場に行って場を盛り上げ、この村の人たちにリナがどれほど優れた歌手であるかを宣伝することで、リナから金を受け取った。同じ国の人間だからひとまず信用できる上に、何よりも言葉が通じるのがよかった。

とはいえ、彼が働いた代価は感謝の言葉でも、鶏や豚でもなく、必ず現金で支払わなければならなかった。

「ありがとう。今日も気前がいいな。ところでお前、いくつなんだ？　当ててみようか。どうかすると三十過ぎにも見える」

「あたしがいくつだったらどうだっていうの？　おじさんは天幕の女たちの心配でもしてなさいよ」

「年がわからないと売れないじゃないか。あのばあさんはどうするつもりだ。まさか年寄りが死ぬまで、一緒にいるつもりじゃないだろうな」

男がベッドの方を指して言った。

「どうして？　年寄りもどこかに売り飛ばそうっていうの？」

敏感になっているのはリナではなくピーだった。ピーはさっきから門の前でぐずぐずして、不安な顔で行ったり来たりしていた。リナは男がいようがいまいが関係ないというふうにラジオをつけた。そのとき元歌手がリナを呼んだのでリナはベッドまで行き、すぐに戻って来た。

「おばあちゃんが、おじさんに帰ってくれって。あたしを売り飛ばさないで、自分をうまく売ってくれないかと言ってるけど」

そしてリナは平然としたようすでソファに腰かけ、男が出て行くのを待っていた。実はリナはこの男がひどく怖くて、顔さえ見れば何かまくしたてていなければ落ち着かなかったのだ。

国境を越えて以来、常に誰かにつきまとわれているという感じが拭えなかったし、それが誰であれ、常に自分の身を滅ぼそうとしているという疑いを、一瞬も捨てることができなかった。男も女も、年寄りも子供も、リナにとっては同じだった。彼らはいつもリナを見張っていて、言いがかりをつけようとしているように思えた。

男が帰ってゆき、家はまた静かになった。男はドアの前の鏡を見ながら顔をなでていた。

地平線のほうを向いていた。一番てっぺんの家からは一番下の家が見えたが、一番下の家からはすぐ上の家だけが見えた。屋根は同じ人が葺いたのか、すべてシイタケのような形をしていて、屋根の半分ぐらいはテラスのような空間がつくられていた。人々はその空間に立って殻をむいた穀物を箕《み》に入れてふるった。この地の人々は朝早くおきて田畑に出、夕方には家に戻って夕食をとり、早めに就寝した。働かない日は歌手の公演を見に天幕へ行くのが唯一の楽しみだった。

ラジオから女性歌手のかぼそい歌声が流れると、ピーがリナに歌の内容を説明した。ピーは両手で自分の目をふさぎ、薄目を開けて泣きまねをしてみせた。「悲しげに泣く娘？　そうでしょ？」リナが笑うと、今度はピーが手で違うという仕草をした。「じゃあ何？　もう一回やって」すると今度はピーが両手を自分の上瞼にのせ、ゆっくりと目のふちをなでおろした。「あ、わかった、目を閉じろ」ピーは正解だというふうに拍手をして笑った。リナとピーは狭苦しく散らかった家の中で馬鹿みたいにふざけあい、時間はとてもゆっくりと流れた。

門をたたく音がして、元歌手の恋人が訪ねて来た。慌てて駆けつけたらしく、顔色が蒼白だった。おじいさんはビニール袋を開けておみやげに持って来た柘榴を出し、半分に割ってリナとピーに手渡した。元歌手が売れっ子だった頃、二人がどんな関係だったのかはわからないが、今ではおばあさんを訪ねて来るのはおじいさんだけだった。丸い帽子をかぶったおじいさんを見た元歌手は、目尻と片方の頬を引きつらせて笑った。おばあさんがおじいさんに支えられてのろのろとベッドに横たわった。するとおじいさんはベッドの上に巻き上げられたカーテンをすべて下ろし、おばあさんの顔が一番よく見える所に座った。カーテンの中の老人たちは、時間も忘れて話に夢中になっていた。

リナはさっきから適当な距離を置いたまま、努めてピーから目をそむけていた。リナはソファに座っていたのだが、おばあさんのぜいぜい言う声が聞こえるたびに、体の一部分にぐっと力が入り、お尻が少し浮いた。初め、それはおばあさんの苦痛の声だと思い、おじいさんからおばあさんを救わなければいけないと考えたけれど、すぐにそれが苦痛の声ではないことに気がついた。ピーは何も敷いていない床にまっすぐ横たわっていた。ピーは普段からよくそうして眠ったりしていたのだ。おじいさんの笑い声が聞こえ、つづいておばあさんのぜいぜいいう声が少しずつ大きくなった。病身でもさすがに元歌手らしく、おばあさんのあえぎ声には生気が満ちていた。リナはそのたびに床まわりの器やテーブルにちょっとずつ体をぶつけながら寝返りを打っているピーの体を見つめた。角張った肩の骨と細い手首、そして幼い少年の手ではない、荒れた手、ひどくやつれた足首についている大きな両足。リナは、彼の体がくたびれた服を破って自分の方に向かってつかつかと歩いて来るような気がした。そのとき興奮した元歌手の声はゆがんだ唇を抜け、きのこ型の屋根を貫いて天に届くほどになっていた。リナは両脚を抱きかかえて目を落としたままソファにじっと座っていたが、それ以上耐えられなくなってピーを見てしまい、その瞬間二人の目が合った。ピーのそれが服を三角形にして直立していて、当惑したリナはすばやく顔を窓の方に向けた。酔っ払った金プロデューサーが窓に顔をくっつけて、この家で起こるすべてを見ていた。リナは天に向かって伸びているピーの三角形と、窓にしがみついた男の顔を交互に眺めた。この家の四人は、ここ数日吹き荒れている風の音のせいで、犬の鳴き声すら聞こえていなかった。

モンスーン

海から大陸に向かって吹く風は、激しい雨を伴うという。雲はしばしも休まず、地平線の上空をあわただしげに流れていた。とても高い所から始まって低い所まで、風の方向が変わって雨を降らせる気流が形成されるまでにはだいぶ時間がかかったが、頭の上で起こる風の流れを体で感知できるこの地の人々は恐れおののいた。

雨が降り始めてから何日もたたずして、四百年前に大理石で造られたという橋が真っ先に折れた。その橋は九つの半円形のアーチから成る村自慢の遺跡で、欄干の一つ一つに繊細な蓮の花の彫刻がほどこされていた。村の男たちはシャベルを持って川岸に集まったが、膨れ上がった川は男たちを待っていたかのように、真ん中の床板をさっと持ち上げて下流に流してしまった。老人たちが舌打ちをしているあいだに二つ目の床板、そして最期の床板と橋脚まで狙いを定めて正確にさらって行き、橋は跡形もなく消えてしまった。

雨はまるで目が付いているみたいに村人の後を追いかけながら降り注いだ。心配になった人たちは集まってきつい蓬の匂いがする香を焚き、紙を前に置いて座った。皆は道や家、そして木を描いてから、雨に流された家や牛や豚の数を鉛筆で記録した。雨の音で声が聞こえないから、紙に書くよりほかなかった。

夜には馬たちが驚いて飛び跳ねたので、村の人々は落ち着かせようと馬の首を抱いて何かしきりに話しかけていた。丘の上に立っている家はどしゃぶりの雨が降ると、誰も外に出られなかった。傾斜のついた丘の上から流れ落ちてくる水が少しずつ地面をえぐり、悪くすると家が根こそぎひっくり返りそうだった。

雨が降り出して十日ほどたった頃、村から約十キロ離れた所にあるトンネルが完全に崩れたというニュースが伝わった。トンネルの上にあった高い山の麓も一緒に崩れて道路が埋まってしまったという。一つの放送局しか受信できないラジオは、雨が降ろうがどうしようがおかまいなしに、老いた父母を敬えという歌ばかりずっと流し続けていた。

どの家でも食べる物がなくなり、湿気た穀物の粒を噛んでいた。空腹のまま湿った布団に寝ても寝つけなかったし、眠りこんでしまうと、門の前にいたアヒルが水に流されてしまったから、皆は家畜をすべて家の中に入れた。するとどうしてわかったのか、鼠まで家の中に入って背中としっぽをぴんと伸ばしたまま、ゆっくりと壁を這っていた。

雨はゆうゆうと、とどまるところを知らずに降り、熱病と下痢に悩まされていた村の子供が何人か死んだ。女たちは死んだ子供たちにきれいな服を着せて帽子をかぶせ、靴を履かせてバケツに入れて部屋の真ん中に置き、毎日話しかけた。

雨は、村から二キロほどの距離にある、古い書院が崩れた日に絶頂に達した。高く聳えた書院は、遠くから見ても威厳の感じられる存在だった。国の哲学を確立し守るために何百年も前に建てられた書院は、丘に沿って上から下まで多くの部屋を備えており、周辺には大きな木や花の咲く木があって、地平線と平原が一目で見下ろせた。朝になって起きてきた人々は、何だか視野が開けたような感じがして首をかしげていたが、やがて一面砂の海になってしまった書院の跡に、屋根だけがぽつんと残されているのを発見した。

季節風はひと月近く吹き続けて消滅し、家の前に出していた桶にたまった水は、太陽熱に温められてお湯になった。いつの間にやら花の種が飛び散り、かげろうが立ちのぼった。長い雨季によって家の中はカビと湿気でいっぱいだったけれど、それよりも深刻なのは、おばあさんの脇腹と尻にできた床ずれだった。

風呂桶を庭に移してお湯を入れた。おばあさんは思ったより軽くてピー一人でも充分背負えた。白っぽい雨水は沈殿物がいっぱい混じっていたが、おばあさんは久しぶりに曲がった体のあちこちを温かいお湯につけた。ピーはおばあさんのベッドを始めとするすべての家財道具を庭に出した。丘の上の家々では、屋根の上、窓枠、家の小さな前庭にまですべての家財道具を出して乾かした。

過去に生きる人々は、村の気風を正す書院が崩れてしまったことを一大事だと心配したが、現実的な人々は、雨がたくさん降ったおかげで農作業がうまくいくと言ってむしろ歓迎した。

大雨がやんで最初にリナを訪ねて来たのは宣教師の張《チャン》だった。彼はP国出身だったが、P国の民主化された政治制度とまばゆい夜の街を自慢して脱出者たちの気をくじくことから始めるありきたりの宣教師たちとは、はっきり違っていた。彼は語った。「あんたたちの国は狂っているし、P国は腐っている」P国は泡の上に浮いている国だと言う張は、脱出者たちをP国に導くという本分を忘れ、批判の度が過ぎることもあった。しかし鋭いナイフを抱いているがごとき彼も、やはり腹をすかせているらしい。

張は人と話すときには太く短い首に力を入れ、必ず相手の目を見つめて首を少し横に傾けた。信頼せざるを得ないような態度で彼は、リナに第三国に行くよう勧めた。

「私が手伝う。この国は面積は大きいが、個人は不幸だ」

「あたし、お金がありません。どこにも行けないわ」

「この地域の人たちが誰に金を貢いでいるか知ってるか？　以前はあのおばあさんだったし、今はお前だ。持っているだけかき集めれば、それで私がどうにかしてみるさ。第三国に行って気が変わればその時またP国に行けるように助けてやるよ」

彼もまた、自国を離れて第三国に向かって行く脱出者たちに対する第一の公式、すなわち金銭を要求した。脱出者たちは体と気持ちだけではどうすることもできず、絶対に金が必要だった。張は、公演がある日の夜は必ず訪ねて来たし、公演中にも公演が終わってからも常に同じ姿勢で座って祈りを捧げた。祈っている彼の姿を見た人々は、リナを見直した。信頼するに足る外見とおおらかなジェスチャーのおかげで、皆は彼の言うことなら何も疑わなかった。

出て行くにしても公演をやめることはできなかったし、長雨のせいで公演ができなくて、収入が少なかった。これからどんなことが起こるか予測がつかないから確かに金が必要だったが、リナがでっち上げたたくさんの脱出談は主人公も似たり寄ったりで、ストーリーもすべて同じようなものだったため、新鮮味に欠けていた。

リナの不安は現実として現れた。大陸の北西側の地域から来たという外国女性の公演が開かれる場所は、車で一時間ほどの距離にあった。リナの天幕の公演場がなぜがら空きだったのか、ようやくわかったような気がした。公演場はコンクリートの建物で、高く広々としていて内部には快適な椅子が置かれており、ステージにだけ集中することができた。女たちは歌など歌わず、スパンコールのいっぱいついた水着のようなステージ衣装で背中や脚をさらけ出し、音楽に合わせて長い髪を振り口を開けるだけだった。観客は自分の目前で足を踏ん張って立っている美女たちの脚線美や揺れる胸を眺め、彼女たちの青い瞳と目を合わせたいと願った。さらに驚いたことに、彼女たちはこの国の言葉を習い覚えていた。リナとピーは帰りの車の中でひと言もしゃべらなかったが、一緒に行った近所の人たちは八頭身の美人たちの公演に対する感想を述べようと、自分の家へ行く曲がり角を指示するのも忘れて熱弁をふるった。リナは家の前で降りて、両腕を広げ胸を揺らしていた女たちの真似をしようとしたが、つい笑い出してしまった。

翌日開かれたリナの最後の公演には、客がたった一人しかいなかった。雨で天幕が流れてしまって仮の天幕までつくったのに客がおらず、公演を知らせる太鼓の音が聞こえるのを待っていると、太鼓の音の代わりにピーが走って来て指を一本立てた。通訳をする人もなく、空いた椅子だけが並んでいた。月の光が明るくて風も強くない、いい気候だった。リナは自分の公演に来てくれたたった一人の観客である女に頭を下げて挨拶したものの、女はトイレに行く暇がなかったのか、前かけのすそに両手を埋め、不機嫌そうな顔つきでリナを見ていた。リナは最後の公演をうまくやりたかったし、いつか一度は自分の話をしたかった。今がまさにそのときだと思った。


今日のお話。十六歳で国境を越え今は十八になった少女の話。

二十二名は国境を越えました。国境を越えるときに助けてくれたおじさんがいたの。みんなは皆国境を越えていい暮らしをするんだと言ってP国に行ったけど、私は彼について行きました。なぜなら私は一目で恋に落ちたから。うちの母ちゃんはその男について行くなら、親子の縁を切ると言って、自分の腕に「勘当する」と書き、唾をつけた印鑑を押しました。その男が私を最初に連れて行ったのは、町の真ん中にある公衆浴場でした。二時間も体を洗いました。その次に男が私を連れて行ったのは洋服店でした。私にスカートときれいなブラウスを着せて食堂に連れて行きました。食堂で肉やご飯を食べさせてくれ、町の真ん中にある城郭の上の素敵な飲み屋に連れて行ったんです。そこで私は何を飲んだのかわからないけど、警察官たちが立っている中でひらひらと踊っている女たちの歌う歌を聴いたところまで覚えています。目を開けたとき私はある人身売買業者の前に横たわっていました。彼が私に言いました。お前はどうしてこんな所に来たんだ。俺に話してくれるかい？　そしたら解放してやるよ。彼は昔話が好きだと言いました。それで私は毎日彼に話を聞かせてあげました。国境を越えた話、靴が破けた話。彼は面白がりました。私は頼みました。あの人に会わせてと。まだ初夜もすんでないんです。すると彼が言いました。お前が面白い話をたくさんしてくれれば会わせてやるよ。だから私は毎日毎日嘘をついたんです。初夜を迎えるために。

結末をきれいにするため、人をドラム缶に入れて殺した話はしなかった。たった一人の観客はきつい農作業で疲れて居眠りしていた。そのとき宣教師の張が天幕に入って来たので、一人で公演を見ていた女は目を覚まし、無表情な顔のまま天幕の外に出て行った。張はリナを座らせて無事に脱出するための要領をレクチャーし、金を払えと言った。

「明朝お前の家の前に車が行く。誰もお前を傷つけたりしないから安心しろ。神様がお前を愛しているということを、どんなときにも信じるんだ」

リナは張に金を渡した。札束を手にすると、張は慌てて席を立った。

おばあさんに最後の料理をつくる時間。ピーが料理をしているあいだ、リナはおばあさんに気づかれないよう荷物をまとめた。運動靴を入れた風呂敷包み、おばあさんから貰ったいろいろな物、公演のときに着た服一着を、記念として入れた。料理が終わると皿にのせておばあさんのベッドの前に座った。おばあさんはゆがんだ唇の間からよだれを流しながら麺を食べていたが、ふと、麻痺のない方の手で、リナの頬をなでおろした。「おばあさん、ごめん」リナは小さな声で言った。ピーはコップに酒を入れておばあさんの口にひと口、リナの口にひと口、そして残りは自分の口に注ぎこんだ。

食事が終わり、おばあさんの恋人が来た。おばあさんは唇をゆがめて笑った。おじいさんは根っこだけ切り落としてナイロンの紐でぎゅっと縛った花束をビニール袋から取り出した。その花を見たおばあさんの顔は一瞬、公演で興に乗って歌い、聴衆と一緒にリズムを取っていたときの鋭く冷たい表情に戻ったように見えたが、またゆがんでしまった。リナはおじいさんにソファを譲り、ベッドの上に巻き上げたレースのカーテンを下ろした。

ピーが、黄色い発泡スチロールが内臓のようにはみ出たソファの布を針でつくろうあいだに、夜が更けた。リナは行き先について何も知らなかったけれど、これ以上不安は持ちたくなかった。リナはピーがよく寝ていた床に横たわった。窓枠を修理するかなづちの音、ぎしぎしするドアの枠を固定する音、元歌手の陰部に向かってささやくおじいさんの声が、濃度を増していった。

リナは両腕で自分の肩を抱き床に横向きになって眠った。リナが再び目を覚ましたとき、かなづちの音も、ぎしぎしするソファの音も聞こえなかった。腕一本分の距離に寝ているピーの顔が見えた。リナは体を二度ほど転がしてピーの横に近づいた。そして言葉もろくにしゃべれない馬鹿であるうえに、毎日工場で鞭打たれてばかりいた外国人の少年の唇に、自分の唇をぎゅっと押しつけた。

そうやって二人が胸のほうに手を持ち上げ、しっかり抱き合ったまま唇を重ねているあいだ、リナはずいぶん前に化学薬品工場で聞いていた言葉を思い出した。そのときピーはリナの耳に向かって、あれほど知りたかったその言葉を言った。それは「かわいい」という言葉で、リナはその瞬間に意味を理解した。

金プロデューサーはポケットに手を突っこんで、リナとピーを情けなさそうに見下ろしていた。リナは驚いて起き上がり、おばあさんとおじいさんがいる方をまず観察したが、幸い、二人の老人は何も知らずに寝ていた。ベッドの上に並んで横たわった二人の老人は腕を組んでいて、おばあさんは麻痺のない方の手で、おじいさんの持って来た花を握っていた。そのあいだに男はソファに座って脚を組み煙草をくわえていた。

「明日、発つんだろ？　黙って出て行くなんて、水くさいぞ。同じ国の者どうし、礼儀は守るべきじゃないか？」

男がソファと壁の間に煙草の灰を落とし、歯をむき出して笑った。

「いつもお前の後をつけている存在がある。お前たちはひと目でわかるからな。心臓だってえぐり取れるし、パンティーまで持って行くぞ。いつでもお前たちのものはごっそり盗んでいく準備ができている。だから気をつけな」

「同じ国の人だからといって、そんなつまらない話をしてくれるとは、ありがたいわね」

男は席を立っておばあさんの寝ているベッドをのぞきこむと、リナに白い封筒を渡した。

「お前が最初に到着する食堂の土人にあてた推薦状だ。その人はわが国の人だから、いろいろとお前を助けてくれる。着いたらすぐ主人に渡すんだぞ」

男が着ている黒いズボンと白いストライプのシャツは、いつも湿っていた。男は脚を組んで座ったまま、ピーにこっちへ来いという手ぶりをし、ピーがにらむような目をして近づいて行った。男はなぜかシャツのボタンをはずしたかと思うと、胸の真ん中に斜めについた傷をピーに見せた。そうして、ズボンのポケットから小さなナイフを取り出し、驚いたことに自分の胸を刺した。リナとピーが慌てて駆け寄ると、男がようやく胸からナイフを抜いた。そして流れる血を拭きながら上体をまっすぐに伸ばした。「たまにこんなことでもしないと、退屈なんでね」男は今度はピーの首筋をつかんでナイフを押し当てた。そしてリナを見て言った。「お前、まだ子供のくせに。有り金を全部出せ。そうしないとこいつを殺す」リナは急いで壺を持って来て逆さにし、男の足元に紙幣をぶちまけた。

翌日の明け方、リナはおばあさんが目を覚まさないように用心しながら行動した。夜明けから外で歌声が聞こえてきた。リナがドアをそっと押して外に出ると、歌を歌いながら丘を越えている新郎新婦と付き添いの人たちの行列が見えた。行列の両脇には、数頭のきれいな馬が従っていた。しばらくすると目をこすりながらピーが出て来て、二人はすばやく荷物を運び始めた。「朝早くから結婚式だなんて」リナは行列に向かって口をとがらせた。

マイクロバスが一台来た。朝早くやって来た宣教師の張は、リナを抱いて肩をたたいてから荷物を持ってバスに載せた。どうしたことか、バスの中には金プロデューサーが連れ回っている、けばけばしい化粧の天幕の女たちが先に乗っていた。座席が狭く、リナとピーはやっとのことで割りこんだ。リナはふと妙な気がして、昨夜、金プロデューサーがくれた手紙を取り出した。

「この子は十八です。十六のとき脱出したのですが、口さえ開けばとうてい信じられない嘘ばかり言います。どうかこの子に気をつけて下さい」

運転手はエンジンをかける前に車に乗った全員に煙草を一本ずつ回し、大騒ぎしながら車を出した。女たちのうち一人はわざわざ窓を開いてすきっ腹に煙草をふかし、他の女たちは眠っていた。きのこ型の屋根が連なっている場所を過ぎ、たくさんの低い丘を越え、夜ごと歌を歌った天幕を通り過ぎた。バスが坂道をがたがた揺れながら上がって行くとき、リナは唇がむずむずして血が逆流するような感じがした。今では脱出というものが、常に持ち歩く、透析が必要な血液の入ったビニール袋のように思われた。そのとき一人の女がバスの中でしくしくと泣き出した。バスは、女たちが集まっていつも時間を過ごしていた、穴の開いた天幕の前を通り過ぎていた。運転手がバックミラーをのぞきこんで泣くなと怒鳴ったが、すすり泣く声はなかなか止まなかった。

車は次の日も走り、その次の日も走った。途中で、おくるみに包まれた赤ん坊たちを並べて入れた、大きな鞄を持った女を乗せた。ファスナーを閉めていない鞄の隙間から、睡眠薬で眠っている赤ん坊たちのピンク色の顔がのぞいた。女は平然として、各地で親に捨てられた子供を集めて売りに行くのだと言った。天幕にいた女たちは狭いといっていらだち、互いに髪をひっつかんで喧嘩をした。運転手が車を止め、女たちの頭を一発ずつ殴ってようやく喧嘩が収まった。女たちはそうしていて飽きると、一日中歌を歌った。歌を歌う声は持って生まれた美声で、遥か遠くに見える地平線と美しい声が絶妙の調和を見せた。リナはそのとき理解した。歌手は誰でもなれるものではないということを。

マイクロバスはそれから六日後に陸路で南側の国境を越えて別の国に入り、バスに乗っていた女たちは数人ずつ組になって、あちこちに売られて行った。

アイスクリーム

朝になると、二本ずつ三対のコンクリートの柱が川の水面に浮かび上がった。橋の工事が中断されたため床板のない橋脚は、霧のかかった日には見えなくなり、霧の出ない日だけ水面に姿を現した。川の向こうにある切り立ったように険しい山ですらも、霧の日にはよく見えなかった。いくつかに分かれて流れている川は、ひと目で見渡せないほど広く、水は平たい皿に入れた青い薬液みたいに足元でばしゃばしゃ音を立てた。入水自殺を勧めでもするかのように、川と地面の間には貧弱な欄干すら設置されていなかったし、古ぼけた救命艇ひとつ繋がれていなかった。

川が広々と見渡せるこの小さな村を、大人も子供も「シーリン」と呼んでいるものの、シーリンは地名ではないらしい。シーリンは一見したところ川岸に位置した素朴で静かな村だが、その実、この一帯は有名な売春村だった。シーリンの家々の背後には小さな裏山があり、その裏山に沿って川がよく見下ろせる場所に、金のある観光客たちの別荘が何軒かあった。一年に二度ほど飛行機に乗ってやって来る主人たちを待つ家々は、夜になっても灯をたやさなかった。

朝、シーリンの女たちがまだ眠っている頃、川向こうのどこかにあるという飛行場からヘリコプターの音が聞こえてきた。それから一時間ぐらい後に、手で編んだカーペットや服地、農産物などをシーリン周辺に住む農民たちが直接持って来て売る市場が開かれた。小さな鏡や木綿のハンカチ、殺虫剤や煙草も売られ、ワラビなどの山菜、家で栽培したブドウ、豆腐などもあった。近隣から子供を背負って自転車に乗って来た女たちが、トマトや唐辛子、粟、小豆などを自転車に載せられるだけ買って行った。市が終わり、農夫たちが道をきれいに掃除して家に帰ってしまうと、シーリンはまた静けさを取り戻した。

シーリンに娼婦が多いのは電車のためだという。この国に鉄道が敷かれた二十世紀の初め、鉄道工事のために都市からこの地域に入って来た雑役夫たちの多くは家に帰らなかったし、あるいは帰れなかった。その第一の理由は、ここから北側の大陸まで続く山勢がとても険しく、線路工事をしていた人がたくさん死んだからで、二つ目の理由は、ここの川が美しいので家に戻る気がしなかったからだという。川は地面とほとんど水平になっているが、一度も氾濫したことがなく、大陸が洪水に見舞われてもシーリンの川はきれいな青い色を失ったことがないそうだ。理由は何であれ、家に戻らない夫たちを訪ねて来た女たちがこのシーリンに集団で住み着くようになり、夫の痕跡を探す間に年月が流れた。そうしているうち女たちは年を取り、連れて来た娘たちがすくすく成長した。

リナはシーリンに到着した日から体調を崩した。川の周辺の空気はいつも重く、骨の髄まで湿気がしみこんだ。妙なことにその重い湿気は、リナに元歌手のおばあさんのベッドを思い出させた。リナはおばあさんがもう死んだかも知れず、今にも死にそうであるかも知れないと思った。リナはおばあさんがすべてを振り切って立ち上がり、再び永遠不滅の歌手になれますようにと祈った。首をかしげた宣教師の張が思い出された。リナは出発する直前、小型車のドアが開いて天幕にいた女たちが車の中にいるのが見えたときにようやく、宣教師と金プロデューサーが口裏を合わせて嘘をついていたことに気がついた。

リナはここシーリンの女たちと同じように肌が透けて見える薄い絹の布を足まで垂らして髪をすっきりとまとめあげ、都市から来る男たちを待ちつつ香を焚き、グラスを洗った。「シーリンでは誰も泣かない」これは売春宿のおかみだという女がリナを呼び、黒い扇子を鼻先に当てて揺らしながら言った最初の言葉だった。リナはいまだに年配の人に会うと上体を深く曲げてお辞儀をしたが、文化の違う国の人々はその挨拶を特別な意味に受け取った。女は椅子に座れと言い、リナは女のことをべつだん怖いとも思わずにその言葉に従った。話すたびにせり出した腹が揺れる女は、かごから大きな鋏を出し、腹を揺らしながら近づいて来た。不安にかられたリナは目を丸くしてやめてくれと言ったが、女はリナの頭のてっぺんから前髪をひと握り取って、有無を言わさずばさりと切り落とした。そしてリナの目の前に手鏡を出して見せた。前髪を切ったリナの顔は、以前より頬骨も出て鼻もつんと高く見えた。自分でも気がついていなかった顔の角が目立ち、ずっと老けて見えた。女は煙草を一本勧め、リナは癖になっているのでそれを耳に挟もうとしたが、すぐにまた口にくわえた。女は自分が先に煙草の火をつけリナにもつけてくれてから、息を深く吸いこんで、また思い切り吐き出した。そのときリナは下腹、いやそれよりもっと下にある何かがぴょんぴょん跳ねているような気がした。リナはその煙草が、眠っている子宮を目覚めさせる薬なのだと思った。不思議なことに煙草一本ぜんぶ吸ってしまうと、リナの体はまたすっきりした。

ここの女たちは、ヘリコプターが川の水を揺り動かしつつ西に飛んでいった後、川の水が静まる頃になってやっと自分の家のドアを開けた。小さな家々はすべて入り口の位置が違うため人の出入りはよく見えなかったが、遠目に見た限りでは、どの家も同じような形だった。ピーはひげの長い売春宿の主人を手伝って、ここで必要な物を購入して運んだり、家の壊れた所を修理したりした。そして仕事が終われば、子供たちと一緒に川辺でボールを蹴って遊んだ。

シーリンがよその売春村と違う点があるとすれば、どこででも夢中になって遊ぶ子供たちが見られるということだった。少女も少年も毎晩日の暮れる頃、川辺でボールを蹴り、子供たちの叫ぶ声や元気のいい笑い声が広々とした川岸に満ち溢れた。サッカーをしない子供たちは、母親が働いているあいだ、隣の部屋で寝転がって学校の宿題をしたり、シーリンのおじいさんたちが教えてくれる昔の象形文字を覚えようと、消しゴムがなくなるほど書き取りを繰り返したりしていた。

シーリンに来る男たちは売春宿の主人が差し出すかごに手を突っこんで小さな紙切れを取り、それと同じ色の家に入らなければならなかったので、路地をいちいち探し歩いた。シーリンから車で三時間ほど離れた所にある都市は工場や高層ビルもたくさんあって、にぎやかな所らしい。シーリンに来る男たちはそこからバスで来たり、ゲンゴロウみたいな小さな車や、塗りのはげたオートバイに乗ってやって来た。彼らは夕方に着いても絶対にサングラスをはずさず、ただ紙の色を確かめるときだけ、ちょっとはずした。色が決まれば主人は男たちに禁止事項を伝えた。

「シーリンでは酒は一杯しか出さない。麻薬は持ちこまない。女を殴らない。この事項を破れば両方の足首を切る」

ダークグレーのジャンパーを着た男がドアの前に立っていた。ピーが出て行って紙の色を確認し、男が入って来た。男は家に入って来て中をぐるりと見回し、きょろきょろしていた。ガマガエルのように大きく黒い手と体から出る金臭い匂いが、彼の職業を表していた。ピーはリナがお客と一緒にいるあいだ、隣の部屋のドアに鍵をかけ、破れた靴下をつくろいながらヒマワリの種を食べていた。

男はお茶が飲みたいと言い、リナが藁の匂いがする熱い茶色のお茶を出してやると、男はあぐらをかいてお茶を飲み、あれこれ雑談を始めた。主に自分が働く工場のことや、工場での仕事が終わって同僚とする賭け事の話だった。訛りが強くて何を言っているのかわからなかったが、リナは聞き取れたふりをしてうなずいた。男は荒い鉄の塊のような感じのする人で、何かをぎゅっと抑えているふうだった。男が門を出る前にリナに聞いた。「あの男の子は誰だ?」リナはその言葉がはっきりわかったから、答えない訳にはいかなかった。「あたしの息子よ」

男が帰り、ピーが出て来た。ピーは男がしていた話を絵に描いてリナに見せてくれた。紙には大きな建物がずらりと並んだ工業団地と、その前を通り過ぎる電車が描かれていた。リナはピーの説明を聞きながら、ぼんやりと自分の体のどこかに金属の匂いが残っているのを感じた。ピーとおしゃべりをしているのも束の間、再び門をたたく音が聞こえ、ピーは切符を受け取ってから、遊んでくるといって家の外に出た。シーリンは美しい所であったが、所詮は売春村に過ぎない。

リナはベッドに寝転がって川岸でサッカーをしている子供たちの声を聞いていた。ときどき売春宿のおかみの大きな声も響いてきて、子供たちのおやつをつくるため太った体で熱い火の前にいるおかみの姿が目に浮かんだ。このおかみは実に不思議な人だった。リナがシーリンに来てからもここには絶えず子供たちが連れて来られ、数名ずつ娼婦たちの家で一緒に暮らすようにさせられた。

最初はその子供たちを育てて他の地域に売り飛ばすか、娼婦にするために買って来るのだろうと思った。しかし連れて来る子供たちはいちように体の悪い、重症の障害児や孤児たちで、一人で歩けない子供以外はみんな近隣の学校に通った。きつい仕事をさせる訳でもなく、殴ることもなかった。この国の平凡な子供たちが小さいときから重労働をさせられるのとは、対照的だった。ピーが話すところによると、子供たちの大半は、男の子が欲しいのに女の子が生まれたからといって捨てられた少女たちや、ひどく貧しい家に障害を持って生まれた子や、ずっと小さいときに両親から売られてあちこち回りながらここにたどり着いた、少なからぬ苦労をしてきた子供たちだった。おかみは夕食時になると大きな鉄釜でご飯を炊き、肉と野菜を炒め、お茶を沸かして子供たちに食べさせた。子供たちは皆、ここに来ていくらかたつと表情も明るくなり体もまるまると肉づきがよくなって、ずいぶん可愛らしくなった。川辺で遊んでいる子供たちは、リナがこの国に来て見たどんな子供たちよりも健康だった。そして子供たちの数は日に日に増えていった。

このシーリンの話が風に乗って、あるいはここに来る男たちの口を通じて外に広がっていた。するといつからか、失った娘を探す母親たちが大陸の端から何日も車に乗って訪ねて来るようになった。女たちはたいてい午前中に着いて川を一度見た後、何もないシーリンの道に立ち、人か、せめて子犬なりとも通りかかるのを待っていた。

あるとき、夫が捨ててしまった娘を探しに来た母親がここでついに娘を見つけると、どこで噂を聞きつけたのか、迷子になった子供が見つからずに必死で大陸を探し回っている親たちや、シーリンの周辺地域の役人まで訪ねて来るようになった。売春宿の夫婦は、子供を渡す代価は何も要求しなかった。むしろその子供の態度が人々を驚かせた。「家に帰ってご飯も食べられず、学校も行けないで汚い水に手をつけて暮らすより、シーリンでプライドを持った娼婦になりたい」その母親は娘の胸倉をつかんで引きずるように連れて帰り、しばらく後に再びやって来て、家から持って来た小さな蜂蜜の瓶をおみやげだと言って売春宿に置いて行った。その間に娘はまた逃げ、少ししてまた母親に捕まった。とにかくあれやこれやの噂が近隣の都市に伝わってシーリンはとても有名な場所になった。売春村の運営もきちんとしたものだという噂が立ち、ここに来た人の中で、病気になったり事件に巻きこまれたりする人は一人もいないと言われた。

こうしたすべてに関係なく、川は皿に入れた青い水のようにいつも足元でぱちゃぱちゃと音を立てていた。手を入れると水は冷たくて、川の深い所から寒さを運んでくる冷気の流れが感じられた。ある日川を見下ろしていたリナは、何か思い出したように急いで家の中に駆けこんだ。そして今まで貯めた金を、いくらあるのか数えもせずに二つの札束にして売春宿の主人に持って行った。リナがおばあさんをシーリンに連れて来たいと言うと、主人は答えた。「おばあさんはすぐ死ぬだろうし、金は未来のために使うものだ。すぐ死にそうな人をこんな遠くまで連れて来るのに金を使うよりは、つらい思いをしている子供たちをもっと連れてこよう」それでもリナはおばあさんを連れて来たいと言いはり、三日間の言い争いは、ついにリナの勝利に終わった。

早朝、川べりには霧が立ちこめていた。朝の川は午前の市が終わる頃、再び霧が晴れた。午後になって川がまた澄んだ青い色になりぱちゃぱちゃ音を立てる頃、リナも眠りから覚めた。門を開けたまま川岸を見下ろすリナの頭上を、尾の青い鳥が三羽飛んで行った。空にかかった白い雲がどんどん川から遠ざかり、さらに高い所に流れて行こうとしていた。鼻先に当たる空気が知らぬ間に前より冷たくなっていて、リナは自分の肩を抱いた。売春宿の夫婦と何人かの男たちが川岸に座って話しこんでいた。地域から売春村を視察しに来た人々のようだった。

朝から体が重く、午後になっても変わらなかったのでリナは部屋で横になっていた。ベッドの上の鏡に近づいて顔をのぞきこんだとき、リナは急速に年を取っていく見慣れない女の顔が自分の前にあるのを見た。目の周りにはくまがあり、口元には深く長い皺が縦に刻まれようとしていた。リナは顔を洗い、顔を何度もこすったりなでたりした。そして再び鏡を見ても、老けたという印象は消えなかった。リナは息が詰まり、家にいたくなくて外に出た。

若い男女が川辺で足を水につけ、座ってアイスクリームを食べていた。リナはそっと近づいて腕組みをしたまま二人を観察した。人影に気づいた少女が先に振り返った。「あんたのお母さんだわ」続いて振り返ったピーは、顔を赤らめた。リナは少し前に部屋で見た鏡の中の女の顔を思い浮かべ、そっと唇を噛んだ。

するとピーが振り向いてリナに言った。「母さん、アイスクリーム食べる?」リナは心臓がどきどきし、その場に立っていることができなかった。ピーの手のアイスクリームは石を挽いてつくったみたいな灰色で、ほとんど溶けて流れそうだった。リナは後ろを向いて川に唾を吐いた。

汗まみれの顔で家に戻ったピーは、リナのことは見もせずに、水をごくごく飲みほした。座っていたリナが、化粧台の上にあった香水の瓶をピーに投げつけた。瓶が背中に当たるとピーはうつむいたまま無言でしゃがみ、リナは両脚を投げ出して泣いた。ピーがリナの横に来て肩をつかんで目を見ようとしたけれど、リナはピーの視線を避けた。リナはなぜかピーの顔がまともに見られなくてピーの大きな足ばかり見ていたが、やがて顔を押しつけながら両足を抱いた。リナの唇に川岸の乾いた砂が付き、リナは砂をなめた。

これはあたしの月

きれいに化粧したシーリンの娘たちが重い銀の冠をかぶり、川岸ではしゃいでいた。今日は未婚の娘が夫になる男を選んでプロポーズする日で、この地域の特性上、今まで家の中に閉じこもってせっせと体を売っていた女たちも、今日だけは清らかな乙女のふりをすることが許されていた。

母親たちは娘を美しく飾ろうと、早朝から起きて畑にも出ずにあれこれ指図していた。彼女たちは娘が父親よりましな男に出会い、豊かな暮らしを保証されることによって、自分たちの人生とはまったく違う道を歩んでほしいと願っているのだ。

売春宿の主人をはじめとする村の年配の男たちが川辺に一列に並び、水牛の角で作った笛を吹いた。村の入り口でも、竹でできた大きな楽器を吹いて興を添えた。小さな子供から娘たち、そしておばあさんたちまで、皆がうきうきした顔で川岸に集まっていた。娘を持つ母親たちは藍色や赤い色のスカートをはき、自分の娘をいい男に会わせたい一心でしきりに辺りを見回していたが、当事者である娘たちは重い髪飾りのためか、青ざめて見えた。

リナは疲れた体を起こし、やっと門を開け、家の中に戻って鏡をのぞきこんだ。目の下にはくまができていて顔はかさかさだったし、食欲もなかった。朝、目を覚ましたとき、昔聞いた母の声が出し抜けに重い体を貫いた。「あたしは十九であんたを産んだの。あんたも三、四年すればあたしみたいに子供を産むだろうってことよ」母が嘲笑するように言っていた言葉が午前中ずっと、耳もとでぐるぐる回っていた。

シーリンの住民のほとんどが集まった川岸には、色鮮やかな波が溢れていた。川岸を見下ろすと、他の人たちと話をしている一人の女の姿に見覚えがあるような気がして、リナは角度を変えながらずっと観察していた。八十人ほどいる娘たちの顔は、全部はわからなかった。リナは手編みの緑色のショールをかけてゆっくり川岸に下りて行った。川岸に近づくにつれ、食べ物の匂いと熱気が体にまとわりついた。リナは、赤い絹の伝統衣装を着た女の背後に回って話しかけた。

「お姉さん、あたしがわからない？　リナよ。一緒に脱出したじゃない」

女はすぐ振り返り、黙ってリナの顔を見つめた。縫製工場のお姉さんだった。どんなにくすぐっても笑わない、縫製工場出身の、文句ばかり言っていたお姉さんがシーリンに来ていたのだ。二人は黙って抱き合ったまま、しばらくじっとしていた。

きれいに着飾った少女たちがまず踊り始めた。少女たちは重い飾りのために体を激しく動かすことはできなかったが、世の中のどんなものでも受け入れるとでも言うように、両腕と胸をぱっと広げた。笛の音は少しずつ遠くに広がってゆき、時おり交じる、興に乗った合いの手がいっそう活気をもたらした。売春宿のおかみが連れて来た体の悪い子供たちや知能の遅れた子供たちも、娘たちと同じように化粧をして踊りに加わり、全身をくねらせてはしゃいだ。こうして踊る娘たちの背後で、指名を待つ男の子たちがぐるぐる回りながら踊ると、雰囲気はすぐに高潮した。シーリンの娼婦たちは、今日だけは自分の仕事を忘れたかった。だから少年たちの踊りに合わせて踊り、母親たちが娘に言い聞かせていた「今夜、きっと自分の夫に出会うのよ」という言葉を繰り返しつぶやいて、同じように興奮した。

午後になると川の流れが少し速くなった。皆はたっぷり準備した餅と酒と豚肉を腹いっぱい食べて遊んだ。リナはその時間、縫製工場のお姉さんの部屋にいた。これまで自分たちに起こった出来事を話し合ったのだが、二人が経験したことは似通っていて、珍しい話もなかった。リナは隙を見計らって逃げようと言い、お姉さんも賛成した。お姉さんはリナの服の胸元を開き、羽根つきのボールペンで左胸の上に小さな蝶を一匹描いた。そしてその下に「リナ」と名前を書いた。二人は互いの顔をのぞきこんで、声を出さずに笑った。

リナはピーを探し歩いた。川辺を上流の方に行くと座って水に足をつけながら煙草を吸っているピーが見えた。乾癬だらけの顔で、がりがりに痩せていたピーは、もはや少年ではなかった。水につかったピーの足を何となく見下ろしていたリナは、水に手を浸してピーの顔を洗い、髪に水を塗って整え、服もきちんと直してやった。そしてピーに言った。「うちの息子、あんたも今晩、一生をともにする花嫁に出会わなきゃ」それからピーの手を無理やりつかんで村人の集まっている所に連れて行った。ピーは笑いながら、しきりに後ろを振り返っていた。

娘たちが夫を選ぶ日、地域の最も大きな行事を進行するのは売春宿のおかみだった。話し出す前から、椅子に座ったおかみの丸い腹が上下に揺れた。女は眉間にぎゅっと力をいれたまま、竹の扇子をぱたぱたさせつつ、着飾った娘たちに命じた。「さあ、これからあんたたち、亭主を選ぶのよ」娘たちは隠し持っていた小さな櫛、きれいなペンダントなどを出して、気に入った男に近づき始めた。娘たちが恥ずかしそうに渡す品物を見た時、リナは胸がどきっとした。リナは心の中で何度となく、ある男に花を渡すことを想像した。空想の中では体の中から花が限りなく出てきた。でも手渡す相手がいない。そう思った瞬間、リナは見た。ピーと一緒に川辺でアイスクリームを食べていた少女が、ピーに小さな人形を渡しているのを。リナは体の向きを変えて、川に唾を吐いた。

夫となる人を選んだ少女たちは表情が明るくなり、おいしいものを食べて騒いだ。そんな少女の親たちは歌を歌い楽器を演奏し、弱い麻薬も吸った。しかし夫を選べなかった娘たちは悔しい思いをしながら家に帰り、その娘の母親たちは夜通し川べりに座って涙と鼻水をすすりあげた。夫たちは血走った目で水煙草を吸い、女房たちの背中に向けて怒鳴った。「お前が娘の教育を間違えたんだ」怒った女たちはすぐに言い返した。「明日の朝、あたしと娘の姿が見えなければ、川に飛びこんで死んだと思いな」年に一度シーリンに訪れる意義深い祭りの夜の雰囲気は、笑いと憎しみの交差する中で最高潮に達していた。酒に酔った男たちは人口調節でもするかのように一人でふらふらと川に近づいて姿を消してしまったが、誰も川に落ちた人を助けに行こうとはしなかった。

シーリンについていい噂が広まるほど、シーリンを訪れる男たちは荒れた。怒りが頭の先までこみあげた状態でやって来る人がいるかと思えば、親に反抗するというだけの理由で遠い町から訪れる、威勢のいい金持ちの若者たちもいた。売春村の女たちは遠方から訪れる荒れた男たちをなだめようとしたために、徐々に弱っていった。

数日後、永遠不滅の元歌手がシーリンに到着した。おばあさんは、車の中でたくさんの小さな風呂敷包みの中に埋もれて横たわっており、驚いたことに布団や洋服の包みの後ろから、おじいさんがにゅっと顔を突き出した。相変わらず人身売買で暮らしている金プロデューサーが、ストライプのズボンに、以前と同じグレーのシャツで運転席から降りてきた。リナはおばあさんを支えて家の中に入れてしまってからおじいさんの肩にすがって、無事に到着したことを祝った。

「ほら、俺の言ったとおりだろ。お前をここに売って正解だったんだ。ここは暮らしやすいじゃないか。あんなきれいな川はなかなか見られるものじゃない。あの川の近くに住めるだけでも、お前は俺に感謝すべきだな」金プロデューサーが偉そうなことを言っているあいだ、リナは、前より少し伸びたような気のする、おばあさんの肩や顔の筋肉を触ってみた。

「あのじいさん、晩年に愛の逃避行をしようと、家も子供もぜんぶ女房にくれてやったんだぜ。どうかしてるよ」

おじいさんは降りてすぐ、川を近くで見たいと言った。生まれてから家を遠く離れたことがなく、外国はシーリンが初めてらしい。また、女房に残してきた家は、売り払っても丈夫な牛の一頭も買えないような古ぼけた家だったし、こんな所に来られたのも年老いて出会った恋人のおかげだと言った。

「ここまでこの年寄りを連れて来てやったんだから、感謝しな」

リナは売春宿の主人を通じて渡した金以外にも、数枚の紙幣を出した。金プロデューサーは油っぽい髪を後ろになでつけながらリナを見た。

「こんなのじゃなく、俺にやらせてくれないか？　お前、淫売だろ」

「ご冗談。さっさと帰ってよ」

リナはせせら笑って門を開けたが、金はそれからしばらく村をうろついていた。おばあさんとおじいさんは売春宿の主人の家で夕食をごちそうになった。夕食の後、彼らが川岸に出て月を見ているあいだに、リナは大都市の駅で機関士をしている男を迎え入れた。泥酔したプロデューサーが夜中に一人で川に入って泳ごうと騒いだことを除けば、いつものように静かで美しい夜だった。

娼婦になって間もないある女が、都市から来た技術者に殴り殺された日、シーリンの川は昼間から深い霧に包まれていた。まだそう遅くない時間に、その女の家から悲鳴が聞こえ、人々が集まった。下半身をむき出しにした女は首がねじれたままベッドに押しこまれて死んでいた。隣の部屋に閉じこめられていた子供は怖くて外に出られず、爪でドアの枠ばかりひっかいていた。売春宿の主人は家に入って布団で女を覆い、ベッドに腰かけて頭をかかえている男の手をつかんで引きずり出した。おかみは隣の部屋に入り、泣いている子供を抱き上げ、おいしい飴をあげるといってなだめた。

売春宿の主人と四人の男たちが、その男を連れて川べりに行った。白っぽい霧に包まれた夜の川岸は火をつけた所だけが明るくて、芝居の舞台みたいだった。おかみはシーリンの子供たちを集めてお菓子を与え、彼らが川に行かないよう、数人の女たちと一緒に自分の家で見張っていた。数人の男たちは残っていた客を丁重に村の外へ送り出し、村の入り口には休業を知らせる表示が掲げられた。

四人の男が娼婦を殺した男を、あっという間に木の柱に吊るした。男はまだ興奮していて、女が先に自分を殺そうとしたから仕方がなかったのだと言った。売春宿の主人は、男がここに来るとき立てた誓いを、再び教えてやった。男はその誓いを聞くと、しぶしぶうなずいていたが、突然狂ったように叫んだ。あんな売女一人殺したぐらいで都市の労働者をこんなふうに扱ったらシーリンをただじゃおかないとか、結局これは全部あいつのせいだとか、訳のわからないことをまくしたてた。売春宿の主人が顎ひげをなでると、四人の男が本物の刀を持って来た。大きな刀を見た男は地団太を踏み始め、川の周辺に集まった娼婦たちは口を押さえて恐怖におののいた。売春宿の主人は、男が女にしたのと同じように下半身を脱がせ、四人の男たちに殴れと命令した。四人はシーリンの娼婦を殺した男を強く殴った。いくらも殴られないうちにぐったりとした男は、意識が戻るまで木の柱に吊るされていた。やがて気のついた男が全身をぶるぶる震わせた。売春宿の主人は男に、言い残すことはないかと聞いた。男が思い切り大きな声で叫んだ。「労働者万歳！」その瞬間、まるでチャンバラ映画のように男の足首はころりと切り落とされた。男は反抗して騒ぐ間もなく、一瞬のうちに柱から下ろされて四人の男に川に投げ落とされ、足首も続いて投げられた。それから四人は男が乗って来た小さな乗用車のブレーキをはずして力を合わせて押し、川に落とした。ぶくぶくと何かを吐き出していた水は、すぐに静かになった。

ことが終わると、待ちくたびれたように家から出て来た子供たちが、叫びながらボールを蹴り始めた。リナはベッドの上に座って鏡をのぞきながら、川岸で遊ぶ子供たちの声を聞いた。そして子供たちの動きを想像した。

子供たちは川にボールが落ちないよう、死力をつくしてボールを追うだろう。片腕のない子供は自分の腕がないことも忘れて、ボールに飛びつくだろう。毎日殴られていた子供は、夜の川べりでは明るい顔で笑うだろう。遺伝子の組み間違いで背が低く首が太くて寿命が短いと予想されている子供も、今日だけはシーリン一番のサッカー選手だ。子供たちの顔は汗にまみれている。一人の少女が川の水で顔を洗う。水は冷たく青い。今夜、シーリンの人々は子供たちがサッカーをする声を聞きつつ、忌まわしい事件も、悩みも忘れて眠りにつくだろう。子供たちの声はシーリンで起こるすべてを、川の水の中に引きこんでしまうのだ。

まだ片付かないおばあさんの風呂敷包みを枕に横たわったリナは、窓に吊るしたベルの音を聞いた。客が来たのだ。ドアを開けるとピーが入って来て、リナを訪ねて来た男たちがそうしたように、ポケットから緑色の紙を出した。リナは紙を受け取って壺の中に入れてから、ピーの手を取ってベッドに行った。ピーはリナが歌手をしていたとき天幕の中でそうしていたように、靴下を脱がせて足の裏をもんでくれた。ピーは着ていたシャツとズボンをほとんど同時に脱いで、両手で胸を隠した。リナはピーの背中の真ん中に谷のように続いている背骨を指でぎゅっぎゅっと押した。リナもまた、いつもかけている緑色のショールを脱いで、全身をぐるぐる巻いている長い絹の布を取った。リナがピーの股間に手を当てるとピーの体がリナの方に近寄った。二人の体が密着したとき、ピーはリナの髪を束ねていたゴムをほどいた。リナの髪が枕の上にさっと広がるとピーはリナの顔を片手で覆ってから体をぎゅっと抱き、挿入した。リナは、毎日鞭で打たれ、ぼんやりとしていた少年時代のピーの顔を思い浮かべて思わず笑ってしまった。ピーは、言葉では表せなかったけれどずっと言いたかった話を唇で、指で、足の指で、リナの体の上に描いた。リナはピーの出生から、化学薬品工場に行くまでの話を体で聞き、理解した。すると頭の中が明るくなって狭苦しい部屋の中の壁という壁がすべて崩れ、遥かかなたの空から堤防のように広がった青い国境線が近づいて来た。青い堤防がリナに向かって波のように押し寄せたとき、リナの骨盤は思い切り広がり、聞いたこともないような声がピーの口から出た。リナはピーの体をしっかりつかんで互いの息が落ち着くまでじっと横たわっていた。

明け方、目を覚ましたときピーはベッドに腰かけていた。若い娼婦の乳房に描かれた蝶は、消えかかっていた。娼婦は乳房の上の蝶を指に止まらせ、前に座っている男の腹の上に乗せた。するとピーはリナの両脚を開かせて温かい息を吹きいれ、固くなった体の緊張をほどかせた。リナがピーに言った。「かわいいと言ってよ」ピーはリナの体を抱き、かわいいと言ってから、自分で自分の口をふさいで射精した。

朝が来る前に、隣の部屋でいびきをかいて寝ているおばあさんの横に行って座ったリナは、ぐったりしたおばあさんの悪くない方の手を取って、自分の腹にそっと当てた。しばらくするとおばあさんはリナの腹に手を当てたまま、喉に小骨が刺さったような咳ばらいをしてから、ゆっくり体を起こした。そして元歌手らしく、久しぶりに低い声で歌を歌った。すると奇跡が起きた。おばあさんが少しずつ喉に力を入れるたびに、リナの腹の中から不思議な力が湧いてきて、へこんでいた腹が丸く膨らんだ。リナは丸く膨れ上がった腹をなでながら、泣きも笑いもしない顔でじっと座って、これはあたしの月よ、と低くつぶやいた。

サッカーの試合

都市の労働者が足首を切られて川に投げこまれてから三日後、五人の役人が古いカメラを首にかけ、手を後ろで組んでシーリンの川岸に立っていた。彼らを出迎えた売春宿の夫婦の身振りは普段よりずっと派手だったが、顔はいつになく緊張して見えた。役人たちは観光客のように川に石を投げて水面に飛ばしたりしながら山や川を眺め、ちらちらと売春宿の夫婦の方に視線を向けた。そのうちの一人が川のある一点を指差しながら呼ぶと、同僚たちがいっせいに走って来て水の中を見つめた。売春宿の夫婦は青ざめ、死体でも上がったら、車のドアでも浮かんできたらどうしようと気をもんだが、幸いそんなものは出てこなかった。深く冷たい水の中をゆったりと泳ぐ大きな錦鯉が、その日に限ってやたらに多かったのだ。売春宿のおかみは大きな目をぱちくりさせながら鯉たちにささやいた。「お前たちがすっかり食ってしまったんだね？　あたしたちはそう信じてるよ。かわいいやつら」そして売春宿の夫婦は互いに目で合図をしていた。

シーリンの女たちが売春宿の主人の家に集まり、数時間前から食事の支度をしていた。羊の肉は脂を落とすようにゆっくり回しながら焼き、きのこと神仙草を炒めて、ビールも用意した。女たちは清潔なテーブルクロスを敷いた上に十種類以上の料理を並べて豪華な食卓をととのえ、役人たちを接待するために待機していた。とにかく役人たちの機嫌を損ねてはいけないというのが売春宿夫婦の方針だったから、皆が一心不乱に働いた。

日が暮れ始めると、シーリンの子供たちはまたサッカーをするために川岸に集まり、売春村は見た目には以前と変わらずうまく行っていた。リナはそんな必要はないと止めたが、事態の重大さを悟った元歌手のおばあさんは、歌を歌って興を添えることで少しでも役に立ちたいと、みずから宴席に出向いた。役人たちが食事をするために集まった部屋は四方に大きな窓があり、天井が高くて、がらんとした感じがしないでもなかった。元歌手であったおばあさんは頬紅を塗り膝の上に手をのせ、ドアの横に置かれた小さな椅子に座って役人たちが食事をすませるのを待ちつつ、恥じらう乙女のような表情になっていた。役人たちは、最初は料理になど興味がないとでもいうふうに、売春村の運営に関してあれこれ質問しながら難癖をつけていた。だが、羊の肉の匂いが部屋の中に漂い、食べ物がじゅうじゅう焼ける音が聞こえると、どうにもたまらなくなり、表情が徐々に緩んできた。女たちが役人たちの杯に心をこめて酒をつぎ、取り皿に料理を一つずつていねいに入れてやった。役人たちは熱い酒が喉に流れこむとポケットから煙草を出して上着を脱ぎ、ようやく冗談を言いはじめた。売春宿の夫婦はやっと安堵の表情を浮かべたが、事態の行方を見守ろうと、緊張を解くことはなかった。

役人たちがご馳走を食べているあいだ、娼婦リナは鉛筆を持ち、縫製工場のお姉さんと一緒に知恵を絞って脱出計画を立てていた。リナは肌が透けて見える薄い絹の布を足元まで垂らして髪をすっきりとまとめ上げた娼婦らしい服装だったが、姿勢がとても不遜に見えた。ベッドに寝て脚を壁にもたせかけ、ゆらゆらする絹の布はまとめて脚の間にはさみ、鉛筆は耳に挿したまま、腕を空中で振りながらしゃべっていた。地図もないし、脱出経路を決めるのに参考になる資料は何もなく、助けてくれる人もなかった。リナは金プロデューサーや宣教師の張のような人たちが、こんなときには本当に懐かしくなった。

「お姉さん、あたしたち、ここにいたら売春宿の人たちに、いつ死んだかわからないうちに殺されちまうよ。あいつらは娼婦を川に投げこんで知らんふりするぐらい、朝飯前なんだから。噂を聞いたでしょ？　麻薬の密売もしてるらしいじゃない。孤児を連れて来て養うのは、悪い噂が立たないように予め手を打って、これからも子々孫々、ああやって食べていこうっていう手口なんだ。いい人ぶってるけど、手練手管にたけた人たちだし、あたしたちも結局はやられてしまうよ。子供たちは毎日食べてサッカーしているだけで、戸籍もないから、誰も関心を持たない。それに、あの人たちが本当にいい人だったとしても、しょせんここは売春村なのよ。そうでしょ？　あたしの言ってることは間違ってないよね？」リナはそう言いつつも、なぜかおかみについては言い過ぎたような気がして、申し訳ないとすら思った。

お姉さんは化粧台の前に座って金を数えるのに没頭していた。リナは両足で壁をどんどん鳴らした。しばらくして二人は戦意に燃える少女兵士のように太ももをむき出しにし、袖をまくりあげて深刻な顔で脱出計画を練り始めた。買収する対象を決め、いつどうやって接近するか、どういう交通手段を利用するべきか、いつ出発すべきかなどを決めるまではすんなりと行ったが、その次に意見が分かれた。

「当然よ。おばあさんとおじいさん、それにピーも一緒でなきゃ」

「気でも違ったの。今、誰を連れて行けるっていうの。住みよい隣町に引っ越す訳じゃあるまいし」

「一人で行くなんて、考えたこともない」

「教会でやっと会えた両親にもついていかなかったくせに、よその国で出会った年寄りや間抜けな男の子をなんで連れて行くのよ。まさかあの人たちをP国まで連れて行くつもりじゃないだろうね?」

リナは縫製工場のお姉さんの言うことがわからない訳ではなかったし、それは正しいと思いながらも、お姉さんの態度がひどく気にさわった。リナは黙って両足を揺らしながら、ベッドのシーツに描かれた赤い花模様ばかりつまんでいた。

「他の人たちと一緒に行こう。あの人たちをみんな連れて行って捕まるのは嫌だ」

「そう? そんならお姉さんが一緒に逃げる人を探してごらん。ここであたし以外に逃げようっていう人がいるかしら。それに、よくわかってないみたいだけど、あたしぐらい逃げるのがうまい人はいないよ。知らないでしょ? あたしがどうやってここまで来たか」

お姉さんが窓を開けて、太くて匂いのきつい煙草に火をつけてくわえると、リナは少し緊張した。今、腹を立ててるのはあたしの方なのに、とリナはつぶやいた。お姉さんの肩が少しずつ波打っているのに気がついたが、機嫌を取る妙案は、すぐには思い浮かばなかった。開いた窓から、川岸でサッカーをしている子供たちの叫び声が聞こえていた。

そのときリナは、腹の奥から響く太鼓の音を聞いた。太鼓の音は最初はとても小さく始まり、全身を桶のように大きくがんがんたたいては、リナの耳元でまた小さな音になって漂っていた。リナは太鼓の音を聞くたびに、見知らぬ国の都市の真ん中に、熱い砂漠に、さらにまた、国境に行って立っていたいという衝動で唇がむずむずする。全身の血管がひきしまり、腕と脚はもう空中にあって、一人で向こうの方にすたすたと歩いている。口を大きく開いて思いっきり歌でも歌わなければ、太鼓の音に負けて鼓膜が破裂しそうな気がした。

縫製工場のお姉さんを訪ねて来た客が、ドアをたたいた。リナは皺くちゃになった絹の布を慌てて伸ばし、服装を整えてその家から出た。そして途中で引き返してドアの前に立ち、舌を出した。それでも気持ちが収まらず、宙に向かってまたつぶやいた。「ピーのことを間抜けだなんて、ひどすぎる」そしてリナはまた途中で立ち止まり、「間抜けなのは確かだけど」と一人でふっと笑った。

川岸から吹く風が頬をかすめると、ざらざらした冷気が感じられた。子供たちはまだ川岸でサッカーをしていたし、路地の一番下の方にある売春宿の主人の家は明かりがついていて、役人たちの大きな笑い声がしきりに聞こえた。リナは坂道をゆっくり下りてゆき、その家のドアに顔をくっつけて、こっそり中をのぞいてみた。役人たちはランニングシャツ一枚になって愉快な時間を過ごしていた。爪で肩や肘をぼりぼりかき、頬がはちきれるほど酒と肴を食らいながら、煙草の煙を吹き散らかしていた。元歌手のおばあさんがゆっくりと立ち上がり、一歩前に出て歌い始めた。外国に侵略されていた時代におばあさんの国の人たちがよく歌っていたという歌は、格調が高く、物悲しかった。しかしおばあさんの歌を聴いている役人たちの態度は、とてもお話にならなかった。リナは、苦労しながら歌って稼いだ金をつぎこんで連れて来たおばあさんが、観覧態度の悪い役人たちに深々とお辞儀をして歌う姿を見ると、内心、恨めしいような気がした。

「いったい何をしているんですか」

リナはぱっとドアを開けて家の中に入って行った。その瞬間、来るべきではなかったと思ったが、後悔しても無駄だった。暖かい室内の空気が鼻から入ってきて、部屋にいた役人たちがいっせいにリナを見た。一人の男が言った。

「おや、娼婦が自分からお出ましだよ」

役人たちの視線がリナの体を上から下まですばやく駆け抜けた。役人たちがリナを観察するために黙ってしまうとようやく静かになり、元歌手の美しい声がちゃんと聞こえるようになった。怒った売春宿の主人が白い顎ひげをなびかせながらリナの手首をつかんで外に引きずり出し、家の前でリナの頭を殴った。「事態の深刻さがわからないのか？　どうしてこんな馬鹿な真似をするんだ。われわれは皆、一蓮托生なんだぞ」売春宿の主人は激昂していた。リナは彼が家の中に戻ると、その背中に向けて言った。「あたし、あのヤギひげ、ほんとに嫌だ」

リナは、おばあさんが出て来るまで外で待っていた。ぱらぱらとした拍手が聞こえた後、力なく門を開けて、おばあさんがゆっくりと出て来た。おばあさんは今にも倒れそうなほど疲れていたけれど、何を根拠にしているのか、思っていたよりも歌がずっとうまく歌えたと自画自賛し、すべてうまく行くはずだと言ってリナの背中をたたいた。

家の前の路地にある塀にもたれて見つめあい、別れのつらさを忍んでいる若い男女が見えた。一人はピーで、もう一人はシーリンの娘たちが夫を選ぶ日にピーに人形を渡した少女だった。リナはおばあさんを支えて家の中に入らせてから、彼らの方に振り向いた。二人ともリナの方を見て気まずそうに笑い、リナは大きな音を立ててドアを閉め、鍵をかけた。

おばあさんを布団に寝かせ、化粧台の前に腰かけたリナは、じっと鏡の中を見つめた。娼婦を殺した男が足首を切られて死んだ夜、ピーとの間に起きた事が事実だとは信じられなかった。絹の布が擦れる音、顔に落ちてきた小さな花模様の壁紙、おばあさんの温かい手が触れると膨らんだ腹、そのすべての記憶が指の先から消えつつあった。はちきれそうに膨らんでいた腹は何事もなかったように、ぺしゃんこになっていた。

役人たちの酒宴が終わったのか、坂道の下のほうにある路地全体が騒がしかった。役人たちは満腹したようすで川岸に下りて浮かれていた。売春村の子供たちは川岸の高い棒に吊るされた電灯の明かりをたよりに、いつものようにサッカーをしていた。事件は、一人の役人が川岸に小便をしに下りて行ったときに子供たちを見て、一緒にボールを蹴りたいと言い出したことから始まった。その役人は小便をした後、ズボンからはみだしたランニングシャツを直すと、サッカーをしている子供たちの中に入って行った。どうにかして一度ボールをとらえてゴールに入れようとしたけれど、チャンスはまったく来なかった。彼はためらっていたが、すでに車に乗ろうとしている仲間たちに向かって叫んだ。

「おい、久しぶりにサッカーをやって行こうぜ」

みずから運転して役人たちを送って行こうと申し出た売春宿の主人は、何も言えないまま車を降りて、子供たちのほうに走って行った。

「みんな、何がなんでも負けてくれよ。今夜はお前たちが負けるんだぞ」

地域の役人とシーリンの売春宿の子供たちの試合が始まった。寒くなったので子供たちが叫ぶたびに息が白くなり、役人たちの口からも酒の匂いの交じった酸っぱい息が溢れた。

子供たちは左側のゴールに向かって、役人たちは右のゴールに向かってボールを蹴りいれた。片腕のない少年がすばやくボールをパスした。すぐ横についていたおかっぱの少女がまたすばやく動いて、横で走っている背の低い少年にボールをパスした。少女と背の低い少年の間に何とか割りこもうとしていた役人は、自分の足がからまって地面に倒れてしまい、その間におかっぱの少女が酔っ払ってあくびをしていた役人側のゴールキーパーに向かってボールをゴールインさせてしまった。役人たちが、ディフェンスのできなかった自分側の選手たちを激しい口調で罵りはじめ、川岸のサッカー場は勝負に燃えた選手たちの熱気で熱くなった。

客の来ない娼婦たちが小さな椅子を持ち出して見物しに来た。川の向こうに広がった高い山は闇に包まれて見えず、冷たい夜の空気が川岸に満ちていた。何はともあれ、見物人までできたサッカーの試合は、最高潮に達しようとしていた。子供たちはゆるくなった運動靴のひもを締めなおし、ずり落ちるズボンを引き上げ、目の前を行ったり来たりしている役人を恐ろしい目つきでにらみながら気持ちを集中させていた。

ついに役人たちが攻撃のチャンスをとらえた。一人の役人が、えいっと叫びながら右にボールを蹴り、さっきまでぼんやりつっ立っていた役人がそのボールを受け取ってゴールまで一人で走って行った。続いて、早くゴールしろという叫びが起こり、形式的に役人たちを応援していたシーリンの女たちもほんとうに興奮して早くボールを入れろと叫んでいた。攻撃する方がまごまごしているうちに子供チームの、片脚の悪いゴールキーパーがさっと走って来て、役人たちのゴールの方へとボールを蹴ってしまった。ゴールキーパーを息子のようにして一緒に暮らしている娼婦が、「うちの子、よくやったわ」と叫ぶと、少しのあいだ、ぎこちない沈黙が流れた。

選手たちのうちの誰かが、休憩しようと宣言した。役人たちはいっぱいになった膀胱をからにするため川に小便をし、子供たちは汗の流れる顔を川の水で洗った。それから役人たちは真ん中で輪になって手のひらを重ねて作戦会議をし、子供たちはそれぞれ体をほぐしながらファイトと叫んだ。このサッカーの試合で誰よりも緊張していたのは売春宿の主人だった。主人は一人ずつ子供たちの手を握って絶対に勝ってはいかんと念を押し、サッカー場をうろうろしていた。

一対〇の状態で試合は続行された。役人たちはもう酔いもあらかた醒めて走るのも速くなり、動きもずっと敏捷になったようだった。しかしいくら頑張っても子供たちにはついてゆけなくて、体がぶつかるごとに足が引っかかって仰向けにひっくり返ったり、ぶざまに滑ったりした。シーリンで一番足が速いという少年がボールをとらえ、役人たちのゴールに向かって一人で疾走した。そしてゴールキーパーに向かって強烈なシュートを飛ばすと、ボールはゴールキーパーの肩に当たって跳ね返った。そのすきに、脊髄障害で背の伸びない少年がさっとボールをゴールに入れ、結果は二対〇になった。

役人たちは怒りのあまり息が荒くなっていたが、そもそも選手の数からしてバランスが取れていないのだから選手を数人貸してくれと言った。売春宿の主人が出て来て数人の子供を役人たちのチームに入れ、役人チームに入った子供たちは、役人たちの言葉に従って、味方を識別しやすくするために両腕の袖を捲り上げた。数の上では戦力は均等になった。子供のように夢中になった役人のうちの一人が髪をなびかせて運動場を走りはじめ、皆が彼に向かって押し寄せた。サッカーとはいうものの、風変わりな喧嘩と言ってもよかった。役人は若いときにサッカーの経験がかなりあるらしく、左右の足を駆使しながら見事な足さばきで子供たちのゴールに近づいて行き、女たちはいっそう大きな声で叫んだ。しかし役人がシュートのチャンスをつかむ前に娼婦の息子であるゴールキーパーが役人の下半身めがけて突進した。役人はすばやく、すぐ横に立っていた腕まくりした少年にボールを渡した。少年はその瞬間、自分がどちらのチームなのかを忘れ、逆方向に向きを変えて、一人であっという間にボールを蹴りつつゴールに疾走した。そして来ちゃだめだと叫ぶゴールキーパーを避けて強いシュートを打った。少年のオウンゴールで三対〇になると、子供たちも役人たちもひどく曖昧な態度で互いに相手の様子をうかがい、誰もボールを蹴ろうとしなくなった。

売春宿の主人は客席の前に行って早く応援しろと両腕をぐるぐる振り回し、顔色をうかがっていた女たちが役人に拍手を送った。もったいぶっていた売春宿の主人が、自分の運命が危機に瀕して東奔西走する姿は、哀れですらあった。もう、ほんとうに最後のチャンスだった。足の速い少年がわざと役人たちにボールを渡すようにパスをし、子供たちは戦意を喪失してゆっくり走り始めた。一人の役人が敏捷にゴールまで走ってゆき、その間、誰も彼を妨げなかった。ボールをゴールに入れた役人はすぐ後ろを振り向くと、腰に手を当ててじっと立っている子供たちをにらみつけた。彼は顔をひどくゆがめ、すぐ横に立っていた、片腕のない少年の尻を不意に蹴って倒し、何度も足で蹴り続けた。

その卑劣な場面を見ていた人々は文句を言いたかったが、ぐっとこらえた。そうして三対一で試合終了。健康体ですらない売春村の子供たちが、勢いのいい役人たちに勝って今日のサッカーの試合は終わった。役人たちは服を着て売春宿の主人が運転する車に乗りこみながら大声でわめいた。

「礼儀知らずめ、あんなやつらがわれわれを相手にわざと負けようとするなんて、こんな屈辱は初めてだ」

役人たちが騒ぎながら去ってゆき、試合に出た子供たちは川の水で手と顔を洗い、着ている服で顔を拭った。試合を見に来ていたチビたちは母親がわりの娼婦の太ももに腕を回し、歩いて家に帰った。また今日の試合を勝利に導いた選手たちも、われながらあっぱれだという表情で、母親がわりの娼婦が待つ家に、それぞれ戻って行った。

葬式

老いた元歌手は、役人たちの前で歌った日の夜から寝こんでしまった。家中の布団を全部かき集めてかけてやっても寒い寒いと言って、肌着がびしょびしょになるほど汗をかいた。そんな状態が何日か続いた後、目を大きく見開いて天井をじっと見つめたまま、寝返りも打たなくなり、病状は日ごとに悪化した。食事もスプーンで口に入れてやらなければならず、話しかけても何の反応もなかった。飲んだものはすべて小便になって出るのに、自分で起きてトイレに行くこともできなかった。意識はなくなったり戻ったりしていたが、後にはまったく戻らなくなった。どうせ死ぬなら天幕で死んだらよかったのに、わざわざこんな遠い外国まで来て死ぬなんて。リナはぽかんとしているおばあさんの顔に向かって、何度も言った。

闘病は長引きそうだったから、大小便の始末をしなければならないリナは厳しい状況に置かれた。それでリナは悩んだ末、おばあさんの敷布団の上に大きな分厚いビニールを一枚のせて敷布団全体を包んだ。おばあさんが動くたびにビニールがかさかさ音を立てるので世話もしやすくなった。ビニールの上に寝たおばあさんの体は、中身が全部なくなって大きな脚だけ残った昆虫のようだった。

もはや汗も出ず、皮膚は紙のように乾燥し、トウモロコシのひげみたいにばさばさの長い髪は、風もないのにふわりと動いた。おばあさんはじっと目ばかり大きく見開いたまま、赤ん坊のように無心に、ただ横たわっていた。

　誰よりもやきもきしていたのは、老いらくの恋を求めて異国まで移住して来たおじいさんだった。おじいさんはおばあさんが横たわっている部屋に冷気が入るのを防ごうと、窓の隙間の小さな穴にまでいちいち紙をよじって詰めこんだ。そして一日中おばあさんの横に座って祈りか何かをつぶやき、干鱈のように痩せたおばあさんの腕を自分の顔に当てたまま眠りこんだりしていた。

　時間がたってもおばあさんの病状は好転しそうになかった。おじいさんは、じっとしていられないと言って立ち上がったが、リナは彼がおばあさんを助けられるとは思えなかった。おじいさんは年老いていたし、金もなかったからだ。

「俺がどこかで不老長寿の草でも探して来てやるぞ。見てろ」

　おじいさんは小さなリュックを背負って両手のこぶしを握り締め、シーリンを出て行った。そして二時間もたたないうちに、ぐったりとしてシーリンの子供たち数人がひくリヤカーに乗せられて戻って来た。おじいさんは茶畑の横の道路を歩いていて車にひかれたらしい。学校帰りの売春村の子供たちがその場面を目撃したのだが、おじいさんの体が空中にぱっと飛び上がり、茶畑に落ちたのだという。

　おじいさんはピーに背負われて部屋に移された。車にはねられたというのに外傷はほとんどなく、目をじっと閉じて、眠っているみたいだった。おばあさんの横におじいさんを寝かせると、二人ともこびとの国の住人のように、とても小さかった。おばあさんはおじいさんが死んだことがわかるのかわからないのか、目を大きく開けて天井ばかり見つめていた。

リナは売春宿の主人の所に行って状況を説明し、葬式を出させてくれと言った。一、二日のあいだにおばあさんが死んだら、合同の葬式をしてしまうつもりだった。そう聞いたら縫製工場のお姉さんが誰より喜ぶだろうと思ったが、礼儀知らずのお姉さんは何が忙しいのか、一度も見舞いに来なかった。

リナとピーは夜になっても寝つけなかった。ハエの飛ぶ音がするので起きてみると、おばあさんの小便がビニールの上に溜まっており、二人はやはりじっと横たわっていた。リナはおばあさんやおじいさんが死ぬということに実感がわかなくて、何度も自分の太ももをつねった。大陸の天幕の村でおじいさんとおばあさんが夜ごとささやいていた声が今にも聞こえてきそうで、何度も二人を見つめた。二人は死んでもささやき続けるような気がしたし、少しも寂しくないだろうと思った。だが、おばあさんはなかなか死ななかった。

おじいさんの葬式の前日、村人たちは川岸に集まっておじいさんの遺体を水で洗った。川の水は冷たかったけれど、幸い日差しは暖かくて風も強くはなかった。竹をきっちり編んで作った台の上におじいさんの遺体を載せ、参列した人々が順番に川の水を汲んでおじいさんの遺体にかけはじめた。おじいさんの皮膚は浅黒くすべすべしていたが、すでに血がかなり凝固したのか、ひどく固かった。参列者は遺体をぐるりと取り囲み、遺体の上に手を置いて祈りを捧げた。

亡骸を洗う儀式が終わり、参列者が遺体の周りをぐるぐる回って故人に最後の別れを告げる踊りを踊った。米粒がいっぱい詰まった稲束を頭に載せた男たちは、今度生まれ変わったら健康な金持ちになれと言って、おじいさんの遺体の前で心をこめて踊った。そのうちの何人かが葉タバコを吸って煙をたっぷり吐き出し、おじいさんの周りに煙を充満させた。

ピーは絵は下手だったが、一晩中頑張っておじいさんが手土産の袋を持って立っている姿を描いた。そしてたった一つしかない額縁にその絵を入れて葬式用の遺影にした。きれいに洗ったおじいさんの遺体は、頭に白い布をかぶせ清潔なガウンを着せられて青いお棺の中に納められ、翌日の葬式まで川岸に置かれた。リナは一晩中家の中でおばあさんの面倒を見、ピーは川岸でおじいさんの亡骸を見守った。

早朝、シーリンの川岸で葬式をした。テーブルの上にお供え物を置き、匂いの強い香も焚いた。男たちは竹でできた弔い旗の竿を持って立っていた。柩を載せる輿は村の入り口にあったが、赤い絹がところどころ擦り切れ、天に向かって伸びた二本の動物の角のような飾りが上にのっていた。葬式の司会をしたのは、「明日には百歳になる」というのが口癖の、シーリンで最も年長の老人だった。リナとピーは麻やカラムシでつくった喪服を着て遺体のかたわらに座り、合掌した。祭司である老人が死者のための食物に水をかけ、煙草の火をつけた。そして死者を慰める歌を歌ってから、柩の蓋を開けた。おじいさんの顔は一日前よりも色が黒くなり、腐敗しつつあるたんぱく質の塊のように感じられ、見た目はかえって良くなった。祭司は赤い粉を水でこね、おじいさんの唇の輪郭に沿ってたっぷり塗った。誰かがとても高いトーンで祭礼用の歌を歌い始めると、男たちが近づいて柩の蓋を閉じ、輿に移した。

弔い旗が先頭に立ち、人々は柩の後ろについてゆっくり歩いてシーリンを抜けた。シーリンを抜け出た葬列は近隣の村をゆっくりと回った後、再びシーリンの川岸に戻って来た。柩はシーリンの川の中に入り、ゆっくりと沈んで朱色の鯉たちがこれから先ずっと食べ続ける餌になった。

翌日の明け方、ピーの腰に顔を埋めて眠っていたリナは驚いて眠りから覚めた。ビニールの敷物の上で死んだように寝ているはずのおばあさんが、いなかった。川岸は気温が下がったために湿気が多く、濃い霧に包まれていて、そこに置かれたからっぽの輿の中、すなわちおじいさんの遺体のあった所に、おばあさんがしんみり座っていた。「おばあさん、気でも違ったの、早く出なさいよ！」リナが叫んだが、おばあさんは出て来なかった。

おばあさんは歌手だった頃、その地の人たちのために歌ったという歌を、また歌い始めた。遥かな昔、おばあさんが暮らしていた国の都市にも、シーリンのようにきれいな川が流れていた。そこに住んでいる人たちは、皆貧しかったが、小さく力のない自分たちの国が力をつけて豊かになることを願った。中ぐらいの速さで始まった歌は、とても単純なメロディーで、霧はさらに少しずつ深くなった。「どうしてあたしと一緒になる男はこんなに早く死んじまうんだろう。運命かな。何回目だかもう覚えてもいない。あたしが死んだら誰が川の中に入れてくれるだろう」メロディーは美しかったが歌詞はひどくストレートだったから、リナはつい軽はずみなことを言ってしまった。「おばあさんは、ほんとにしぶといわね。今すぐ死んだって、あたしは信じられないわ」

強制撤去

川の水面を切り裂くヘリコプターの音がいつになく長く響いた朝、シーリンには恒例の市が立たなかった。シーリンの女たちが深い眠りについている時間、リナは目が覚めるとすぐにおばあさんの部屋に行って布団をかけてやってから、縫製工場のお姉さんの家に行こうと思った。もう本当に逃げるべきときが来たと思えたので、急ぎたかった。まだ水面がゆらゆら揺れていたし、ふだんよりも霧が少なくて視界はわりによかった。

リナはシーリンに初めて来た日のことを思い出しつつ、シーリンの入り口、つまり川の周囲にぐるりと連なっている山が地面に接する右側の地点を、ぼんやりと見つめていた。そのとき、奇妙なことに、見たことのない巨大な機械の行列が、突如として村の入り口からこちらに向かって来るのが目に入った。大都市にあるような朱色の重機、先端にサッカーボールみたいな鉄の玉を下げたクレーン、大きなフォーク状のバケットをつけた強力そうなショベルカーなどが、列になってシーリンに押し寄せていた。驚いたリナは売春宿の主人の家まで一気に走り、ドアをがんがんたたいた。売春宿の夫婦だけでなく、みんながすぐ外に出て来て、半分閉じかけた目で機械の行列を見ると、黙りこんでしまった。

カメラと手帳を持った役人たちがまず降りて来た。売春宿の主人は平静を装って彼らの前に歩いて行った。澄んでいた朝の空気は、彼らが運転して来た重機の立てる土埃で、またたくうちに濁ってしまった。まだ目の覚めきっていない子供たちは母親を探して泣きわめき、女たちは下着姿で出て来たものの、体を隠してまた走って家に戻った。リナは慌てて家に帰ってピーを起こし、ぴらぴらした服をすっぽり脱いで、楽なズボンとセーターに着替えた。

巨大な鉄の玉やはさみを備えた車はシーリンに到着すると、少しずつ間隔を開けながら動いた。そして当然のように、家が並んでいる地域の両側から攻撃をしかけ、きのこ屋根の家がぎっしり並んだ丘の上で壁や屋根や花壇を容赦なく壊し始めた。川にいちばん近いきのこ屋根の家々が真っ先に崩れ落ちた。鉄の玉とはさみは容赦なく次の列も崩し始めた。家は根っこだけ残り、あるいはなかば斜めに崩れて、家の中の暮らしぶりをすっかりさらけ出していた。家財道具はそのままで半分ほど蓋の開いた家の中では、まだ家族が就寝中だった。やっと目を覚ました女は、夢でも見ているようにのっそり起き上がって四方をぐるりと見回すと、再び枕を抱いて眠りこんでしまった。

子供たちの自転車から川岸の空き地にかけてあった鉄釜まであっという間に壊れ、砕けてあちこちに転がった。川岸の空き地は割れたり壊れたりした物ですぐにゴミ置き場のようになった。役人たちは腕を組んだまま立っており、売春宿の主人は彼らの足元にひれ伏した。シーリンの人々は声すら上げられずに震えていた。川岸の空き地に集まり、またたく間に廃墟と化していく我が家を呆然と眺めるばかりで、誰も手を出すことができなかった。

日の暮れる頃、シーリンは爆撃を受けた村のように破壊されていた。乾いた埃がいつまでも収まらず、シーリン一帯の空はまっ黄色に染まった。柱を失い、ひび割れた壁は後からひとりでに崩れ落ちた。鼠の鳴き声や驚いた子供たちの泣き声。シーリンはそれこそ一瞬にして廃墟になった。学校に行っていない子供たちは輪になって座り、地面ばかりじっと見ていた。不幸な出来事をたくさん経験してきた子供たちは泣きもせず、目前の状況を見逃すまいとひたすら見つめていた。

役人たちは売春村の入り口に「閉鎖区域」という札を立てて帰って行った。全部で二百人余りにもなるシーリンの人々は川岸に座って泣いてばかりいた。何か話そうとしても、皆、涙を流し興奮して罵ったりして騒々しかったから、対策を立てるための話し合いなどとてもできそうになかった。家と職場を失った人々は、川岸に座り互いの背中を見ながら一日目の夜を過ごした。皆はシーリンの川岸に永遠に残るように見えた。

翌朝、役人たちが再びシーリンに来た。彼らは来るなり売春宿の夫婦と村の男たちを呼び集め、ひとしきり演説を始めた。女たちと子供たちは近づけないようにしたが、聞き分けのないリナと縫製工場のお姉さん、そして数名の娼婦がその様子を見るために川岸へ行った。

「政府からシーリンを閉鎖しろという命令が下った。我々はただ政府の言うとおりにするまでだ。あんたがたが望むなら、他の売春村で働けるよう助けてやれるぞ、我々が」

リナは地面に突っ伏して泣いている売春宿の夫婦が哀れでもあり、役人たちの生意気な口調も気にくわなくて、黙っていられなかった。

「こんなふうにぶち壊せと命令した人の名を教えて下さい」

すると役人たちは鼻でふんと笑い、一人の男は煙草に火をつけてくわえた。誰かが何かを言うべきところだったが、誰も口を開こうとしなかった。リナは怖くなったけれど、ぐっとこらえて言った。

「こんな無茶苦茶なことをして人を道端に放り出すなんて、こんな役人は初めて見たわ。あんたがたがシーリンを嫌う理由は何なの？　あたしたち娼婦と寝て、うまく行かずに恥をかいたことでもあったのかしら？」

「おや、あの女、頭が変になったな。俺が国家公務員でさえなければ、あんなやつ、ばっさりと」

役人たちは興奮した。しかし興奮した勢いなら、リナから燃え上がる炎のほうがずっと熱かった。激怒したリナは、とうとう炎の中に頭を突っこむような勢いで飛びかかった。

「そうじゃなければ、何なのよ。売春宿の主人が税金を踏み倒したとでも言うの？　彼らがどんなにいい人たちか、知ってるでしょう」

「ああ、知ってるとも。公共秩序法違反ぐらいにしておこう。そう思っておくのが都合がいいさ」

一人の役人がぎょろりとした目で、リナを上から下までじろじろ見た。リナは今度こそほんとうのことを言うべきだと思った。横にいた縫製工場のお姉さんがリナの手を押さえ、やめておけという合図をした。だがリナはもう口を開いていた。

「ひょっとしたらあの晩、サッカーで子供たちに負けたからこんなことをしたんじゃないの？　男はよく、サッカーなんかに夢中になるから」

役人たちは顔を見合わせ、とんでもないというふうにげらげら笑い始めた。

「シーリンはこれから観光地として開発されるんだ。あんたがたはここから追放された。どこでも好きな所に行きなさい。どこに行こうが、誰も捕まえないよ」

「何だと、うまく行っていた村をつぶして、出て行けだと？　貴様ら、いったい何者なんだ。こんなことをしておいて、無事でいられると思うのか？　俺は出て行かないぞ、絶対」

住民たちは声を荒げ、道端に横たわってしまった。すると役人たちは席を立とうとしたが、売春宿の主人は諦めなかった。彼は棒を手にした数名の男たちをしたがえ、今までとは違う顔つきで役人たちの前に進み出た。ぎりぎりまで追い詰められた主人は、今や何も恐れるものはなかった。そのとき、離れた所にいた子供たちが役人たちに向かって石を投げ始め、役人たちは助けてくれと言いつつ、猛烈な勢いで走って閉鎖区域を脱出した。皆は、リナの言葉どおりサッカーに負けた腹いせに違いないと口々に言い、涙を流した。

シーリンの人々はタオルや布切れを集めて縫い、まず屋根をつくることにした。つぎはぎで作った色とりどりの天幕は、川から風が吹きつけるたびに大きく揺れて、遠くから見るととても美しかった。皆が壊れた家に戻り、使えそうな道具を持ち寄った。そして天幕の下に並べて川の水でご飯を炊き、食器も顔も洗った。問題は天気だった。気温が少しずつ下がってきており、壁のない天幕の下で、それも川の近くで住み続けるのは無理だった。

老人たちが空咳をし、体調を崩し始めた。当初は誰もシーリンから出て行くつもりはなかったが、朝になってみると人数が少し減っていた。家族がいなくて身軽な人から順に、生計を維持できるような仕事を探してシーリンを離れて行ったのだ。

ある晩、シーリンの子供たちが深刻な表情で天幕の横の空き地に座っていた。赤ん坊や幼児以外、意思表示のできる子供たちは一人残らず集まっていた。大人たちは、かわいそうに、サッカーができなくてむずむずしている子供たちがゲームか何かでストレスを発散させているのだろうと言って舌打ちをした。しかしどうしてなかなか、子供たちは低い声で長時間会議をしていた。会議は夜遅くまで続き、大人たちは一人、二人と眠りについた。そして子供たちはみんな着の身着のまま手に小さな棒を一本ずつ持って、大人たちが疲れて天幕の下でうめきながら寝ているあいだに、いっせいにシーリンから消えてしまった。学校に行くように、いつものように、数時間したら楽しそうに走って帰って来そうな様子で、一度も後を振り返らずにシーリンを離れた。子供たちの背丈ぐらいに伸びた雑草が川の風に揺れ、誰かの低く長い歌声が川岸の絶壁にぶつかり、また空き地に戻って来た。ピーも、子供たちと一緒に消えてしまった。

　数日後、シーリンから車で三時間の距離にある都市からリナの所に来ていた労働者が、シーリンに現れた。男の顔からは相変わらず金臭い匂いがし、顔色は前よりもいっそう黒くなり、腹がずっと出たみたいだった。男は、うっかりすると通り過ぎるところだったと言いながら、破壊されたシーリンを淡々とした表情で見回した。

「俺の住む町に来ないか？　ここよりはましかも知れないぞ。もっとも、こんなきれいな川はないがね」

　リナは川を見下ろしている男の横顔をじっと見つめた。なぜかその横顔に金プロデューサーや宣教師の張の顔と身振りが同時に見えるような気がした。するとリナの心臓は少しずつポンプのように動き出し、いつしか耳元にどんどんどんという太鼓の音がした。両手はすでに荷づくりを始めていた。

リナは一晩中荷物を整理した。男の車はとても小さく、助手席の椅子まで取り外して荷物をいっぱい積みこんだので、人の座る余地がなかった。一番大きな荷物はおばあさんだった。リナはどこからか大きな車輪のついたリヤカーを一台手に入れてきて、誰かが使い古して捨てた小さな椅子をリヤカーの真ん中に置き、古着で椅子を覆った。それからおばあさんの全身を厚いセーターでぐるぐる巻いて椅子の上に座らせ、椅子の左右のあいた所に荷物を詰めこんだ。リナは再び歌手として立つ日に備えて、おばあさんが歌手であった頃に使っていた物を載せ、次に今すぐ着る服や靴を載せた。リナは荷づくりをしながらビニール袋に入ったぼろぼろの運動靴を出して、触ってみた。泥の塊がくっついた運動靴は底に穴が開いて石のように固くなっていた。指で運動靴に触れると、リナは塩の原っぱを歩くときのように足の裏がちくちくして、足の指がぎゅっと縮こまった。そして何の前触れもなく出て行ってしまったピーのことを考えると、下腹が引き裂かれるように痛んだ。

天幕で寝ていた人たちが何人か起きて、出て行くリナの一行を見守っていた。リナはリヤカー二台をひもでつなぎ、順番に男の車にくくりつけた。おばあさんのリヤカー、その次にリナと縫製工場のお姉さんの乗ったリヤカーがつながれた。男の車はとてもゆっくり走り、通りかかった人が皆、車の行列を見ていたが、リナは平然としていた。ひょっとしてシーリンの方から走って来るかもしれないピーのことだけを考えながら、運動靴を抱きしめていた。

男は工場も高層ビルもたくさんあると言っていたのに、着いたのはこれといった活気もない、小さく静かな町だった。それに、一緒に工場に通っているつつましい女房と賢い子供たちのいる和やかな家庭があって、数年後には大都市に出て家を買い、店を出すのだと言っていた男は、実のところ工場の寮に暮らす、憂鬱で希望のない、腹の出たひとり者だった。

男が通っているという皮革工場には、からっぽのプラスチックのバケツだけが何十個か積み上げられていて、従業員もあまりいなかった。働いている人たちはうなだれたまま、ざらざらした革を水につけて洗ったり火にあぶったり、笑いや余裕などまったく感じられない表情で黙って仕事だけをしていた。男は工場の前に車を止め、寮の建物に案内した。

工場の横に建てられた寮は、あまり大きくない四階建てで、ドア一つ分の大きさの部屋がぎっしり並んでいた。男は寮の三階の廊下の隅にある、倉庫のような部屋に三人を案内した。とても狭く、部屋といってもコンクリートの床と二つの窓がすべてであった。トイレとシャワー室は各階の端っこに一つだけついていて、シャワー室の真ん中には不釣合いに大きな洗濯槽が設置されていた。電灯はまともなのがほとんどなかったから夜はひどくわびしく、天井の四隅は蜘蛛の巣だらけだった。どの廊下にも部屋から出されたひょうたん型の尿瓶がずらりと並び、小さな二十日鼠が足音を忍ばせて尿瓶の陰を歩いていた。

その晩、男はリナから貰った金で、肉饅頭を買って来た。敷き物が足りないので皆が立ったまま饅頭を食べながら、窓に目を向けて外を見下ろしていた。建設工事が中断された建物の片隅には、夜なのに一家族が木の板の上に並んで横たわり、毛布をかぶって眠っていた。リナは雨が降りませんようにと祈りつつ、饅頭をかじった。

次の日、縫製工場のお姉さんとリナは花模様のスカート二つを切ってカーテンを作ってから、倉庫のような部屋の片隅に垂らした。そして一日中歩き回り、誰かが捨てたベッドだかテーブルだかわからないようなものを一つ見つけて、やっとのことで三階にまで運んだ。ベッドの脚は、寝ていて落ちたら骨折しても不思議ではないほど高かった。他の仕事が見つからないので、ようやく思いついたのが、ここにシーリンをそのまま持って来ることだった。しかし女がいるという噂を立ててくれる人がいないから、客はまったく訪れなかった。

そうしているうち、偶然、数人の男が共同洗濯槽で作業服を洗っている場面に出くわした。次の日からリナと縫製工場のお姉さんは、夜になると洗濯槽の中に入ってスカートの裾を持ち上げ、男たちの作業服を足で踏み洗いすることで金を稼ぎ始めた。リナはできるだけ手を使わずに足で洗濯しようと知恵を働かせたが、縫製工場のお姉さんはきちょうめんなので、水につけた服を一つ一つ足で踏んでから手でもみ洗いをした。寒くて手が冷たくなったし、服のむかつくような匂いで、洗濯が終わると目がくらくらした。

昼間にベッドを独り占めして座り、自分の一生を何度振り返っても時間が余って仕方のないおばあさんは、懸命に働いているかわいそうな若い子たちを手伝うと言い、どうにかこうにか体を動かして料理をした。しかし、貴重な皿をコンクリートの床に落として割ってしまったり、布団の隅っこを焦がしたりして失敗することの方が多く、何の助けにもならなかった。しかしリナは縫製工場のお姉さんは信じられなくともおばあさんは信用できたので、金が入るとビニール袋に入れた金を、おばあさんがいつも使っている枕の下に入れておいた。

夜になると女三人はツイストドーナツのようにからまって一つのベッドで眠った。縫製工場のお姉さんは子供のとき工場でかかった皮膚炎が再発した。お姉さんの皮膚は全身赤い斑点だらけでとても乾燥していて、夜になると全身をかこうとして顔がゆがみ、荒い息をしたので、とうていゆっくり眠ることはできなかった。見かねたリナがベッドの上で正座してお姉さんのセーターをめくると、腹と胸が引っかき傷だらけな上に、へその下はかきすぎて小さな水泡までできていた。顔だけがまともで、体はそれこそひどいものだった。下半身はどうなっているのか好奇心にかられたリナは、お姉さんがはいているトレパンを力いっぱい下ろした。その瞬間、二人とも驚いて目が合った。「うーん、ここは真っ黒なのね」リナがお姉さんの陰毛を手の甲でなでおろすと、お姉さんのつらそうなうめき声がぴたっととまり、別の種類のうめき声がもれた。リナは指でお姉さんの陰毛を起こし、お姉さんは目ばかり大きく見開いて天井を見上げていたかと思うと、「触って」と言った。リナはくすっと笑って中指を挿入しては上に引き上げ、お姉さんより自分の方が妙な感じになってきたので左手で股間をしっかり押さえて座っていた。すると、お姉さんが手を伸ばしてリナの左胸を触った。「ああ狭い。このおばあさん、ちょっとのあいだ、どこかに片付けようか?」リナが真剣な顔で言うとお姉さんが笑った。二人は忍び笑いをしていたが、ついに大きな声で笑い出してしまった。

　結局、リナと縫製工場のお姉さんはおばあさんを片付ける適当な空間を見つけられず、夜になると洗濯室のドアに鍵をかけた。そしてタイルでできた洗濯槽の周囲に取り付けられた狭い手すりの上にタオルを敷いて向き合って座った。スカートをめくりセーターを首まで引き上げ、頭の中がすっきりするまでキスと愛撫を続けた。そうするあいだ、世界はいつも静まりかえっていた。誰かがドアをノックすれば「洗濯してます」と叫んですぐ洗濯槽に入り、わざと音を立てて洗濯物を踏んだ。そうして飽きてくると二人で膝を開き、空中に足を伸ばしては、もうすぐ赤ちゃんが出て来るからいきみなさいなどと言いながら遊んだ。

やりかけの洗濯物を残したままでも、気持ちが治まらなければ場所を変えた。洗濯室の奥にあるシャワーの下で何分間もしっかり抱き合った。下水道から上がってくる悪臭や、今にも崩れ落ちそうな天井も気に留めず、舌が抜けそうなほどキスをし、互いの体をなでた。停電したときは、二人で合唱するように軽い悲鳴を上げた。そして闇の中で体がひしゃげるほど強く抱き合って唇も胸もぴったりくっつけて立ち、互に指で触り、くすぐったいのか痛いのかわからない状態が極限に達して声を出しながら唇を震わせる頃には、電気がぱっとついた。それが終わると二人は平然と洗濯物入れを持って洗濯室を出た。痛みも恋しさも治まる治療を終えた二人は、ベッドに上がっておばあさんを真ん中にして腕を一本ずつ伸ばし、穏やかに指をからませたまま眠ることができた。

ある日リナは工場の男に、白いベランダのある雑居ビルの五階で開かれる賭博場へ連れて行かれ、賭博をしている人々のそばで暇を持て余していたブローカーを紹介された。彼らは、特に目新しくもないが、金さえあって実現できるなら、この上もなくありがたい提案をした。

「P国に脱出する人たちを受け入れる国がここから近いということを知っているかい？　金さえ準備すれば、お前たちをそこに連れてってやるよ。その国に行けばお前たちは夢に見たP国に行ける。それも冬になる前に。どうだ、素敵じゃないか？」リナはそれを聞いて、心の中でふっと笑った。どんな人でもP国について話すときには金の話がつきものだったが、今のリナには、それだけの金がなかった。「ぐずぐずしているうちに警察に捕まったら、どうなるか知っているのか？　たいて

い お前たちの国に送り戻されるんだ」リナは男たちの言葉に眉をしかめた。洗濯ばかりしていたってなかなか金はたまらないし、金ができたとしてもピーの消息がわからないうちは、一歩も動きたくはなかった。

天気のいい日、リナと縫製工場のお姉さんは手をつないで市場を見物に行った。お姉さんの皮膚炎がなかなか治る気配がないので薬を買う必要があったのだ。二人は遠足に来た子供のように両腕を大きく振りながら日差しを眺め、何度も笑った。市場は道路の横の空き地で開かれたのだが、近隣から集まった人たちでかなり混雑していた。はさみとクロスだけを商売道具にしてたった一人でやっている散髪屋から、光沢のある服地、猪の肉、果物、防虫剤、プラスチックのバケツ、物語の本、イヤリングや靴など……。リナは靴を売る露店の前にしばらく立っていた。露店の陳列台に沿ってできた道を歩く人々の中で、リナはお姉さんが見知らぬ男と話しているのに気づいた。男は頭に油をたっぷり塗りつけているので、横分けの髪がぺちゃっとからまっていて、全体がてかてか光っていた。「誰だろう?」リナが靴を見ているあいだに、お姉さんと男は市場から少し離れた空き地の上に上がって行った。

「これ、いくら?」リナは黒い革に赤い花をつけた平べったい靴を見ていたが、ふとした瞬間に、お姉さんと男が見えなくなった。そのときリナは、背後でじっと自分の肩を見下ろしている人の息づかいを感じて振り向いた。ピーだった。ピーはどこで覚えたのか、映画俳優のようにリナの首を後ろから腕で抱いたので、近くにいた人たちがにたにたしながら二人を見ていた。二人は市場の真ん中に出て、道路の横にある散髪屋の近くの丘に座った。黒いクロスをかけて髪を切ってもらっている人も白髪のおじいさんなら、はさみを動かしている理容師も同じような年配の男だった。

「子供たちは自分たちだけで暮らしているらしいよ。あの子も一緒に行った。あの日、選んでくれたのは、誰も選ばないとお母さんに叱られそうだったからだって。都会で金持ちの男に出会いたいって」

リナはおばあさんにあげるつもりで買ったお菓子の袋を開き、ピーの手にのせてやった。ぱりぱりとお菓子を食べる音が聞こえ、さっきから眠そうだった散髪屋の客は頭を垂らして居眠りをしていた。母親について市場に来ていた子供たちがウサギの檻の周りに群がって笑いながら遊び、ほっそりした娘たちはしゃがんで下着を選んでいた。市場の後ろの空き地には冷たい風が吹き、空高く白い雲が流れて行った。リナはもうP国などは念頭になく、自分が脱出者であるとも思わなかった。今の望みは、金が少しできれば、あそこで売っている豚肉や鶏肉を久しぶりに戻って来たピーにたくさん食べさせたい、ということだけだった。

「これが欲しかったんでしょ」そのとき縫製工場のお姉さんがリナの目の前に黒い靴を突き出した。「お姉さん、この子が戻って来た」リナが靴には見向きもせずに言うと、お姉さんは唇をゆがめた。「見ればわかるよ。よくここがわかったね。あんたたち、きょうだいでもないくせに」リナはようやく気を取り直してお姉さんの腕をつかんで脇に連れて行った。「お金はどうしたの？あんた、何もつけずにやったの？」「年上に向かってあんたとは何よ。心配ないって。皮膚病の薬もたくさん買ったよ。あたしたちも久しぶりに肉を食べよう。あんたの息子も戻って来たことだし」

ピーはおばあさんを人形みたいにさっと抱き上げてぐるぐる回り、おばあさんは「目が回る」とぜいぜい言いながら笑った。二人は、再会した喜びに有頂天だった。ピーはおばあさんを膝に座らせ、自分たちだけにわかる言葉でしばらくおしゃべりしていた。そのあいだにリナと縫製工場のお姉さんは食材をコンクリートの床に広げてしゃがみこみ、懸命に料理をした。狭苦しい部屋から肉を煮る匂いがすると、尿瓶を持って出て来ていた寮の人々が、ドアの隙間から中をのぞいた。テーブルがないので四枚の皿に肉と炒めた野菜を盛り、ご飯を盛ってから、女三人はベッドに、ピーは窓に腰かけた。

小さなコップに酒をつぎ、四人でかちゃんとぶつけて乾杯した。リナは大満足で、やたらに笑った。大きな鍋に葱をたっぷり入れて煮た豚肉は、食べても食べてもなくならなかった。おばあさんはしきりに歌を歌い、ピーは立ち上がって踊った。二人はそうしながら自分たちの国の言葉でいろいろな話をしていたが、リナはピーがあの少女の話をしているのだと思った。「あの男のは、あたしの指ぐらいしかなかったから驚いた。もっとおかしかったのは、尻に大きな痔がくっついていたのよ」リナはお姉さんから市場で出会った男の話を聞き、声を上げて笑った。そうして振り返って外を見ると、辺りはとても静かだった。リナが窓を開けたので蚊が一匹、部屋に入って来た。酔っ払ったリナは蚊の動くのにあわせて体を揺らしながら低い声で歌を歌っていたが、ふと動きを止めて窓の外に目をやったとき、一見してこの国の人間ではないとわかる大陸の人々が、工場の横の空き地からこちらを見上げているのに気づいた。リナは針でつつかれたようにさっと立ち上がって電気を消した。悪い予感がした。

少しすると足音が一定のリズムを刻みつつ、廊下の端っこから次第に近づいて来るのが聞こえた。

明かりの消えた倉庫部屋は曇った金魚鉢の中のようで、外に見える低い建物の屋根の上に、朱色の雲が群れをなして流れていた。全員が黙りこんだ。

「リナ、おやつだ」

数日間顔を見せなかった工場の男の声だった。「あの人、いつもあんな調子なんだから。お腹いっぱいで死にそうなのに、何がおやつよ」リナは緊張がほぐれ、音を立ててスリッパを引きずりながら玄関に歩いて行ってドアを開けた。男が三人立っていた。見慣れない顔は警察官たちで、彼らの前には、確かにお菓子らしい物を持って立っている工場の男が見えた。皆は工場の男が手に持っているお菓子ばかり見ていた。

「どうしてこんなに運が悪いのかしら。あたしたち、ここから南に行かなきゃならないの。南の方は気候もいいし、受け入れてくれる国もあるんだから。あたしたちは北から来たのに、何でまた北へ行けと言うの？　あの北の国の人たちは、あたしたちを、逃げ出して来た国にまた送り返したくてうずうずしてるんだから。やっと南西から国境を越えたのに、また戻れって？　どこに行けと言うの。西？　南？　じゃなきゃ、海に？　とんでもない。それにあたし、絶対P国に行きたい訳でもないし。どこで暮らしたっていい。どうしてあたしたちを追い出したいの？　このまま置いてくれたらここでお金を稼いで自分たちで勝手に南の国に行くのに。そこでお金を稼いで飛行機に乗ってP国に行くのに、どうしてあたしたちをいじめるの。ほんとにひどい」

リナは寮の床に足を投げ出して座り、大声でわめきたてた。できることなら涙でも流して現地の警察官の同情を引きたかったが、なぜだか涙は一滴もでなかった。警察官たちは煙草をふかして窓の外を見ながら、うるさい泣き声がやむのを待っていた。おばあさんはもうどこに行って死んだって構わないとでも言うように、工場の男が持って来た黒っぽいお菓子をおいしそうに食べていた。窓の外では雨がしとしと降り始め、警察官たちはよそ者たちが荷物をまとめているあいだ、煙草の煙を窓の外に吐き出した。一件処理したというような、誇らしげな顔つきだった。誰も口をきかない中で、工場の男が言った。

「肝臓に水がたまって病院に行かないといけないから、金ができてよかった。ほんとにありがとう」男は警察官に何度もお礼を言った。リナはくやしくてたまらず、腹の出た男に詰め寄った。「ちょっとあんた、あたしたちにお礼を言うべきじゃないの。あのお姉さんとあたしが湿疹ができるほど作業服を洗濯して稼いだお金を、あの人たちが奪って、あんたにあげるんじゃない。ほんとにひどい人たちだ」すると男は歯をむき出して笑い、おばあさんのひと言が、事態を見事に収めてしまった。「これ、おいしいね。久しぶりに肉を食べて胃がもたれていたのが、やっと治まったよ。あんたたち、いい事をたくさんして死んだらきっと天国に行けるよ。あたしが保証する」

国境ブルース

大陸の北東方面に向かう電車は、貨車と客車を同時に運んでいた。電車は昼夜を問わず走り続け、明け方と真夜中には霜が降りて車窓に不透明な膜ができるほど気温が下がった。ときおり窓の外に見える人々は昼間でも厚い外套にブーツを履き、背中を丸めて自転車で通り過ぎた。しかしそんな人々すら、少しすると車窓の風景からまったく消えてしまった。

赤い土が今にも落ちてきそうな山の麓を走るときには、車体が一方に傾いて走っているようで、危なっかしく思えた。雪崩の起こった痕跡を示す赤い土砂が少し線路にもかかっていたため、電車が通るたび線路の周りに土が飛び散った。長いトンネルを通るとき、電車はトンネルの端が見えるまで、ありったけの力を使ってポーポーと長い警笛を鳴らした。地上からゆうに三十メートルはあろうと思われる高さに架けられた鉄橋は何の安全補助装置もなかったから、窓の外を見ると恐ろしくて小便が漏れそうだった。

二段ベッドを二台備えた客室で寝ていた四人は、箱詰めの冷凍魚のように全身がこちこちになり、時折苦しそうな声を出した。猛烈な勢いで回る車輪の音だけが激しくなっていった。皆は何か計画を立てるような気力もなく、寝足りない病人のように、ただただ眠った。言葉のできるピーですら、隣の部屋にいるブローカーの男から何か聞きだそうともせず、どこに連れて行かれようが構わないとでもいうように、ぐったりしていた。廊下から食べ物の匂いがするので、リナは他の部屋を回ってみた。どの客室にも濃い色の作業服のジャンパーを着た男たちがおおぜいいて、賭け事などをしながら煙草をふかしていた。

電車は二本の線路に沿って陰鬱な山岳地帯の核心部へ、ひたすら走った。リナはP国に脱出しようと国境を越えて以来、今がいちばん恐ろしく、どうしてよいかわからなかった。天地がひっくり返ったようでもあり、一日中昼が来ずに夜だけが続いているようでもあった。夜中に目が覚めると、縫製工場のお姉さんが寝ている下の段に下り、背後からお姉さんを抱きしめて眠ろうとした。お姉さんもやはり耳をふさいでおびえていた。お姉さんを抱いていてもまだ怖いときは上の段に上がり、向かいのベッドに横たわっているピーのつま先をとんとんたたいて、何を考えているのか、ぼんやりと低い天井ばかり見つめているピーにちょっかいを出し続けた。それでもあまり反応がなければ、歌手時代に歌っていた歌を思いきり大きな声で歌った。歌が終わると他の客室にいる男たちの拍手と歓声が狭い客室の隙間から聞こえてきた。するとピーは、この時だとばかりぱっと起き上がり、代金を貰って来ると言って他の客室に行った。

ピーは肉饅頭やせんべい、ヒマワリの種などを貰って来た。しかし長時間走り続ける列車の中で最も人気があるのは、何と言っても酒だった。四人は皆、腹をすかせた燕のように唇を突き出して、酒を飲む順番が回ってくることだけを待った。気の短いリナが先に飲むといって瓶を手に持つと、おばあさんが頭をぽかりと殴り、自分の口に瓶を突っこんでごくごく音を立てて飲んだ。皆はもうやめておけという顔をしたが、瓶を置いたおばあさんはすぐに深い眠りについて、おじいさんに再会でもしたかのように唇を動かしていひひと笑った。

リナは酒が入るとベッドの上であぐらをかき、全身で跳ねながら少しも休まずにしゃべり続けた。酔えば耳をつんざくような電車の車輪の音も小さくなり、他の客室で男たちが吸う煙草の煙すら香ぐわしく思えてくるのだった。そうして酒の副作用なのか、その反対の作用なのか、全身が軽くなり、胸がすっきりして縮こまっていた舌がほどけ、思っていることもいないことも、一人で話し続けた。

「正直言っておばあさんとピー、特にピーはまた故郷に帰ることになるじゃない。うれしい？　自分の国に帰るんだからいいじゃないの。お姉さんとあたしが売られて行くのに、おばあさんとあんたがおまけでくっついたんだよ。ところであんたたち、なんで、あたしたちみたいな哀れで貧乏な脱出者たちにくっついて離れようとしないんだ？　ほんとに世の中には変わった人が多いよ。昔、近所に住んでいた親戚のおばあさんがあたしにこう言った。いくら馬鹿でも一生に三度はチャンスがあるって。なのに、あたしは何なの。まあ、二回はチャンスがあったとしよう。いや、一回はあったとしよう。なのに、このざまは何。こんな妙なチャンスがある？　あたしほんとうにピーが嫌だ。顔がでかくて目の細い、おかしな女の子を好きになって。ピー、あんた昔は素敵だったよ。あたしが歌手だったとき、ほんとによかった。おばあさんはまた、何なのよ。あたしがおばあさんが死ぬかと思って使った金を考えると、ほんと、嫌になる。もう葬式だけが残ったようなおばあさんを、どうしてここまで連れて来たんだろう。お姉さん、お姉さんはどうだ。お姉さん、覚えてる？　あたしたちが一番最初に国境を越えたとき、あたしたちは全部で二十二人だった。森で赤ん坊が一人死に、お姉さんとあたしはここにいて、十九人は今、何をしてるだろう？　お姉さんとあたしは妙な因縁があるのね。だけど、ろくでなしのうちの父ちゃん母ちゃんと弟は、今どこ？　ひょっとして何か知ってる？　ともかく、お姉さんは性格が悪いわ。もしかしたら縫製工場のお兄さんは、お姉さんをずっと前から捨てたかったのかも知れないよ。お姉さんの性格がこんなに悪いのに、どうしてP国まで連れて行って苦労すると思う？　P国で新しい女をつくればいい。あたしが思うに、世間の人たちはいくらつらいことがあっても、他人のことはよくわからないのよ。死ぬ直前まで自分のことばかり考えるんだ。特にお姉さん、あんたがそうよ」

眠りかけていたおばあさんは起きて座り、二度とリナに酒を飲ませたらただじゃおかないと騒ぎ立て、ピーと縫製工場のお姉さんはくすくす笑った。

「やめてよ。おばあさんは何も知らないんだ。おばあさんは意識が遠くなったり、戻ったりするじゃない。ピーがあたしを無視して、もう抱いてくれないのよ」リナはしきりに無駄口をたたいて、お姉さんが口をふさぐとお姉さんの手を振り払い、ピーが口をふさぐとピーの手を払った。そうしているうちにリナは唾がぐっとのどにからまり、涙だか笑いだかわからないものが目や鼻から溢れ出した。時間はそうして過ぎた。

電車は何日も、果てしない平原を走った。木がなくて乾いた草ばかりの地面に二本の線路だけが装飾のように描かれていた。線路からそれほど遠くない所で互いに頭をこすり合わせていた馬たちが、遠くから走って来る電車の音に気づき、たてがみをなびかせて平原のもっと奥に走り去った。平原の上を走るのは雲と月、そして太陽だった。リナは白い雲と、雲を赤く染める夕陽、夕陽が落ちてしまった後の真っ暗な空、そして早朝の平原に立ちこめた濃い不透明な霧を見た。

　窓に目をくっつけて霧の中をのぞきこむと、平原の遥かな遠くから走って来る巨大な明かりが見えた。リナは国境で見たあの明かりをはっきり覚えている。明かりが照らし出した平原には二十二名の脱出者たちが一列になって固い表情で電車を見つめていた。リナの家族を含めた四家族は皆、親は後ろに、子供たちは前に立っていて、縫製工場の労働者たちもいた。森で死んだ赤ん坊は生きているのか死んでいるのか、母親の手の上に載せられていて、赤ん坊の兄である子供はひょろりとて背が伸びていた。化学薬品工場で死んだおじいさんは茶色い表紙の手帳を手に持ち、哲学者のような表情で前を見ていた。管理職出身の女はまだ綱領を唱えていたが、化学薬品工場の男にひどくやられたせいで、下半身から血をたらたら流していた。新婚だった女は白いドレスを着て手に持ったはさみでしきりに髪を切っていた。縫製工場の労働者たちは働きすぎて既に取り返しのつかないほど老いてしまい、手にはつるはしと鎌を持っていた。そしてリナは見た。十九歳にもならないうちに妊娠して大きな腹を抱えて電車を見つめている自分の顔を。電車が彼らの横を通り過ぎるとき彼らは前を見ていたが、十六歳の少女リナだけは、やぶにらみの目を見開いて、電車に乗っているもう一人のリナをずっとにらみつけていた。

　永遠に続くかと思われた単調な平原の風景の中に、いつしか農家の家畜小屋や穀物倉庫がちらほら現れてきた。しばらくすると、色とりどりのセーターを着た貧相な子供たちが電車に向かって手を振っているのが見えた。大きな木が二、三本ずつ生えており、民家が塀を境にして互いに隣り合わせになっていた。集落の規模は徐々に大きくなり、群生している木も、がたがた走る車の数も多くなって、小さな市場も見えてきた。

その夜、ひどく不親切なブローカーが垢まみれの髪をいじりながら、明け方には目的地に着くと教えてくれた。ブローカーは電車に乗る直前、リナの一行を引き渡された直後に「あまり金にはなりませんよ」と警察官に言い、電車に乗ると一行に向かって、「おとなしくしているのが身のためだ」と言った。ブローカーだという男が話してくれたのは、それが全部だった。それから皆は呆然としてベッドの上にあぐらをかき、ただ沈黙していた。退屈したリナは、客室を出たり入ったりするたびに顔をゆがめてブローカーのぶっきらぼうな言い方や表情を真似て、その場の雰囲気をほぐした。

電車は一晩中狭い線路の上を走った。両側は明かりひとつない暗闇で、線路のきしみは、かんしゃくを起こしたブリキを引っかいているみたいに激しかった。皆は無感覚になった顔でヒマワリの種などを吐き出すばかりで、おのおの思いにふけってじっとしていた。リナは、空から真っ逆さまに落ちてきて窓にくっつく白い物の動きに合わせて頭を動かしていた。雪だった。「わあ、雪だ」リナは思わず声を上げた。冬には嫌というほど降っていた、国境近くの村の雪が思い浮かんだ。誰かが小さな雪の塊を背中に入れて逃げて行ったことも思い出した。リナは感傷的になりたくなくて、いらついたように頭をかいた。

長くて狭い線路は巨大な工業都市の内部へ腸のように伸びていて、都市に入るあいだ、電灯が線路の周りを照らしていた。雪が降っている窓の外に、不透明なガラス瓶の中の世界のような工業団地の夜が明けつつあった。もう金属の匂いが鼻についた。工業都市に入った電車は、今まで走って来た道を振り返りでもするように速度を落として走った。雪はさらに激しくなり、スピーカーからは異例の案内放送が何回も流れた。隣の客室からブローカーが寝起きの顔でやって来て、ふいにドアを開け、朝まで外に出ないで電車の中で寝ていろ、と言った。

制動装置が作動して完全に停車するまでは時間がかかったが、ついに電車が止まった。リナは車窓に鼻をくっつけて目前に広がった工業都市を見渡してみたものの、大き過ぎて全部は視界に入らなかった。木や山、あるいは川のようなものはまったく都市の背景にはなかったし、辺り一面が真っ黒な工場だった。縫製工場のお姉さんの細いため息が聞こえると、リナが小声で言った。「あたしたちみんな、工場で働くのかな」大きなリュックを背負った男たちがぞろぞろと廊下に出てゆき、駅の周辺を取り囲むように建っている真っ黒な工場施設の間を抜けて、あちこちに消えていった。鼻先にただならぬ冷気を感じたリナは、すぐに客室に入っておばあさんに着せる暖かい服を探し始めた。

経済自由区域

工業団地に来て以来、リナはよく不思議な夢を見た。夜ごと羽をつけて空に舞い上がり、工業都市全体をひと目で見下ろし、通りかかった大きな鳥にぶつかって真っ逆さまに地面に墜落する夢だった。大きな都市全体を取り囲む広い葦原の真ん中に落ちたリナは真っ裸で横たわり、白い雲が流れる空を見上げようとまばたきをした。じめじめした葦原の土は、触ると冷たくも熱くもなく、ぬるま湯に体を浸したように背中や腰が適度に温まった。虫たちがのそりのそりと股の間に入りこみ、膣と肛門の中に這いこむたび、リナは足の指をもぞもぞ動かした。しかし葦が風になびいて顔に当たったとたん、全身に鳥肌が立って夢から覚めた。リナはこの夢が自分の今後を予見しているのかもしれないと考えたが、どんな意味が込められているのかわからないまま、再び眠りこんでしまった。

高い所からこの工業都市全体を見下ろしたらどんなふうに見えるだろう、ひと目で全部見えるかな？　リナは本当にそうしてみたかった。どういう訳でそうなったのか、元はどうだったのかはわからないが、工業都市の半分ぐらいは既に手をつけられないほど崩れたゴミ処理場のようになってしまっていた。まるで誰かが線でも引いて一方は青組、一方は白組と宣言でもしたみたいに、線の東側、つまり工業団地だけがやたら活発に稼動していた。廃墟になった西側のゴミの山から出る乾いた埃が、忘れかけた頃に、また都市の上空に舞い上がった。

廃墟になった側には交通手段もろくになかった。廃墟の上に古鉄、車輪のない自動車、ドラム缶といった廃品が巨大な山をなしていて、それらの隙間から緑色の草がはい上がり、いびつな形に生長していた。家はどれも壊れているか、あるいは赤い土をむき出しにしながら、換気用の小窓の隙間から水道管や電気の装置が内臓のようにはみ出したまま立っていた。全壊した家がほとんどだったが、ところどころに人の住んでいる家も見え、そんな所には時たま、しかめっ面をした人たちが垂らした布を持ち上げて出入りした。鉄くずの山の片隅に廃棄されたバスに住み着いたり、厚い天幕を張りゴミ置き場を庭園に見立てて広い所でのんびり日光浴をしながら暮らす人々もいた。

工業都市の地面は、いつもタールのような工業用の油でべとべとしていた。鉄粉交じりの重い埃が風に乗って舞い上がり、通り過ぎる人々の髪をなびかせては、暗い建物の間をゆっくり抜けて行った。「経済自由区域にようこそ」怪物みたいな電車から降りた夜明けに中央広場で見た物よりは少し小さいが、まったく同じ文句の書かれた垂れ幕が、工業団地の正門にもなびいていた。この国の伝統衣装を着たアドバルーンの人形も垂れ幕の横に立ち、両手をうやうやしく腹の上に重ねて笑っていた。工業団地の西側の空に聳え立つタワークレーンと五十メートルほどの高さのガス分離塔が、空を支えるように威容を誇っていた。

ここの法律によると、経済自由区域に入る外国人投資家は特別待遇を受ける。他の地域に比べて労働関連規制が少なく、派遣労働者もたくさん雇用することができるらしい。そのせいか仕事に慣れていない外国人が多かったし、工場からいっせいに出て来る人々が口を開くと、少なくとも四ヶ国語が同時に聞こえた。しかし国籍には関わりなく、労働者たちは皆まったく同じ長靴をはいて歩いており、彼らの爪にはぎっしりと黒い汚れが詰まっていた。誰の顔にも事故でつくった傷跡の一つ二つはあって、顔色はくすんでいた。彼らはあまり笑わなかったが、たまに笑うと皆共通して黄色い歯をのぞかせた。労働者たちは毎日夜明け前に起きて鋳鉄を火に溶かし、また熱してはさまし、山のように積み上げた。

仕事が終われば男たちは、工業団地に数ヵ所しかないシャワー施設の入り口の廊下に、裸で列をつくって順番を待った。いい年をした男たちがシャワーを使うために全裸で腰をかがめて立っている光景は、なぜだか非現実的に見えた。リナはそうして立っている男たちの尻を見るたびに、これは現実の男たちなのか、あるいは自分の想像なのだろうかとわが目を疑った。

休日になっても労働者たちはまったく同じ形の建物の中でまったく同じ種類の食べ物を食べた。男たちは部屋に閉じこもって裸で賭け事をした。そうして稼いだ金をなくしてしまうと、壁に張った写真の中でみだらなポーズをとっている女の乳首にダーツを投げたり、故郷に置いて来た家族の写真を見ては、聞き取れない言葉で何かをしゃべり、罵った。

リナは、ここが二十二名が最初に越えた国境近くの地域からあまり遠くないと知って、気絶しそうなくらい驚いた。大陸の南西側に行くために乗った、三十六時間走り続ける電車の出発駅がこの工業都市のすぐ近くだった。リナは大陸の東から南西に横切って行き、そこから国境を越えて第三国に入った。そして第三国からまた大陸に入って北東に移動したのだ。ぐるっとひと回りして出発地点に再び来ているというとんでもない事実を知ったリナは、涙も出なかった。

南をさまよっているときと違って、ここに来てからリナはとても落ち着いていた。この国から追放されればまた元の国に送り返されるだろうし、両親と弟の代わりに家族代表として殺されるだろうと思った。そんなことを考えているとひどく憂鬱な反面、気持ちは妙に楽になった。リナがつらいのは気候ではなく、食べ物だった。何を食べても金属の匂いがしたのだ。それは、飲み水も同じだった。

脱出してP国に入り、ジーンズと靴を買って大学生になるのだと言っていたリナは、ガス貯蔵用のタンク施設を備えた、大規模なプラント工業団地に流れ着いてしまった。リナは毎日明け方に起床し、眠い目をこすりつつおばあさんの朝食をつくってから家を出た。大通りを中心にして両側に並んだ工場の建物の北側に、数メートル離れて寮の建物が並んでいた。古く狭苦しい四階建ての寮を歩いて上り下りすることに最初は慣れなくて、リナはいつも三階辺りで自分の部屋を探しては、また上の階に上がった。上階だからといって景色が良かったり快適だったりする訳でもなかった。家の裏には工業団地を北の方から取り囲むように川が巡っていたが、水はなくてからからに乾き、まるで不毛の地といった風情だった。

リナは特殊溶接工場の一角でリヤカーにカーバイドを積んで運ぶ仕事をした。溶接をする人が必要なときに使えるように運ぶのだ。身分を偽るため、今ではほとんどこの国の言葉しかしゃべらなかった。縫製工場のお姉さんも同じだった。お姉さんは配管構造物をつくる所で作業場を掃除し、後片付けをした。ピーは溶接を習ったが、初心者なので最初は雑用ばかりしていた。

夜になって皆が帰って来ると、家はおのずから入院病棟のようになった。帰宅した順番に一つのベッドに二人ずつ重なって寝た。縫製工場のお姉さんはずっと咳きこんでいたし、唾を吐けば金属の粉が交じった黄色い痰が出た。リナは足の裏と腰が痛くて、ピーに腰を踏んでもらうとやっと楽になった。皆が工場で働いているあいだ、赤い壁土がむき出しになった寮の四階でひとり留守番をしているおばあさんは、窓の外に見えた妙な形の鳥や虫の生態を、誇張を交えて話した。

そうしているうちに、リナ一行を緊張させる出来事が起こった。どこから噂が出たのか、縫製工場のお姉さんとリナが娼婦であったという噂が工業団地全体に広まったのだ。ひいては歌手であったおばあさんまでが、老いるまでずっと娼婦をしていたという話になり、ピーは老いた娼婦の息子で、自分の父親の顔さえろくに知らない私生児になってしまった。溶接が終わって灰色の糞のように固まったカーバイドの山をシャベルですくっているリナに近づいて来た南方系の男が、この国の言葉でとても流暢に話しかけてきた。「ここに売春宿をつくれないかな。いい金になるぜ。知ってのとおりここは女が足りない。あんたたち、工場の仕事をしないでも食べていけるよ」リナはカーバイドの匂いで喉がむかついたが、動揺した様子を見せたくはなかった。「あたし、高いんだから。あなたがたみたいな労働者とは寝られないのよ。申し訳ないわね」すると男がリナの胸倉をつかんでカーバイドのくずの山の上に軽々と放り投げてしまった。

その日の夜、皆が対策会議をするために集まった。カーバイドの上に落っこちたリナのこめかみは痣になっていて、皆はふざけてそれを一度ずつなでた。この状況で、他の人たちには妙案もなさそうだったが、おばあさんだけはしっかりしていた。「あたしの見た感じでは、ここにいる男どもは長いこと女なしで暮らしてるらしい。あたしたちがここに売春宿をつくったら、金はおろか、あんたたち二人は体がぼろぼろになっちまうよ。かといってあたしがやる訳にもいかないし」それで、おばあさんが下した結論は次のようであった。ピーとリナは夫婦のふりをすること、政治的な理由で謀略にかかって故郷を追われ、金を稼ぐためにやって来た人たちのようにふるまうこと。縫製工場のお姉さんはこれからおばあさんに歌を習って歌手になりすますこと。芸能人になれば、人々は特別な存在だと思って手荒な扱いはしないものだ。そうしておばあさんは、この工業都市のどこかに天幕の公演場をつくるつもりだと言った。「あんたたちが苦労して金を稼いでるのに、あたしだけ遊んで暮らす訳にはいかないじゃないか」いちど死にかけたおばあさんの計画にしては、ずいぶん大胆なものだった。おばあさんはリナの髪をつかむと後ろで束ね、かんざし形のピンを突き刺した。リナは実際の年より十歳ぐらいは上に見えるよう、ぶかぶかのズボンをはいた。リナは、ほんとうにピーと夫婦であるように、あるいは既婚の女のように、血液も体の中もすべて変わってしまえばいいのにと思った。

翌日の午前、慣れない手つきでパイプの溶接をしていたピーは、左胸の上に火花が飛んで火傷をした。一瞬のうちにはねた火花で服が燃え、皮膚にくっついたらしい。体を保護する安全装備もなしに溶接をしているのは、ピーだけではなかった。管理者はピーの怪我にはほとんど興味も示さず、電話の受話器を握っていた。

男たちはトラックから降ろされるドラム缶二つを受け取り、寄せ集めの鉄板の破片を溶接して作ったテーブルの上に載せた。そして飯をしゃもじですくい、自分の缶によそって日当たりのよい所に持って行った。日差しが暖かいときはよいが、天気の悪いときには鉄粉とセメントの粉が雨と一緒に降ってきた。ピーは傷跡を汚い布でぎゅっと押さえてから、工場の一角にある木の板の上に座って他の男たちと同じように食事をした。寒いのに、皆が一緒に食事をする食堂すらなかった。スープとご飯、そして大根の漬物のようなものが食事のすべてであって、食べた後には食器をドラム缶に入れてトラックに積んだ。トイレがないから飯の後には工場の建物の裏に回って小便をした。

ピーは一晩中左胸の傷が痛んでうなっていた。塗り薬もなく、治療を受ける病院もなかった。リナは苦しんでいるピーの唇に水を塗り、布団をかけてやるほかは、できることもなかった。リナは薬でも買いに行くつもりで紙幣を一枚折りたたんで手に持ち、外に出た。

真夜中の工業団地は、童話の中の閉ざされたお城みたいに赤い夕焼けを背景にして静まり返っていたが、この半分だけまともな都市である経済自由区域にも、夜になれば人でごったがえす通りがあった。それは工業団地を出て閉鎖区域に入る手前につくられた、五百メートルにも満たない通りで、食堂と飲み屋がぎっしり立っていた。工業団地暮らしが三年以上になる人や、この地に生まれ育った人たちが仕事帰りにここに来て、焼いた虫を酒の肴に出す屋台で酒を飲んだ。どの路地でも酔客の吐瀉物と小便の匂いが鼻を刺激し、内容のよくわからない小さなビラがあちこちに張られていた。

大きなガラスのドア全体を赤い垂れ幕で飾ったレストランの中では、工業団地の管理者たちが夫婦同伴で食事をしている最中だった。テーブルの横に置かれた子供用の椅子には、縛りつけられるようにして幼児が座っていた。よだれかけをした幼児はしきりにフォークでテーブルをたたき、女たちは子供たちのいたずらを止めるのに忙しくて、ろくに食べられなかった。リナはその八人のうち、黒いシャツを着た男を知っていた。その男はこの工業都市を管理する重要な責任者の一人で、彼が現れるたび工場の人々は緊張した。男は煙草を口にくわえ、前に座っている人と話をしていた。赤いワンピースを着た女の従業員二人はぴったり横について世話を焼いていた。リナは通りの真ん中で砂糖をまぶしたお菓子を売っている露天商のそばにしゃがみ、食堂のどこからか聞こえてくる、布を引き裂くような楽器の音色に耳を傾けていた。横のリヤカーから匂ってくる甘い匂いは、風に乗って鼻の中に入りこんできた。

一方、食堂の向かいの露店は、豆腐や幼虫を焼いて売る屋台に群がった男たちで騒々しかった。工場労働者たちが熱弁をふるっており、内容はよく聞き取れなかったものの、何かよくない話をしているのは明らかだった。酒を飲んでいた一人の男がすっくと立ち上がって胸をたたき、別の男は空き瓶を後ろの壁に投げつけて割った。

高級レストランの中では新しい料理の皿が次々と出てきた。黒いシャツの男は自分の前に座った夫人と子供を見ながら料理を食べていた。男はしばらくすると暑くなったのか袖のボタンをはずし、その間に後ろに立っていた女の従業員が男に近寄った。男が振り向くと従業員は白いハンカチで男の額をとんとんたたいた。「横顔がハンサムだ」リナがつまらないことを考えていると、空にどかんと穴が開きそうな銃声が聞こえた。その瞬間、人々は屋台の方を見回したが、食堂の中をぼんやり見ていたリナは、黒いシャツの男が従業員のスカートに頭を当てている場面を目撃した。女の従業員は両手で男の頭をしっかりつかんだまま、どうしてよいかわからずに悲鳴を上げ、驚いた子供は一人で椅子から這い出し、テーブルの上に上がって泣き出した。男の顔から流れた血が、女の従業員が着ている赤い服についた。よく見えないが、間違いなく死んでいた。男の妻は顔を両手で覆って「助けて」と叫び、撃たれた男の前に座っていた男は携帯電話でどこかに連絡していた。隣でお菓子を売っていた女は驚いて食堂の前に走って行ったので、リナはその隙に保温されているお菓子をひとつかみ取り、ゆうゆうとその場を抜け出した。

寒くなり、よく雪が降った。仕事の途中で目を上げると、いつの間にか大粒の雪が空を覆いつくしていた。中間管理職の一人が死んで以来、雰囲気がいっそう殺伐としていた。不正に関係して殺されたのだという噂もあり、麻薬に手を染めていたという噂もあって、日ごとに話が膨らんでいった。労働者たちは働いているあいだ、少しも休み時間がなく、いかなる不満も表すことが許されず、すぐに解雇された。朝早くから夜遅くまで仕事が続き、通常は十五時間労働で休日もなかった。労働者が足りなくなれば月初めに新しい労働者たちが電車でやって来て、ちゃんと空きを埋める、という具合だった。

溶接の実力をつけてきたピーはパイプの溶接工になったが、胸だけでなく全身に、火花による火傷の痕を入れ墨のようにつけなければならなかった。リナも今ではカーバイドの匂いなど平気になった。冬が深まるにつれ事故が頻繁に起きるようになった。特殊溶接をしていた人が失明したかと思えば、高温になる場所でろくな保護装備もなしに働いていた人が、一瞬のうちに焼け死んだ。とても寒いある日、一人の溶接工の妻が無念の死を遂げた夫の魂を慰めたいと、工業団地の入り口に立って事件の顛末を記したビラを配った。怒りに満ちた人々は屋台に集まり、激論を交わし始めた。外国人たちもこの国の言葉を上手に操るので会議は活発に進行され、問題点が浮き彫りになった。「雨や雪を避けて食事のできる空間をつくれ、作業場に安全装備を支給しろ、鏡のある更衣室と湯の出るシャワー室を設置しろ、約束した賃金をきちんと支払え、われわれは馬鹿ではない」労働者たちは仕事をしながらもスローガンのようにこうした文句を叫び、リナも洗濯をしたり食事の支度をしたりしながら、いつも「われわれは馬鹿ではない」とつぶやいた。

翌日には大陸の遠い都市から高級官僚が視察に訪れる予定になっていた。ここが模範的な工業都市であり、この国の工業発展のための心臓部の役割をする場所だということを、対外的に確認させるのが目的だという。朝早く電車で到着した高級官僚は随行員をたくさん引き連れ、ものの十分も滞在せずに写真だけ撮ると帰ってしまった。労働者たちは怒りを爆発させ、その後姿に罵倒の言葉を浴びせかけた。その晩、労働者たちは屋台で対策を議論するのに忙しく、管理職は管理職で、秘密の場所に集まって会議を開いた。

リナは、寒すぎておばあさんが歌を教える気になれないのだとばかり思っていたのだが、実のところ縫製工場のお姉さんは、まつげの濃い、紫色の唇をしたアラブ系外国人労働者の部屋に出入りするのに忙しいということがわかった。「いったい、どういう付き合いなの?」それ以上、問い詰めることもできないでいると、お姉さんはリナの手を取って既に大きくなった自分の腹に載せた。「あんたも気持ち悪い人だね。こんな所でそんなことがしたいの?」お姉さんが腹をなでながら答えた。「あたしはもともとP国に行きたくはなかったんだ。国際結婚が夢だったのよ」リナは呆れて笑い出した。「じゃあ、よかったじゃない。それで、子供はどこで産むつもり? ほんとに気が狂いそうだわ。どうしてそんなに分別がないの」リナが叱っても、お姉さんは黙って微笑むばかりだった。そして最後にほとんどつぶやくような声で付け加えた。「ねえ、バナナがすごく食べたいんだけど。彼の国では、バナナが家の中にも外にもいっぱいあるんだって。考えてみたら、あたしバナナを見たことがあるような気がする。黄色くて長いやつを」

時が過ぎても工業団地の作業環境は改善される気配がなかった。労働者たちは相変わらず雪の降る作業場の片隅で缶に入れた飯を食べ、立小便をし、夜にはくたびれて眠った。

リナとピーは夜になると厚い服を着て外に出て、腕組みをしたまま工業団地を散歩した。道路は雪が少し凍ってしゃりしゃりと音を立て、寮の片隅では男たちの咳こむ音が絶えなかった。「逃げよう」リナがピーに言い、ピーはにっこり笑った。二人で腕を組んだまま寮の裏にある川に沿ってしばらく歩いた。そして五十メートル以上ありそうな、ビル屋上に設置されたガス分離塔の下で立ち止まった。「上がってみようよ」北風がとても冷たかったけれども、リナはピーをそそのかした。「お前、馬鹿じゃないか?」とピーが言った。「上がってみたいの。一度、上からここを眺めてみたい」ピーはリナが言い出したら聞かないことをよく知っていた。分離塔の管理所の入り口は、戸締りが意外にいい加減で、簡単に中に入ることができた。

リナは脚に力を入れて一段ずつはしごを上り始めた。下からピーが上がって来ていたから怖くはなかったが、脚ががたがた震えた。リナは、子供のとき学校で走った徒競走の百メートルがとても短く感じられたことを、しきりに思い起こそうとした。また、二十二名が一緒に逃げているときに通り過ぎた森の中を思い出せと自分に言い聞かせた。下を見ずにしばらく上がると、いつのまにか寮の屋上が見え、北西にあるタワークレーンが同じ高さにあった。広大な工業団地がひと目で見渡せるようになってきた。リナは脚の震えをようやく鎮めて最後の段を上がり、とうとう地上五十メートルの塔の上から工業団地を見下ろした。工業団地の片方は意気消沈していて、片方は意気盛んだった。片方は白く、片方は黒かった。リナとピーは二人とも寒くてぶるぶる震えたが、リナは胸の真ん中に穴が開いたように、気持ちよかった。リナは指で白い地帯を指した。「あっちはどうしてあんなに壊れているの？」ピーがリナの後ろから肩をぎゅっと抱いて言った。「七年前にあそこでガス流出事故があった。それからあんなになってしまったんだ」「ほんと？　それなら人がたくさん死んだだろうね」ピーは答えずにポケットから煙草を出してやっとのことで火をつけた。そして恐れもせずに塔の欄干の上に片脚を載せ、遥かな下界を見下ろした。リナは、いつの日か工業団地全体を見渡すだろうという予感が実現してしまうと、ふと不安になった。そしてそのとき、遠くの空に、大陸の端から南へ飛んで行く黒い鳥の群れが見えた。

産声

寒くなってきたので、溶接の炎で明るい工場の中の方がずっと暖かかった。管理者たちは、工事を期限までに完成させるためには一日も休めないと急き立て、労働者たちも口答えせず懸命に働いた。座って食事のできる食堂も、トイレもお湯の出るシャワー室も設置されなかった。ピーは今では、たいていの鉄の構造物は自分で溶接できるまでになった。ピーの顔もここの労働者と同じように血の気がない黄ばんだ黒い色に変わり、以前の姿はなかった。リナはもう工場に時おり現れる警察官を見ても驚かなかったし、誰もリナを脱出者だとは疑わなかった。

工業団地設立十周年記念日が近いというポスターが、工業団地のあちこちに張られた。労働者たちは、「その日になれば、待ちに待ったプレハブの簡易トイレやシャワー室などが工業団地に設置されるかもしれない」とささやきながら我慢して働いた。その一方、このすべての悪条件にもかかわらず、とても幸福で、生きる喜びを感じている人がいた。縫製工場のお姉さんだ。幸い冬なので腹はひと目につかなかったが、お姉さんは家に戻ると妊婦らしくふるまった。おばあさんは夜ごとお姉さんの腹をなでては、すぐ出て来る、すぐ出て来ると繰り返した。赤ん坊の父親であるアラブ男は毎晩お姉さんの尻を追いかけ回して、自分の部屋に帰ろうとしなかった。お姉さんは相変わらずバナナが食べたいと訴え、バナナを食べなければちゃんと出産できないと脅しすらした。

ピーはある日、食堂で働いている男の調理師に頼んでバナナを調達してきた。お姉さんはおばあさんにもリナにも、もちろんアラブ男にはひと口もやらないで、大きなバナナをひと房一人で食べてしまった。すると不思議なことにお姉さんの腹は高く盛り上がった。皆はそれぞれ頭の中に丸い置き時計を描き、その時計のカチカチという音が最も大きくなったときに赤ん坊が生まれるのだろうと思いながら、その日を待った。

いよいよ工業団地設立十周年の記念日が来た。労働者たちは朝から意味もなく笑ったり、見慣れない車が入ってくると腰を浮かせて目で追ったりした。管理者たちが来て自分たちを慰労し激励するだろうという期待は、いつものように冷めた昼食がトラックから降ろされたときにすべて消えた。労働者たちは以前と同じように風の来ない場所を探して座り、食事をした。そして煙草をふかして工場の裏に回って小便をしてから、各自の作業場に戻った。

甘いお菓子ひとつ、酒一本持って来てくれる人もいないまま、一日が過ぎた。そのとき工業団地の入り口から異常な音が聞こえ、労働者たちは首をかしげて音のする方向を見た。管理者たちの雇った図体の大きな男たちが、工業団地の入り口で、招かれざる客の前に立ちはだかっていた。招かれざる客は、西側の廃墟から来た人々だった。ぼろの衣服に顔色は蒼白で、目ばかり大きく見開いている彼らは、七年前のガス流出事故の被害者たちらしい。リナはその中に幾人かの奇形の子供と、ひどく弱っているように見える青ざめた大人たちを見た。彼らは何の主張もせず工業団地の入り口で大男たちと対峙したまま、黙って立っていた。毎年こうして訪れるのだそうだ。言われてみれば、一人の子供が持っている紙には「私たちを忘れないで！」と書かれていた。

その晩、毛布を肩にかけたまま幽霊のように伸びた髪をいじっていたおばあさんが、やおら起き上がったかと思うと、ベッドの下に入れておいた風呂敷包みを開いて化粧を始めた。おばあさんは歌手時代、舞台に上がる直前にしていたように、ウエストのくびれた白い舞台衣装を着ると、髪を一本も残さずアップにした。リナとピー、そして縫製工場のお姉さんの恋人はおばあさんが何をしようとしているのか確かめようと、おばあさんについて出かけた。おばあさんは広場の片隅に舞台をつくれと指示し、ピーとアラブ男は、それでなくても疲れて死にそうなのに人使いが荒いと不平を言った。ろくな材料もなかったが、工場の施設にあるものを少しずつ使って柱四本と天幕をつくった。

おばあさんはピーに、寮に帰って「おもしろい見世物があるからみんな見物しに来てくれ」と宣伝するよう命令した。リナはおばあさんを手伝って久しぶりに小さな太鼓をたたき、太鼓の音が広がってゆくにつれ、労働者たちが一人、二人と帽子を被ったまま、黒いコールタールが粘りつく工業団地の地面を踏んで天幕の下に集まった。厚化粧をしたおばあさんの顔は寒さに凍えていた。二十人ほど集まると、おばあさんはついに公演を始めたが、昔のようなオーラはなかったし、おばあさんが登場すると額づいて神様に会ったみたいに興奮する人々も見当たらなかった。おばあさんはとても落ち着いて歌い始めたけれど、短く切ってたたきつけるようにあらん限りの声を張りあげて聴衆を圧倒する姿は、もはや期待できなかった。おばあさんがごほごほと咳きこんでいるあいだに、客席に立っていた男たち二人が前に出て来て片手を差し上げ、スローガンを叫び始めた。雨や雪を避けて食事のできる空間をつくれ、作業場に安全装備を支給せよ、鏡のある更衣室と温水の出るシャワー室を設置せよ、約束した賃金をきちんと支払え、われわれは馬鹿ではない。毎日聞いている台詞だったが、暗い夜に労働者たちが一箇所に集まっていっせいに声を上げると、一段と効果があるように感じられた。ある外国人労働者は、鼻水を垂らしながら隣に立っている同僚の顔に頭を当ててひとしきり泣いた。

しばらくすると管理者たちの雇った大男たちが走って来た。彼らはおばあさんを片手でひょいと持ち上げ、コールタールのべたべたする地面に降ろした。そして長い棒を持って労働者たちを解散させた。皆は肝をつぶして寮の方に逃げ、間もなく誰もいなくなった。

おばあさんは管理者たちに呼び出しをくらった。リナはおばあさんと一緒に行って管理者たちの目をまっすぐ見つめ、おばあさんはずいぶん以前から気が変になっていて、こんなことをしでかしたのだと説明した。管理者たちはリナの説明も聞かず、同じ質問ばかり繰り返した。お前が娼婦だったというのはほんとうか、噂は正しいのか、今までいったい何人と寝たのか？　リナは怒りのあまり自分の国の言葉が飛び出しそうになったが、何とか無事にその場をしのいだ。

真夜中になってもピーは眠れなかった。ピーは大きな紙いっぱいに工業団地を描いた。ピーの絵の中の工業団地はすべて黒い色で、人間は皆、とても小さく描かれていてよく見えなかった。リナはその横にうつぶせになって脚を動かしながら歌を歌い、たっぷりお灸をすえられて帰って来たおばあさんは、黙っておとなしく寝ていた。ピーは何をしているのか、夜になっても寝ていないようだった。リナは時々ベッドがきしむのを感じてふと目が覚めたりした。ピーの、嫌になるほど冷たい足が肌に当たった。

夜明けにベッドから起きたリナは、窓側のベッドで縫製工場のお姉さんが腹を上下させながら荒い息をしているのに気づいた。お姉さんはリナが近づくと、手をぎゅっと握って顔全体を苦しそうにゆがめた。リナに起こされたおばあさんは、リナにお湯を沸かせと言い、ピーにはアラブ男を連れて来いといった。おばあさんがお姉さんに近づいて低い声で言った。「子供が産まれそうだね。あまり泣くんじゃないよ。あんたより子供の方が大変なんだから。暗い所から明るい所に出るのは、とっても大変なことなんだよ」

お姉さんは荒い息をしては、また静かになった。おばあさんはお姉さんが落ち着くたびに鍋からギョーザを出して少しずつ食べさせた。空腹ではちゃんと出産できないというのだ。駆けつけたアラブ男は、大慌てしながら両手を合わせてアラーの神に祈った。お姉さんは痛みが強くなると「お母さん」と叫び、そうするたびにおばあさんはお姉さんの股をのぞきこんだが、赤ん坊はなかなか明るい所に出て来られなかった。リナはお姉さんのベッドの横に腰かけ、お姉さんが腹にぐっと力を入れるたびに赤ん坊の体が固く締まるのを手のひらで感じた。

ピーとアラブ男は出勤の時間になったので待ちきれずに工場に行った。待ちくたびれたおばあさんも、なかなか産まれそうにないと言って、少し眠った。窓の外に見える工業団地の朝は今日も大粒の雪と共に始まり、空はとても暗く曇っていた。お姉さんは正気に戻るたびにリナの手をしっかり握ってありがとうと言った。リナは、お姉さんが息を切らせてひどくつらがっているのがいい気味だとも思い、かわいそうな気もした。

お姉さんの陣痛はその日の晩まで続いた。ピーはまたバナナを手に入れて来た。アラブ男は赤ん坊を包む、白い清潔な布を持って来た。皆が夕食に麺を食べていると、力なく伸びていたお姉さんが急に頭をベッドの隅まで寄せるようにずり上がり、悲鳴を上げた。おばあさんはお姉さんの股の間をのぞきこんで赤ん坊に、さっさと出て来いと言った。規則的に繰り返されるおばあさんの声につれて、お姉さんの局部が少しずつ開いてきた。腫れ上がった所から赤ん坊の黒い頭が少しずつ押し出されているのが見えた。窓の外は一日中降った雪でいちめん真っ白だった。赤く皺くちゃの赤ん坊は、頭が出るとすぐに体の向きを変えて肩をすっと出した。驚いた誰かがゲップをした。

　赤ん坊が出て来るとお姉さんは気絶してしまい、産声を上げるはずの赤ん坊は泣かなかった。生まれたての赤ん坊はアラブ男の胸に抱かれ、寮のあちこちを見回すように目を動かしてから、ひどく疲れたというように目を閉じた。「わ、気味悪い」リナは白っぽい、汚らしい分泌物のいっぱいついた赤ん坊が、ほんとうに気味悪かった。リナはふと、ずっと以前に母が国境の村で真冬に赤ん坊を産み、赤ん坊がひと月のあいだ泣き止まないのでとても苦労したと言っていたのを思い出した。「それがお前だよ！」リナはアラブ男の所に行って、赤ん坊を見下ろし、その胸を片方はだけさせた。そしてお姉さんがしたように小さな蝶を一匹、空中に描いた。それまでお姉さんの腹をたたいていたおばあさんは疲れ果ててしまったので、今度はピーがたたき、次にアラブ男がたたくと、お姉さんの腹の中から胎盤が出て来た。それがゴミ箱に捨てられるのを見たリナは、自分が子供を産んだみたいに下腹がすっきりした。窓の外は夜だった。おばあさんが力をこめて赤ん坊の尻をぴしゃりとたたくと、赤ん坊は何でそんなことをするんだとでも言いたげに口をとがらせて、とても小さな声で泣き始めた。

溶接の炎

雪はじとじとした黒い地面に落ちると、すぐに溶けてしまった。工業団地の建物の上に聳え立つ煙突からは不透明な煙が絶えず昇り、湿気の多い日には煙が空に上がれずに地面に下りて来て水平に広がった。そんな日は息もできないほど空気が濁って、夜になると寮のあちこちで咳きこむ音が絶えなかった。

リナはここで二度目の冬を迎えた。今年の冬はまるで戦争のようだった。プラント建設の工程は摂氏四〇度を超える猛暑の中、第三段階の半ばに差しかかっていて、毎日ヘリコプターや電車で新しい資材が運びこまれた。しかし資材よりもたくさん入ってきたのは大きな長方形に切断された氷を入れた袋だった。蒸し暑く湿度が高いから、氷水がなければ何もできないのだ。骨材を混ぜるときも水の代わりに氷を入れなければならないほどで、生コンの断熱材の上にも水をかけ続けて温度を下げなければならなかった。資材が人より先に夏まけしてへなへなになってしまい、真昼のコンクリート作業はいっこうに進まなかった。強烈な日差しで水分が蒸発し、ひびが入って割れてしまうためコンクリート作業は真っ暗な夜にして、昼間は鉄骨構造物を組んだり機械を据えつける作業だけをした。

円筒形の巨大な貯蔵用タンクが完成するたび、何人か怪我をした。鉄板のかけらを一つ一つ溶接して鉄骨構造物を組み立てる作業は熟練工だけができる仕事だったが、貯蔵用タンクの屋根を設置する仕事はもっと難しく、管理者たちは口を揃えて天の助けが必要だと言った。タンクの内部は暗くて埃も多く、足を踏み外して墜落する危険があった。仕事に熟練していない人々が安い賃金でいろいろな国から連れて来られ、何の研修も受けずに現場に投入されたので、事故で死ぬ人は自分がなぜ死ぬのかも知らないまま死んだ。

ともかくリナは暑い夏も過ごし、この頃の厳しい寒さもそれなりに慣れてきた。しかし時には、白髪のおばあさんになるまで工業団地から出られないかも知れないという不吉な思いにかられ、目の前が真っ暗になった。

寮の裏にある低い山の木の枝を夕陽が通り抜け、舞い散る雪が日没の闇に埋もれて消えていった。日暮れまでの時間はとても短く、一日のうちで最も暗かった。作業場の片隅に山のように積まれた鉄筋、熱い火に焼かれた溶接の作業台、迷路のように絡まったたくさんのパイプ、ゴミを積んで出て行く腐食したトラック、金色の夕陽がかすかに残っている深い青色の空まで、見えるものも見えないものも、何層にも染め分けられながら次第に暗くなっていった。その暗さは工業団地全体をまたたく間にのみこんでしまい、工業団地の西側に聳え立つタワークレーンと、高さ五十メートルのガス分離塔が工業団地の夜を掌握し始めた。

溶接の赤い炎は、日没直後に最も鮮明に燃え上がった。炎は溶接棒を通過して出てくるとき、まるで息を整えるようにシー、プー、という音を立てた。硬い鋼鉄を切断して溶接すると四方で炎が踊った。いろいろな方向に燃え上がる大小の炎は、目だけが生きていて飛び跳ねるお化けのようだった。リナは寒さを感じるたび、じっと立ったまま角度を変えながら燃え上がる溶接の炎を見つめた。炎は溶接棒から出てくる瞬間は朱色だが、大きくなりながら青い色になり、それからまぶしい白に変わった。そのたびにリナは火の中に一本の道を見たように思い、歩いて溶接の炎の中に入りたいと思った。

日が落ちても昇っても、化学ガス貯蔵用タンク施設をつくるプラント工業団地はずっと動き続けた。新年には、本格的にこの国最大の化学工場として稼動しなければならない。経済自由区域であることを知らせる工業団地入り口の垂れ幕は黒く汚れ、相変わらずはためいていた。第三段階のプラント製作期間はあまり残されておらず、工事が終わればプラントを引き受けた外国企業はここから撤収する計画だという。

死んでゆくのは工場で働く人たちだった。一日に何度も、耳をつんざくサイレンの音が工業団地全体に長く響いた。サイレンはガスが少しでも流出したり、工業団地の稼動に問題が起こると自動的に鳴るようにセットされていた。安全管理責任者たちはサイレンが鳴るたびいらいらして異口同音に「六番、六番タンクだ」と叫んだ。工業団地の東に、南東方向に斜めに並べられた六つのガス貯蔵用タンクの中ほどに六番タンクがあった。しかし密閉されたタンクの中で何が起こっているのか、工業団地のほとんどの人は関心を持たなかった。誰もがいつも仕事に追われていたし、とても寒かったのだ。

うるさくともサイレンが聞こえるということ自体は、安全装置が作動しているということを意味していた。しかしそれが頻繁に鳴っているのは、工業団地の安全システムに重大な問題があることを示すサインでもあった。それで、管理者たちは六番タンクを点検しに行っても、何も処置せずにトランプか何かで遊んでいるのではないか、という噂すら飛び交った。

リナは日が暮れてしまうと、いつものようにピーの働く区域に行ったが、上体をぐっと曲げたまま炎と格闘している溶接工の中でピーは他の人たちとなかなか区別がつかなかった。しばらくしてからリナはやっとピーを見つけた。ピーを見つけるときの目印は、何よりも彼の大きな足だった。リナは口をぐっとつぐんだまま、一日中溶接に没頭しているピーを見ると、かわいそうだと思いながらも妙に腹立たしかった。溶接を始めたころのピーは、毎日のように火傷をし、左胸の上にできた最初の火傷の痕は死んだ茶色のウグイのように皮膚にくっついていた。しかし今ではリナですら、ピーの体に新しくできた火傷の痕に興味を示さなくなり、火傷の痕が増えるにつれ、ピーは口数が少なくなっていった。

ピーは分厚い手袋をはめて顔には保護眼鏡をつけ、溶接棒を持っていた。プラント製造工程において溶接の占める比重は非常に大きく、溶接で微細な隙間ができれば大爆発につながったから、溶接が終わるとX線を通して不良箇所がないかどうか点検した。ピーは常に不良率ゼロを誇る熟練工だった。リナはピーの前に行って両足をどんどん踏み鳴らした。音が聞こえるはずもないが、一、二度踏み鳴らしたぐらいでは誰かが来たことにも気づかないほど、ピーは溶接に没頭していた。「ねえ、ねえったら」リナが呼びかけた。

だいぶしてからピーが溶接棒を下ろして保護眼鏡を取った。ピーの顔は他の国から来た男たちと同じような褐色になり、ぼんやりしていた頃の姿は既になく、骨にほどよい筋肉がついた立派な体格の男に変貌していた。

　夜遅くピーが寮に帰って来て服を脱ぐと、肩と背中についた筋肉が、上げた腕と一緒に持ち上がって緊張した。リナはその姿をいつも無心に見つめていたが、胸はどきどきしていた。リナはピーの体がそんなふうに変わったのは、誰かが魔法をこっそりかけたか、ピーが人知れず鉄の粉を食べたからだと思った。しかし残念なことにピーはもうリナを見ても笑わなかった。リナはそれもまたピーと自分を妬む誰かが仕組んだ魔法なのだと思った。

　おばあさんに夫婦のふりをしろと言われて以来、ピーはいっそうつまらない人間になった。「ご飯食べたの？」ピーが答えずに作業場を振り返った。

「どうしてそんなに一日中、黙ってるの？　あんた、あたしのことが気にならない？」ピーは返答もせずに、着ていた安全チョッキのポケットから煙草を出して口にくわえた。彼の行動は以前と違い、のろくても荒っぽかった。「あんた、そんなにあたしが嫌なの？」リナが怒った顔で言っても、ピーはずっと煙草をふかすばかりで何も答えなかった。そのとき作業場からピーを呼ぶ声が聞こえた。ピーはいまや自他共に認める熟練工だったから、思うように作業場を離れることもできないのだ。怒ったリナは後ろを向いて歩き始めた。一瞬にして地球最後の日になり、工業団地の暗い空が目の前でがらがらと崩れ落ちた。ピーはそんなことはお構いなしで、安全チョッキをきちんと着て長靴を履いた足でのろのろと作業場に歩いて行った。「無視するなんて、ひどい奴。あたし今日、家に帰らないから」リナが振り返ってピーの後姿に向かって言い放った。リナはピーに対して好奇心と恐れを同時に抱いている自分に、ひどくいら立っていた。

本日の仕事を終了せよというサイレンの長い音が響くと、労働者たちは自分の属している作業場を見回してから、のそのそと立ち上がった。もう空は真っ暗だし、寒くて誰もシャワーなど浴びる気になれなかった。リナは一日中着ていた作業服にこびりついた埃をはらった。タオルをもって鞭打つように体についた埃をはらわないと、腕と脚の感覚が戻らなかった。遠くの寮の窓に明かりがつき始め、寮の前の、葉っぱの落ちた銀色の木が揺れた。錆びた格子窓の中でのろのろ行き交う人々の影が見えた。

リナは作業場の横のコンテナみたいな倉庫に入って行った。年配の女が数人、床に広がった資材のくずや化学薬品の箱を片付けていた。誰かが、何もない倉庫の片側に割れた鏡をかけ、その下に手を洗うためのプラスチックの容器を置いていて、女たちはここを化粧台のように利用していた。リナは髪を束ねていたハンカチをほどき、髪に入念に水をつけた。そしてしばらく髪を振ってから櫛でなでつけ、口を何度も水でゆすいだ。そしていつもポケットに入れている口紅を出した。固く凍った口紅を手で挟んで息を吐いて温めた。唇に力を入れて息を吹きつける段になって、リナは妙にいら立った。抑えていた何かがこみあげてきて、目が血走った。そんなときには喉が詰まり、普段はとうてい口にできないような言葉が飛び出した。リナは唇を震わせて「工場のきちがいども、みんな死んじゃえ。悪党めが、滑って脚の骨でも折っちまえ」と言いながら、足先に触れた大きな缶を思いっきり蹴飛ばした。

口紅に艶が出て軟らかくなると、まず頬に少しつけて指で塗り伸ばし、それから唇に何度も濃く重ね塗りをした。すると、不意に目が充血して涙がたまり、リナはそうしてようやく体の感覚ともいうべきものが戻ってくるような気がした。リナはその短い時間だけでも、他の人物になりたかった。

リナは工業団地の西側に伸びている歩道に入った。百人か二百人ほどの男たちが、手をポケットに突っこんで西に移動している最中だった。人々は暗い工業団地に永遠に背を向けたいとでもいうように前だけを見て歩き、テンポの速い、ビートのきいたポップソングが、天から注がれる洗礼の水のごとく道に沿って響き渡った。リナは音楽に合わせて歩いた。尻に力を入れすぎて骨盤がはずれそうに痛かったが、西の繁華街に行くのはいつも楽しかった。別天地の象徴のように闇の中で手招きしているネオンサインや明かりが見えた。ふと後ろを振り返ると、工業団地は巨大な船舶のように、大海原の深い所へと少しずつ押し流されていった。

西の繁華街の入り口では、客引きが男たちの袖をつかんでいた。男たちは数人ずつ、通りに立ち並ぶ飲み屋に入り、そのたびに男たちを迎える大げさな声が通りに溢れた。男たちは夜になると工業団地と閉鎖区域の中間にある繁華街に集まった。彼らは工場では冷遇されていたが、ここに入ったとたん、さっぱりして気前のいい、粋な男たちになった。

一方は廃墟となった空き地に、もう一方は工業団地に接しているこの通りは、昼間は荒涼としていた。西側の閉鎖区域に入る道の脇は文字どおりゴミの山になった空き地で、道の終わる地点から砂漠のような風景が広がっていた。二百メートル足らずの通りに並んだ建物は壁も屋根も薄いプレハブだから、明かりのついていない昼間に見ると、今にも風で飛ばされそうなほど貧弱だった。

繁華街の真ん中にある三階建ての白い建物が、近辺で最も名高い「クラブパズル」で、リナはここで働いていた。工業団地の人々はこの店で肩を寄せ合って酒を飲み、つまらないことでつかみ合いのけんかをし、悲しそうに泣いた。狭い階段を上がると小さな部屋がいくつかあり、煙草の煙の中でひと月分の給料を賭けてトランプをする人々で騒がしかった。三階には部屋がたくさんあって、秘密の場所として使われていた。

リナがクラブパズルに来るようになったのは、この店一番の人気者であるミーシャのおかげだった。ミーシャは大陸の北の小さな独立国家出身で、離婚した両親に捨てられて道端を歩いているとき、だだっ広い草原を横切って走るバスに乗せてもらってこの町にたどり着いたのだそうだ。何ヶ月間バスに乗ったのか、何を食べていたのか知らないが、とにかく降りたらここだったらしい。背が高くすらりとしたミーシャは雪の国のお姫様のように異質な存在だった。ミーシャは、子供の頃のことで思い出すのは、どこででも手に入った安いボンドの匂いと太くて強烈な煙草だけだと言った。ミーシャは元歌手のおばあさんが工業団地で公演をした日、聴衆の中にいて、この国の言葉でリナに流暢に話しかけた。「いったい、こんなのが公演って言えるの？　いちどパズルに遊びにおいでよ。あたしたちも公演をしてるから」

ミーシャはリナを見ると紙袋を突き出し、リナはそれを受け取ってトイレに行った。細い肩ひものついた、胸の所にスパンコールがついている、黒のロングドレスだった。ドレスはリナには少し大きかったが、寒くて下着のシャツは脱いでもズボン下は絶対脱げないリナにとって、服が大きいのは好都合だった。リナは髪を片方の肩の上に集めて垂らすように櫛でとかし、下腹にぐっと力を入れてからトイレを出た。

客たちは一晩中酒をあおった。リナは一階から三階まで縦横無尽に歩いて酒を運んだ。三階の廊下の窓を上げて顔を突き出せば、右斜めの方向に工業団地が見えた。リナはそうやって上体をかがめ、尻を左右に振りながら工業団地を眺めるのが好きだった。トイレに出入りする男たちがリナの尻を軽くたたいて通ったが、そのぐらい気にしない、という顔でふんと言って笑うだけだった。一人の男が通り過ぎようとして振り返り、リナを見つめた。リナは同じ職場で働く男にさっきから気づいていたが、男はリナがわからなかった。「どこかで見たような……」男はしきりに首をかしげてリナの後をついて来た。

外国人労働者たちが席を立ち、傷だらけの顔を横の人にこすりつけながら、両腕を持ち上げて踊りを踊った。涙は流さなかったが、鈍重で奇怪な動きには布団についたしみのような疲労と自嘲がにじみ出ていた。目の大きい、背の高い男がテーブルの上に上がって踊り、なかなか下りようとしなかった。彼は体をぐっと曲げてうなり、犬の真似をした。すると横にいた人たちも皆、同じような姿勢になって犬のように吠えた。そして酒を飲んでいた誰かが叫んだ。「俺たちじゃなくて、あいつらが犬だ」

リナはあちこちのテーブルの上を片付けながら、グラスに残っている酒をごくごく飲んだ。もったいなくもあったが、あまりに寒く、腹が減っていたのだ。リナはからっぽの胃腸を刺激しながら腹の中を下っていく、ほんとうの酒の味がようやくわかったような気がした。ミーシャが暮らしていた一年中寒い国の人たちが、どうして男も女も冬になるとあんなに酔っぱらわないとならないのか、はっきり理解できた。ちょっとだるくなってテーブルに頰づえをついて座り、客たちを見ながら笑っているとき、同じ職場で働いている男がとうとうリナに気づいた。「化粧してるからわからなかった。おんなじ部署にこんな美人がいたとはな」男は短い縮れ毛に指を入れて引っ張りながらにたにたした。「偉そうに言うわね。どうしてここでは皆あたしに乱暴な口をきくのかしら」リナは妙にむかついた。

二階へ上がる階段がにわかに騒がしくなった。一人の男が外国語で何か大声を上げながら、他の客たちに胸倉をつかまれて引きずり下ろされていた。トランプをしていて金をすったので暴れたに違いない。こうした光景はクラブパズルではよく見られたし、驚くほどのことでもなかった。リナは男に近づき、目尻から流れる緑色の涙と鼻についた煙草の灰を指で拭いてやって、言った。「こんな所に来てるのをお姉さんが知ったらどうするの」縫製工場のお姉さんの夫だった。リナは彼らの一行と肩を組んで外に出た。「リナ、またな!」アラブ男が手を振って挨拶し、他の男たちと肩を組んだまま工業団地の方へ歩いて行った。「あんな奴を信じてこんな国で子供を産んだあたしがどうかしてたんだ。ふん、国際結婚したと思ったのに、情けない! あたしは国際乞食に出会っただけさ」リナは、どうせまた夫をつかまえて口喧嘩をするであろうお姉さんの顔が浮かんで、髪を揺らした。

リナはアラブ男の一行が帰った後も、ドアの前にぼんやり立っていた。また白い雪が舞った。ふと振り向くと、霜のついたクラブパズルのガラスのドアを通して、ミーシャが両手を持ち上げたまま踊っている姿が見えた。氷のように冷たい顔の上に塗った真っ青なアイシャドーが、鳥の羽のように引き立って見えた。ここが工業団地であることも、強烈な寒さも忘れるほど、ミーシャの動きはなめらかで軽やかだった。リナはドアを押して入りかけてやめ、振り向いて工業団地に通じる道を再び見た。男たちが歩いて行った道の方は、野良猫一匹すらいなかった。「ミーシャ、素敵」リナはドアを強く押して、またクラブパズルに入って行った。

トランプの客だけ二階に残って一階のホールが閑散とするころ、パズルの主人が店に入って来た。皆は彼をパズルのお兄さんと呼んだ。彼は売上金をまとめて鞄に入れ、いつものようにむっつりとした表情でテーブルの前に座った。ミーシャがビールを二本出して来て彼の右側に座り、リナがおつまみの皿を持って来て左側に座った。ほとんど一時間、三人は何も言わずにただ飲んでいた。

二階の客たちが下りて来ると、リナはすばやく二階に上がった。テーブルの下に落ちた小銭や、隠しておいたままになっている紙幣がないか探すことも忘れなかった。リナは置き忘れた金を取りに来た人には返さないで、全部自分が着服した。酔ったリナはトイレに行って喉に指を突っこんで吐いた後、服を着替えた。鳥肌が立った腕と肩をなでながら、血管の浮き出た顔をじっと見つめた。

「さっさと下りてこい」下でお兄さんが叫んだ。

酒を保管する倉庫のドアも、厨房のドアにも鍵をかけた。そして床に転がって口から泡を出しながら泣きわめいている酔っ払いは、そのままホールの床にほうっておいた。三人は、雪の舞い散る通りに止めてある白い車に乗りこんだ。二百メートル足らずの繁華街を抜けるあいだ、通りに立っている人は皆、指を指しながら車の中をのぞきこみ、車がスピードを落とすと歯を見せて笑いながら車の窓をたたいた。リナは首を突き出して手を振った。車が繁華街を抜けた後もずっと、人々の手の跡は車の窓に残っていた。「どこに行くの?」ミーシャがお兄さんに尋ねた。「いい所」彼はそれだけ言って、やはりむっつりとした顔で車を走らせた。

車は繁華街を過ぎて工業団地の真ん中を通り抜け、工業団地の東側の入り口から出て電車の線路と平行に走った。リナは窓を開けて線路を見つめた。見ているだけでも耳をつんざくような線路の音が聞こえるような気がして、思わず耳をふさいだ。車は車線も街灯も里程標もない道で、思い切りスピードを上げた。走っている道の前方で、突然大きな丸い物体が空からどすんと落ちて来た。お兄さんが、「白熊が凍え死んだ！」と叫んで車を止めた。近寄ってみると、熊ではなく、山から転げ落ちた雪の塊が車の前をふさいでいた。お兄さんは携帯電話を出してどこかに連絡し、リナとミーシャに雪を片付けろと命令した。「力仕事はいつもあたしたちにさせるんだから」リナはぶつぶつ言いながら車を降りた。二人の力では雪の塊はびくともしなかったので、拾った木の枝をくっつけて雪だるまにした。「片付けなかったのか？」電話を終えたお兄さんが文句を言った。「自分で歩かせようと思って」三人は仕方なく力を合わせて雪の塊を転がし、道の下の丘に落とした。

真っ暗な道をさらに一時間ほど走り、その間ミーシャとリナは寝ていた。車は小さな都市のメインストリート沿いにある住宅街で止まった。車が止まるときの衝撃で目が覚めたリナは、体の大きなわりに顔の小さい男が横に座って自分の顔をじろじろ見ていたので、嫌な感じがした。彼はパズルのお兄さんの幼なじみだと言ったが、リナが見たこの国の人間のうちで、一番太っていた。息苦しくなったリナは、窓を開けて咳をした。

近くの都市に着いた四人はビルの前に車を止めて通りに出た。都市は煤煙に包まれたまま、巨大な人波と共にあちらこちらへと押し流されていた。都市は蛍光色の明かりに照らされ少しずつ少しずつ地面に溶けて崩れているように見えた。体の大きな男が近くの店に行って公衆電話をかけるあいだ、三人は古い城門の前の花壇の柵にもたれて誰かを待った。

城門を過ぎるとだらりと伸びた柳の枝が連なる商店街に出た。この町の人たちは商店街の前の屋台で酒を飲み、ひたすら騒いでいた。寒さも気にかけず威勢よく飲み、食い、合間には詩をそらんじた。髪を真ん中で分けて二つに束ねた女の子の案内に従って商店街の路地を歩いた。狭い石畳の道だった。少女は手作りのノートや装身具を売る小さな店の前で立ち止まり、二階を指差した。階段の壁には、気味悪い赤い虎の絵が描かれていた。

空港の管制塔かなんかで働いていそうな、生真面目で利口そうに見える年配の西洋人女性、産毛がびっしり生えた、背の高い金髪の西洋人の少年たち、ほとんど全裸に近い少女たち、大きな尻をぴったり並べて座った西洋の老夫婦が平然と大麻を吸っていた。ミーシャは顔なじみに対するように、優しく英語で挨拶をした。四人はソファに座ってお茶を飲みながら、何かを待っていた。

しばらくするとその家の主人であるおじいさんが大麻をくれた。皆は大麻を吸いながら全世界の貧困と、絶え間のない戦争と、持続可能な発展について討論した。その中の一人は実際に、国連か国連に参加している国際機構のような機関に属する民間団体「持続可能発展委員会」で働いていると言った。「この国ほど環境汚染対策のない国は、地球上のどこにもないでしょう」話はしばらく途絶え、再び続けられた。「環境負担金も出さないこの国の政府に対して、我々は本当に言うべきことがたくさんあります」はっきりした発音で話された言葉はここまでで、それ以後は話し言葉よりもうめき声や唾を吐く音の方がたくさん聞こえた。

リナは吐き気を催してトイレに駆けこんだ。案内をしてくれた少女が近づき、赤いスティック状の飴の包装紙をむいて口に入れてくれた。リナは飴をなめながらつぶやいた。「私はリナです。私はリナと言います！」リナは天井がぐるぐる回って仰向けに寝たまま、起き上がることすらできなかった。少したつと、寒く、恐ろしくなったのでミーシャを探して這い回った。向こうの方にミーシャがはっきり見えていたのに、腰を抱き寄せてみるとミーシャではない別人だった。そのとき、世界を救った神の息子の親戚たちが暮らす死海の国から来たという青年が、リナの前に立った。リナはふらふらして両腕を広げ、青年の太ももだか尻だかに頭をこすりつけながら言った。「ねえ、あたしを助けてよ」

リナはその日から持続可能発展委員会の永久会員になり、死ぬ日まで彼らを懐かしがった。また、ある西洋人の老婦人が、「体重をまったく感じなくさせる薬は現代人に多い神経系の異常を緩和し、究極的には人類発展に役立つ」と言うのに対して、全面的に正しいようだとうなずいた。

四人はその家から出て大きな道路の脇を歩いた。巨大な人波と共に押し流されていた都市は、いつしかひっそりと人通りもなく、活動を止めてしまった。とても寒くて空腹だった。通りは押入れの中のように真っ暗だった。お兄さんは大規模な自転車保管所の前を通り、遅くまで営業している食堂に三人を連れて行った。食堂に入ると、煙草を吸っていた主人がお兄さんに煙草を一本渡してから、厨房に入った。少しするとたくさんのギョーザと、ご飯の上に肉をのせた料理が出され、三人はいそいそと食べた。「お兄さんは食べないの？」ミーシャが尋ねたが、彼は料理は食べないでぼんやりとビールばかり飲み、煙草をふかした。

真夜中に飲むビールは、不思議なことにあまり味が感じられなかった。時間がどれぐらい過ぎたのか、外がどれほど寒いのか、明日工場でどんな作業をしなければならないのか、リナは考えたくなかった。ただ目の前にあるものを全部食べれば腹がいっぱいになって眠くなるから、腹が破裂する直前までひたすら食べるつもりだった。そのときお兄さんがリナに聞いた。「お前、男と寝たことあるか?」リナはぎょっとしたが、興奮したところを見せたくないので、そのまま普通にご飯を食べていた。「あたしがいくつだと思うの? そんな経験ないわよ」横に座っているデブがその言葉を聞いてお兄さんに目配せしながらくっくっと笑い、ミーシャは眠い目で窓の外を見ながら口を大きく開けてあくびをした。そのときだった。「あたしバージンなのに」リナは自分で言っておきながら、あまりにも可笑しいので、食べた物が全部喉から逆流してくるような気がした。今までミーシャに教えてもらったいくつかの英単語のうち「バージン」という単語が、リナには特に印象的だったのだ。しかしリナ自身もその言葉がこんな夜に飛び出してくるとは思いもしなかった。居眠りしかけていたミーシャが笑い出し、尋ねたお兄さんもくっくっと笑った。真っ赤な嘘だろうという意味の笑いが、皆の口から一度に溢れ出した。

座が再び白け、沈黙を破ってお兄さんが口を開いた。「俺はお前みたいに脱出して来た子を何人も見てきた。その子たちがどうなったかと言えば、自分の国に送り返されて死んだり、この国から永遠に出られなかったりしたそうだ。お前、どうする気だ?」リナはまた食べ物が逆流しそうだったが、何とかこらえた。誰にも話したことがないのに、お兄さんはすべて知っていた。リナは驚いたが、平気なふりをして言った。「どうするって、ここで暮らすわよ。ちょっと空気が悪いけど、ここも悪くないわ。お兄さん、あたしギョーザもうちょっと食べてもいい？」四人はその店を出て通りの横の路地をしらみつぶしに探し、道の端に隠れたダンスクラブを探し当てた。イヤマフをした子供たちがドアの前でひざまずき、金をくれと手を差し出した。

分厚い革を張ったドアを閉じると、ダンスクラブはまるで別世界だった。鼻と耳にキラキラする輪をいくつもつけ、短いスカートをはいた少女たちが素足で踊り、少年たちは上体を激しく動かして金髪を揺らした。リナは、本当にここは貧しい国の辺境の地なのかとわが目を疑った。パズルのお兄さんはまた仏頂面でバーのカウンターの前に腰をかけ、踊っている人たちを眺めていた。入って来たときから体が揺れてどうしようもなかったミーシャは、もうステージの真ん中で他の子たちと一緒に踊っていた。ぼんやり立っていたリナも、いつしかミーシャを真似ておぼつかない動作で腰を振りはじめた。

寮に戻ると、空はすでに明け方の色に染まっていた。リナはそっとドアを開けて部屋に入って行った。おばあさんとピーは窓際に置かれた、拾って来た鉄のベッドの上で、お姉さんと赤ん坊は風の通る奥のベッドで寝ていた。赤ん坊がかごのようなベッドの中に横たわり、脚をばたばたさせながら一人で遊んでいた。リナは赤ん坊の黒い瞳を見下ろして笑った。「あんた、どうして声を出さないの。おばあさんが心配するじゃない」リナの言葉に赤ん坊が目尻を動かして笑ったが、やはり声は立てなかった。疲れた母親は、いびきをかいて眠っていた。

ピーは大きな体を海老のように曲げておばあさんの細い腕に顔をくっつけて眠っていた。薄緑色の光がベッドの上に溢れていた。リナは壁側のわずかな隙間に体をこじ入れてピーのベッドの上にはい上がった。そして金臭いピーの背中に顔をくっつけて横たわった。それでもピーは目を覚まさなかった。それで今度はピーの髪に指を突っこんだ。何日も洗っていない髪はごみがからまって箒のようだった。しばらく寝ていても、ピーは相変わらずおばあさんの方にだけ顔を向けていた。

リナはおばあさんが目を覚まさないよう、おばあさんの頭と枕を同時にそっと持ち上げ、枕の下に手を入れた。そして周りを見回した。リナの金が入った缶がおばあさんの枕の下にあった。リナは缶を開け、ぎっしり詰まった紙幣を取り出した。リナはいつもこの秘密の時間が最も幸せだった。少し生臭いような紙幣特有の匂い、水の中から飛び出した蛙を触っているような、じっとりとした紙幣の感触。そのときお姉さんが寝返りを打ったかと思うと、ベッドをきしませながら起き上がった。「あたしも子供さえいなけりゃあんたと遊びに行くのに。この子はなんでお乳を飲まないんだろう、馬鹿みたいに」お姉さんは乳も出ない乳首を赤ん坊にふくませた。アラブ男は家に立ち寄らなかったのか、お姉さんはのんびりして見えた。リナは金を胸にぎゅっと抱いたまま、唾をごくりとのんで横たわっていた。リナは、縫製工場のお姉さんは絶対に信用できないので、お姉さんが眠ってから金を隠すつもりだった。

電線の上の雀

朝、皆が起きたときおばあさんが、赤ん坊がちょっと変だと言い出した。満一歳になったのに歩くのはおろか一日中泣きもせず、むずかりもしないと言った。「この子ちょっとおかしいよ。アラブ人が父親だと皆こんなんかね？　あんたたちどう思う？」出勤しようとしていた赤ん坊の母親とリナをつかまえて、おばあさんが聞いた。ピーはすでに出かけた後だった。「おばあさんがよく知ってるでしょ。あたし子供育てたことないもの」母親の言葉に、おばあさんは頬杖をつきながらかわいらしく答えた。「ちょいと、お嬢さん方。あたしの方こそ、お腹に子供を入れたことがないんだよ」おばあさんはそう言いつつ赤ん坊の顔をじっくりのぞきこんだ。昼間は工場で働いている母親は、子供の発育状況をよく知らなかった。「お姉さんが子供に関心を持ってないからだ。もっと気を使いなさいよ」リナが言うと、お姉さんが持っていた櫛を投げつけた。「あたし、知らない。おばあさんが育ててよ。父親が無関心なんだから、あたしだってどうしようもないよ。でなけりゃあんたが母親になるとか」母親の言葉におばあさんがとうとう怒り出した。「国際結婚をしたのはあたしたちじゃないよ！」母親はおばあさんがわめき散らすのにもお構いなく、赤ん坊のかごをひょいと揺らしてから、一人で家を出て行ってしまった。リナは赤ん坊に近寄って目を合わせようとしてみたが、赤ん坊はなぜか元気がなさそうだった。おばあさんに言われたせいか、赤ん坊はほんとうにおかしいように見えた。

冷えた朝の空気に、薬品臭が混じっているような気がした。曇っていたため、空に上がるべき煙がすべて地面に下りてきた。リナは昨夜飲んだ酒と食べ物のせいで全身がむくんだまま作業場に向かった。寒い冬のあいだ、給与以外に労働者たちに支給された物といえば、白いマスク一枚がすべてであったが、それには鼻の部分にV字形のワイヤーがついていて、指で押さえると鼻の部分をきちんと覆うことができた。工業団地の地面には捨てられたマスクが散乱していた。リナはポケットからマスクを取り出し、耳にかけた。

缶に入った昼飯ではあっても、食べた後には皆がのんびりくつろぐ。そんな午後のひとときに、事故は起きた。主に作業場の掃除や雑用をしていた外国人労働者の一人が溶接棒を持ったために火が体に燃え移り、深刻な火傷を負ったのだ。担架に乗せられた人の体は、すでに乾燥ワカメのようにこわばっていた。近くの病院に行くのにも時間がかかったから、到着する前に死んでしまった。

死者の親しい友人たちが自分たちの故国の伝統に則って葬式をするときも、工業団地の責任者は誰も姿を現さなかった。理由はたいへん忙しいからということだった。すると死者の友人たちは翌日、こともあろうに毒物管理倉庫に入り、毒物タンクを抱いてデモを行った。工業団地側はすばやく警察に連絡し、その人たちを刑務所に放りこんだ。工業団地は再び静かになり、皆は施工の仕上げに没頭し、煙突は毎日破裂しそうなほど煙を吐いた。

すると今度は、監獄に入った人たちと親しかった人々が集まってデモを始めた。デモと言っても寒いから集まる人も少なく、文字を紙に書いて掲げるのがせいぜいのところだった。「お前たちは我々のような人間に安い賃金を支給しながら地球上を回ってもっと安い金で金をもうけることばかりやっているのだ」意味はおおよそ推察できるものの、何を言っているのかよくわからない張り紙を見た管理者たちが毒舌を吐いた。「時代遅れの人間どもめ。物も労働力も安いのが最高なんだ。あいつらはプラント建設事業から消し去るべき毒素だ」それを聞いて怒った労働者たちが、何か企みでもするかのように、三々五々と集まって来た。

翌朝、人々が異口同音に「ありゃ何だ?」と叫んだ。デモの場所が、地上五十メートルのガス分離塔のてっぺんに移っていて、どこから持って来たのか、労働者たちがブリキの鍋を太鼓のようにたたいていたのだ。各自が自国の言葉で書いた張り紙をぐるりと塔の周囲に張り付けていたから、多国籍デモ隊であることは充分に見てとれた。労働者たちは仕事を途中でやめ、分離塔のてっぺんに上がった。午後には何度かヘリコプターが飛んできて、分離塔の上をぐるぐる回ってから去って行った。

真夜中にリナは、分離塔の方でせわしなく動いている明かりを見て、寮の裏の川に沿って走った。何人かの人が分離塔の階段を下りて来るところだったが、中に見覚えのある顔があったので、分離塔の下で待った。思ったとおり、ピーとその友達数人が下りて来た。「あんた、気でも狂ったの?どうしてあんな所に上がるの?」ピーは答えなかった。答えないのではなく、鼻と耳が真っ赤に凍えてまともに話すことができないのだった。リナがピーの手をつかむと、手先が棒のように凍えていた。「狂ったのかって言ってるのよ。どうしてしゃべらないの、この馬鹿」リナが声を上げたので、横にいた男たちがリナをなじった。「何て言い方だ。失礼だぞ」するとピーがリナの頭をごつんとたたいた。「尿瓶と食べ物を少し持って来てあげたわ」ピーは黙って煙草に火をつけてくわえ、他の人たちと一緒に西の繁華街に向かって歩き始めた。「おや、あたしを子供扱いする気？　あんたいくつなのよ」リナはピーの後を追いながら一人でまくしたてた。

工場の労働者たちはクラブパズルに集まって対策会議を開いた。もう少しすればこの国で最も長い連休になるのに、デモ隊をあのまま塔のてっぺんに置いておく訳にはいかないという意見が出された。早く工事を終えて家に帰りたいから、そんなことに神経を使いたくないという人もいた。そのときドアが開き、この工業団地で序列が三番目ぐらいだと言われている管理者が、足音を立てて入って来た。ミーシャが管理者の前にビールを運ぶと、この国の人である彼は「サンキュー」と言ってその場にいた人々を感動させた。「それでなくとも今、難しい問題が起こっていて、みんな頭を悩ませているんです。そこにあの人たちが、あんな所に上って訳のわからないことをしゃべっているんだから、これはまことに深刻な問題じゃありませんか」集まった人々の中には彼の言葉に同調する人もいて、言葉の区切りごとにうなずいていた。「いくら何でも、働いていた人が死んだのに誰も弔問に来ないなんて、ひどいですよ」誰かが顔を赤くして抗議した。「ええ、知ってます。でも何でまた、よりによってこんな時にデモをするんですか？　皆さんが協力して早く下りて来るようにして下さい。あんなことをしたって、死んだ人は戻って来ませんよ」皆は目を丸くして管理者を見つめながら尋ねた。「協力って、何をどうやって協力するんですか」管理者はビールを勢いよく飲み干すと、グラスでテーブルを強くたたいた。「雰囲気が最も大事です。食べ物は豆一粒たりとも持って行かないこと。毛布や防寒ジャンパーなんかも、絶対持って行かないこと」

薄情にも、翌日からたちまち援助物資は途絶えた。すると塔に上がった人々の声から力が抜け、太鼓の音ものろくなった。工業団地はすでに第三段階プラント建設工程の仕上げ作業にかかってい て、数日ごとに外国の技術者が訪れて施設を点検した。そのあいだにもサイレンの音は何度か響いたが、専門の技術者たちも来ているから、安全については皆、あまり心配をしていなかった。

農薬の生産も試験的に行われた。原料を保管するタンクから原料を持って来て加熱する工程が始まると、その原料に化学薬品を添加して加工する段階がそれに続き、こうした工程を経た原料は次の工程のために安全に運搬された。この三つの段階の工程を処理する加工施設は、その光るシルバーカラーの外見と、それを取り囲んでいる複雑な施設だけを見ても、高度な技術によって造られたものであることがわかった。こうして生産される農薬は、この国の食糧自給自足のためになくてはならないものだそうだ。

誰も塔の上の人々に構っていられないでいたとき、再びヘリコプターが飛んできた。今回はものすごい勢いだった。ヘリコプターのロープの先にはヤットコのような物がついていて、元気のない労働者たちは死んだ虫のようにうつ伏せの状態で一人ずつヤットコに吊り下げられ、無事に地上に降ろされた。

リナは日没頃にピーの作業場に行ったが、作業場は閑散としていてピーとその同僚たちは見当たらなかった。リナはピーの作業場の管理者を訪ね、ピーがどこに行ったのか聞いた。「さっき電車に乗って別の国の工場に行ったよ。お前の顔を見たくないから遠くに行くってさ。だから一緒にいるときに優しくしてやるべきだったんだよ」管理者はコンテナの建物の中で舌を出して笑った。前歯が全然ないから、笑わずにはいられなかった。冗談だとは思いながらも、リナは足の下が断崖絶壁になったように、どきっとした。リナは幸い作業が終わっていたので、ピーを探しに行くことができた。

工業団地の東側を斜めに横切っているガス貯蔵用タンク群は、近くにあるように見えても実際にはずいぶん遠かった。電力不足のため数百メートル間隔に設置されている夜間照明が、ばちっという音を立てて灯りはじめた。道の右側には堤防が見え、その下に黒い川が流れていた。向こうには奇怪な格子模様の送電塔がぎっしり建っており、遠くに長い鉄条網と、暗い都市が見えた。

タンク群に近づくほど気温が上がり、額にぼつぼつと汗が噴き出して脇も汗びっしょりになった。足元がぬるぬるして歩きづらい。空に流れる白い雲が手に取るように近くに感じられた。

堤防を過ぎると橋にぶつかり、次に灰色のアスファルトの道路が続いた。アスファルトの右側は警戒地域なのでひと気がなくひっそりしていたが、離れた所にある鉄条網の前では、数人の男が小さなトラックに鉄筋を積みこんでいた。トラックの後部が鉄条網にくっついていたので、取れた鉄筋はひとりでにトラックの荷台に落ちた。男たちは、リナが近づくと慌ててトラックを出発させた。こんな所で鉄筋を盗んで売り飛ばすことを思いついたというだけでも、リナは彼らを尊敬した。トラックは工業団地の鉄条網を過ぎ、白い雲が流れる方向へと、暗闇の中を走った。男たちはちらちら振り返りながら、最も近くにある倉庫に急いで歩いて行った。

六つの原料貯蔵用タンク施設は、等間隔に並んでいた。タンクの後ろには葉の落ちた木々と鬱蒼とした草むらがあり、施設の周りにはあちこちに赤い字で「危険地域」と書かれた表示板が、壁紙のように張られていた。タンクはまるでお棺のような長方形の枠の中に据えつけられていた。タンクとタンクをつなぐたくさんの銀色のパイプは迷路のように複雑に入り組んでいて、見ただけでめまいがしそうだった。

ヘルメットをかぶった男たちがはしごを上り、巨大なタンクの表面に張り付いていた。タンクの下では複雑に設置されたパイプを一つずつチェックし、ガス流出事故が発生する可能性のある所を探していた。そこここで溶接の炎が燃え上がった。そのときリナは、溶接棒を握ったまま慎重にスチールチューブをなでているピーを発見した。ピーは上体を曲げて、溶接の炎の中に吸いこまれそうなほど炎に近づいて行った。そして起き上がると別の場所に移り、また炎と一体になって身をかがめた。

ガス管の上にいるピーは、リナが馬鹿だと責め立てながら大陸の東西南北に連れ回していた少年ではなかった。体を張ってたいへんな仕事をやり遂げられる男、それが今のピーだった。リナはそのとき、両親をはじめとして世間の大人たちがなぜ、口さえ開けば息子がいなければならないと言っていたのかわかるような気がして、ひどく気が滅入った。

原料貯蔵タンク周辺の緊張した雰囲気に圧倒されたリナは、ピーに話しかけることができなかった。その帰り道で、堤防の上に張られた、送電塔と送電塔の間の電線に止まっている雀の群れを見たリナは、指で銃の形をつくり、パン、と撃った。雀たちがみんな同時に飛び立ったが、軽いから電線は少しも揺れなかった。

工業団地側では、休日出勤する人に特別手当を出すという公告を張り出したものの、残って働こうという人は一人もなさそうだった。クラブパズルに来た客たちは、間近に迫った長い連休の話に花を咲かせていた。

夜、仕事が終わってから、パズルのお兄さんとデブ、ミーシャとリナは都市に出かけた。「今日は大切な用事があるから、大麻はやらない」お兄さんが仏頂面で言った。「ちぇっ、楽しみがなくなった」リナはぼやきながら一行に従った。

柳の枝が垂れ下がった道を過ぎ、路地に入った。狭い路地は上り坂になってくねくねと続いた。ミーシャとデブは何をしに行くのか知っている様子だった。「いったい、どこへ行くの？」と尋ねたが、道端で売っている食べ物やイヤリングに気を取られていたミーシャは、返事をしなかった。小さな木の椅子の置かれた狭い中庭のある家の前で、パズルのお兄さんが立ち止まった。門に「ゲストハウス」という札がかかっていた。狭く急な階段のある二階建てのゲストハウスの入り口で、パズルのお兄さんとゲストハウスの主人が煙草を分け合って吸った。

二階の左端の部屋をノックするとドアがそっと開いた。ベッドの二つある部屋の中に六人の少女と三人の少年が、しょんぼり座っていた。デブが言った。「いろんな国の子が集まったな」彼らはパズルのお兄さんがベッドに腰かけると驚いてさっと起き上がった。東南アジアなどからやって来た、それぞれに事情を抱えた子供たちだった。トレパンやTシャツを来た子供たちの顔は日焼けして茶色くなっており、とても緊張しているようだった。

しばらくしてゲストハウスの主人がお茶を持って上がって来た。パズルのお兄さんはお茶を飲みながらデブに耳打ちし、少年たちを片隅に寄せて、窓の方を向いていろと命令した。そして少女たちを自分の前に一列に立たせた。リナとミーシャはお兄さんの背後に座って少女たちをじっと見つめた。リナはその子たちのうち、一人だけが目にとまった。背の低さからしても、田舎っぽい髪型からしても、リナと同じ国から来たに違いない。お兄さんが少女たちに言った。「髪の毛を上げて後ろを向き、また前を見ろ」リナは妙なことをさせるなと思った。路地に灯された赤い光が、障子紙を張った窓を通して入ってきた。「皆、体つきはいいね」リナはデブがそんなことを言うので、不本意ながら少女たちの体つきを鑑賞することになった。「ブラジャーを持ち上げてみろ」パズルのお兄さんがそう言うと、リナはお兄さんの肩をつついた。「お兄さん、だめよ。なんでブラジャーを持ち上げるの？　ひどいじゃない」そのときお兄さんとデブの、力のこもった四つの目が、同時にリナをにらんだ。窓の方を見ていた少年たちが後ろをちらっと見た。少女六人は、胸を出したまま目をじっとつぶって立っていた。「二人だけ選ぼう」お兄さんが煙草をくわえながら言った。「お酒を運ぶのにどうして体を見るのよ。足が丈夫なら充分でしょ」リナが言うと、デブがリナの頭をこぶしで殴った。

リナはその瞬間から、川を渡り森を過ぎ電車に乗ってここに来るまでに覚えたこの国の言葉を総動員して、一人の少女を褒めちぎるのに心血を注いだ。お兄さんとデブは顔がかわいくないと言って首をひねったが、ミーシャは工業団地の人々が親しみを感じるタイプだと言ってすぐに同意した。そしてもう一人は前髪を真ん中で分け、長い髪を一つに束ねてアップにしたエキゾチックなインド出身の少女だった。その子の額には、黒い点がはっきりとついていた。体一つでやって来た少女たちを連れて出ようとしたとき、窓の方に立っていた小柄な少年がお兄さんに言った。「あの、煙草くれませんか」お兄さんは少年をにらみ、持っていた煙草と紙幣一枚を渡した。少女たちの代金に関して若干の駆け引きがあったものの交渉はすぐに終わり、ゲストハウスの主人は、連れて行く二人の少女は特別たくさん食べたから金を上積みしろと要求した。リナは、売り飛ばされて来た自分が、金で人を買う人たちの仲間になっているという事実に改めて驚き、唇を噛んだ。

長い路地を歩きながら、リナは自分が後にした国の話を聞きたくてうずうずしていた。その間、国を治める方々のご機嫌や健康はどうだったのか、少女学校の給食は、多少は改善されたのか、この頃流行のヘアスタイルはどういうものなのか。しかしリナはもっと静かな所でこっそり話せる機会を待って尋ねようと、考え直した。お兄さんは道路に出て、道端で売っている映画のビデオテープをいくつか買い、デブに金を渡すと、テープが入った袋を揺らしながらどこかへ消えた。デブは道路沿いの洋服店に少女たちを連れて行った。

店内はとても明るく、リナは店のあちこちにあるスタンドミラーを見てとまどった。自分の髪がくしゃくしゃで、体全体が黒い埃まみれだったからだ。デブが新しく買った二人の少女に服を選べと言った。リナと同じ国から来た少女は、ピンクのスカートに赤いセーターを選んで、店の片隅でじっとしていた。貧しく人口の多いインド出身の少女は大きな目をぱちくりさせて男物の服を触っていた。「あの子、結婚してるんだって」リナの後輩が言った。「亭主のじゃなくて、自分のを選ぶのよ」リナがそばに行って大声で注意すると、少女はこぼれ落ちそうに大きな目でまばたきしながら、婦人用のニット服の方へ移動した。

ミーシャはおしゃれなだけあって、ジーンズのスカートと肩を露出するセーターを選び、リナは、雲みたいな白い羊毛のぼんぼりがついている風変わりな帽子一つと、綿入りの厚いズボンを選んだ。ミーシャがまだ服を選べないでいるインドの少女のために、黒地に緑の花模様が散らばっている膝丈のワンピースを選んでやると、ようやく少女の口元に笑みがこぼれた。ミーシャは、長い髪の上にリナの買った帽子をかぶってみた。それから脱いでひっくり返し、商標をのぞきこんだ。「うちの近所から来たのね。『うち』と言っても、家はなかったけど」帽子は東ヨーロッパ製だった。

食堂に行ってパズルのお兄さんとまた合流した。お兄さんとデブはビールを飲み、他の人々はご飯と肉団子と野菜炒めを夢中になって食べた。しばらく食べていて、何かおかしいと見てみると、肉の色が黒を通り越して灰色を帯びていた。リナはこの国の食べ物はとうてい信じられないと言おうとして、思いとどまった。「今じゃあたしも贅沢になったってことね」リナは独り言を言って笑った。

パズルのお兄さんが二人の少女に、どうしてここに来ることになったのかを尋ねた。額に点のあるインドの少女は、この国の言葉ができないのでもごもご言うばかりだった。リナと同じ国出身の少女はこの国の言葉がかなり上手だったから、自分の事情をゆっくり説明した。それによると脱出の経路も理由もリナと似たようなもので、農村でつかまり、毎日田んぼで働かされていたときに逃げたというところだけが違った。パズルのお兄さんは、すぐに店に出して一緒に働くにはふさわしい子だと言って賞賛を惜しまなかった。

パズルのお兄さんが携帯電話で話しているあいだに、リナはこのときだとばかり、同郷の少女に話しかけた。「あんたはあたしが救ってあげたのよ。あたしが知らんふりしてたら、あんたはどこかで死ぬかも知れなかったんだから。あんた、あたしに一生感謝することね」そしてリナは背筋を伸ばしておとなしく座っている、若い同胞が感謝の言葉を口にするのを待っていた。「お金の味を知ったら堕落すると聞いたけど、お姉さんがまさにそういう人間ね。何が感謝よ。脱出して捕まった子供を買いあさる人に、感謝しろっての？　頭が完全にいかれてるのね」リナはその子を、立場をわきまえない馬鹿だと思うことにし、再び話しかけることも、親しくなることもしないことに決めた。

工業団地への帰り道で四人の少女たちが車の後部座席に重なるようにして座り、全員口を閉ざして暗い窓の外を見ていた。四人の少女はお互いの匂いを嗅ぎ、自分の体の奥深くから流れる、むせび泣きのような呼吸の音を聞いた。この若さで真夜中、それも見知らぬ奇妙な国の道路の上で、初めて会った人と一緒に狭苦しい車の後部座席に座っているという運命に、悲しみがこみ上げてきたのだ。「あたしは売られて行くの。売られるの」声は聞こえなかったが、皆は心の中で合唱していた。甦ろうとする過去の記憶に耐えられず、言葉には出さなくとも少女たちはそれぞれ胸が張り裂けそうだった。「頼むから車から降ろして。息が詰まって頭がおかしくなりそう」ミーシャが真っ先に声を上げた。

車はしばらく走ってから湖の見える道で止まった。山の麓に丸い湖が白く凍りついていたけれど、車の外は思ったより暖かかった。少女たちは凍った湖で声を上げながら滑って遊び、男たちは隅っこで立小便をした。リナは足元の厚い氷の下を流れる冷たい水の音を聞きながら、立ちつくしていた。

あたしたち、ミーシャの真似をしよう!

長い休暇を目前にして人々は争うように電車に乗り、工業団地を出て行った。電車が着くまでにはまだ時間があったが、この国の人々は狭苦しいプラットフォームに押し寄せて一日中電車の来る方向ばかり見ていた。帰る故郷のない者や工業団地の重要施設を管理する管理者たちは、休日に関係なく工業団地に残った。暖房を減らした寮には暖かさもにぎわいもなく、ときどき鼠が壁をつたって廊下を通り過ぎたり、ビニール袋だけがふわふわ飛び回ったりしていた。連休にあたって工業団地から出されたのは粗悪な包装紙に包まれた、舌触りの悪い、べとべと手にくっつくお菓子の入った箱一つだけで、特別なご馳走がある訳ではないからギョーザやご飯を食べて時間をつぶすしかなかった。

そんな中で精神的あるいは肉体的に健康なのは一番年老いたおばあさんと、一番小さい赤ん坊だった。赤ん坊はもうあんよを始めていた。ベッドの脚をつかみ、いち、に、いち、に、というおばあさんの号令に合わせて家の中を歩き回った。家の中が狭いので、ややもすると尻餅をついて転んだ。しかもストーブを避けて歩かせようとすれば、空間はあまりなかった。「早く春になったら、あんたもうれしいし、あたしもうれしい。そうだろ?」おばあさんは、赤ん坊が好きなときに外に出て歩けるようにしてやりたいと言い、そのうえ、春になったらまた歌手として活動しなきゃ、と個人的な抱負まで語っていた。おばあさんは夢を膨らませていたが、誰もそうするべきだと相槌を打ったり、励ましてくれようとはしなかった。皆、疲れて体がだるいのに加えて、連休に行く所のないアラブ男まで一緒にいるから部屋の不快指数はいっそう高くなっていたし、リナは西側の繁華街が営業を休んでいるために金を稼ぐこともできず、じりじりしていた。だから、長い休暇はとてもつまらなかった。

リナは、家に帰らないのでじっくり話したり顔を見たりする時間もないピーを待った。ピーは寮の隣の棟にいる友達の所に行ってトランプをした。そして帰って来ると以前のように、四隅がぜんぶ傷んだ、手のひらほどのノートを開いて絵を描いた。ピーのノートには昔の天幕の公演場の様子がそのまま描かれていた。また、暴風雨に流された大きな木、特異な文字の刻まれた古い城門もそっくりそのままノートの中で息づいていた。何日も乗り続けた列車もあったたし、かわいかった、おばあさんの死んだ恋人の姿もあった。リナはノートに絵を一つ描き加えた。白い光に満ちた地下の古代都市のような、一千年続いている棚田と、その上の赤い空。でも、ピーが一番たくさん描いたのは工業団地だった。電車の駅から下りるとすぐに見える工業団地の入り口、古いトタン屋根のわびしいシャワー場の風景。穴の開いた食パンみたいなぼろぼろの服がぎっしり干された寮の洗濯ひも、ガス分離塔の上から見る、金色の夕焼けに包まれた大きなプラント工業団地。リナはピーが描いた絵の中から原料貯蔵タンク施設を見つけ、その上で溶接をしている、大きな足のピーを描き足した。そして自分の国の言葉で「君は私の友」と記した。もっと素敵な言葉を書きたかったが、我慢した。ピーはリナが絵に手を加えたことに気づいたのか気づかなかったのか、ノートを見ても何も言わなかった。

連休三日目、リナはとても家に閉じこもっている気になれなかったが、外に出ても別にすることはないので店に行って酒を買って来た。どこに行こうかと考えたあげく、同じ部署で働いている人に、田舎に帰るから時々様子を見てくれと頼まれていた部屋が思い浮かんだ。

掃除と洗濯をほとんどしないからベッドのシーツやカーテンは黒いしみだらけで、ご飯粒のついた茶碗があちこちに転がっており、洗面器に入った洗濯物は冷たい空気に凍ってごわごわしていた。乳房と陰毛にバツ印がついた、口を大きく開けて笑っている女たちの色褪せたヌード写真が壁に張ってあった。時々見てくれというほどの物がいったいどこにあるのか、とうてい理解できなかった。最初は掃除でもしてやろうかと思ったがやめにして、リナはベッドに入り布団をかぶって顔だけ出したまま、ちびちびと酒を飲んだ。

どれぐらい飲んだのか、リナはいつの間にか足元に転がっていた酒瓶につまずいて、転んだ。そしてドアを開け、廊下をよろよろ歩いた。歩きなれているはずなのに、自分の部屋がわからなくて迷った。

部屋のドアを開けて入ると、見知らぬ人が来ていた。歯が全部抜けて、髪もほとんど残っていない老人だった。彼を中心に、沈痛な面持ちのアラブ男、そしておばあさんとお姉さんが、かごベッドの中の赤ん坊を見下ろしていた。老人は見かけによらず落ち着いた、わかりやすい言葉で語った。

「この子だけでなく、この地域のたくさんの子供が障害を持って生まれています。ごらんのとおり、私も七年前の事故以来、痰を吐くみたいにして周期的に血を吐きます。廃墟になった西側の地域をごらんなさい。何百人が死に、それより多くの人々がこの子のように障害を持って育ちます。私は年寄りで力がありませんが、この工業団地をこんなふうにしたあの外国人たちを探して、八つ裂きにして殺してやりたい。しかしそんなことは若い人たちのするべきことだし、申し訳ないが、私は先が短いのでいつまでも過去の事にばかり執着していたくはありません。自分の死と、死後のことを考えるだけで精一杯です」話し終えて老人が家の中を見回した。「何がどうしたっていうの？この年寄りはいったい誰？」リナは目を白黒させた。「何がどうだってのよ。この老いぼれ。生まれて二年もたたない子を脅迫するつもり？　あんた医者なの？　医者なのかって聞いてるんだよ」縫製工場のお姉さんは涙をぼとぼと落とし、アラブ男は自分の国のご立派な神様に祈った。ぼろを着た老人が、家を出るときに言った。「皆さんの体にも流れています。七年前、この一帯に充満したガスが……」おばあさんは、出て行く老人のポケットに金を入れてやった。

リナが縫製工場のお姉さんに飛びついて胸倉をつかんで床に引きずり倒し、二人は床を転がりながらつかみ合いの喧嘩をした。アラブ男は驚いて口も利けず、おばあさんは目を閉じてじっとしていた。「このきちがい、そんならどうして子供なんか産んだんだよ」「あんた、あたしが子供を産むときに何か助けてくれたとでもいうの」二人の女がもみ合っていると、おばあさんが震えながら立ち上がった。「誰があの子に酒を飲ませたの。言ったじゃないか、あの子には絶対飲ませるなって」リナの怒りはおばあさんにまで向かった。「ばあさん、あたしが飲んだのよ、この死にぞこない、どうしてあたしの後ばかりついて来るんだ」リナはそう言いながらベッドに腰かけているおばあさんを片手でつかんで床に落とした。どすん、とおばあさんの尻が床に当たる音がした。リナは一人で足をばたばたさせて寮の建物が吹き飛ばんばかりに泣きわめいた。どんなに泣いても、誰もなだめようとしなかった。そうして時間がたつと気の抜けたリナはふっと眠気がさした。

「性格破綻者だ。アルコール中毒で、愛情欠乏症のうえ、ホームシックまで重なって……」リナが泣いていると皆がささやいた。それを聞いたリナは両脚をばたつかせてぎゃあぎゃあ声を上げてまた泣き出した。「連休は嫌だ、つまらない。長すぎて金を稼げないよ」

そのときピーが帰って来て、数秒間皆の顔を見渡すと、状況を察知した。「あの女、狂ったわ」お姉さんがピーに言った。するとピーがリナを一気に持ち上げてから、両手で尻と肩を支えてまっすぐ空中で支えた。「この馬鹿、下ろせ、下ろせったら」ピーはリナを空中でぐるぐると三百六十度回転させて廊下に連れて出た。リナはいつの間にか眠りに落ちた。「騒々しいったらありゃしない。仕方のない子だね」おばあさんが尻の骨をさすりながら言った。

日暮れ頃、ゆっくりスリッパをひきずりながら行き来するピーの歌声が聞こえた。ピーがある部屋のドアをノックして、尋ねた。「うちの女房、ここにいますか?」リナはその声を聞いてくすくす笑った。ピーはいたずらを続けた。リナは廊下に顔をちょっと出してピーを手招きした。ピーはリナを見ても、じっとしていた。それでリナは素足で廊下に出てピーの手首を引っ張って入った。

「逃げよう。あたしお金あるわ。おばあさんは年を取りすぎたし、お姉さんと赤ん坊は面倒でたまらない。二人だけで逃げようよ」リナは唐突に、泣きそうなほど必死に言った。リナは本当にピーと一緒に逃げたかった。その一方では、自分が本当に逃げたくてそう言っているのか、あるいはピーの心を動かすために嘘をついているのか、自分でも見当がつかなかった。

ピーは廊下で歌っていた歌を歌い続け、煙草をふかした。ベッド脇の壁にかけられた鏡に、煙草をふかしているピーの背中と、立ったままピーを見下ろしているリナの顔が正面に映っていた。リナはこの姿こそ、ピーとのすれ違いを物語っている象徴的な場面だと思った。リナは今度は女優のように感情をこめて話した。「お願い、あたしと逃げて。あんたはあたしの夫でしょう」リナはそう言うと自分一人で感動して涙を流した。リナが感動しようがしまいが、ピーは目を閉じたままベッドに横たわって何かの歌を口ずさんでいた。

また闇が少しずつ濃くなる日没が近づいた。格子窓から、一列に並んだ原料貯蔵タンクと黒い雲の流れる空が見え、リナは工業団地に来てから初めて、ここの風景を美しいと感じた。煙突から細く出てアイスクリームのように広がりながら青い空に昇る純白の煙、冷たく光る鋼鉄、いつも吐き気を催す化学薬品の匂いまで、すべてがただ懐かしかった。リナは、ひとつの決心をした。「カメラを買って世界のすべての日没風景を写真に撮ろう。引き出しに入れておいて暇なときに一枚ずつ眺めるんだ。お金がなくなれば一枚ずつ売ればいい」ピーは鏡の方に顔を向けたまま、ベッドに寝ていた。リナは、こんな憂鬱な光景ばかり見なければならないのが情けなくて、ベッドの奥深く身を埋めた。

リナは目を閉じて、昔どこかで聞いた、なじみのある声を聞いていた。脱出して以来、リナはいつでも目前の出来事が事実でなければよいと願ったが、今は違う。リナは耳を疑った。「かわいい」という言葉が何度も続けて空中に響いた。

ピーはリナの服を乳首の上までまくり上げ、腹に唇を当てたまま少しずつ下に下がっているところだった。リナはぱっと目を開けた。そして頭がぼんやりしているのにポケットに入った口紅を出して塗ろうとして、寝たままもがいた。そしてきっぱり言った。「この野郎、警察を呼ぶよ」ピーのたくましい褐色の肩が見え、はき古して伸びた下着から頑丈な骨盤がのぞいた。

警察だの何だのと言いながら、リナは全身から力が抜けた。ピーが左手でリナの腰をつかみ右手でリナの肩を抱こうとして、危うくベッドから落ちそうになったとき、二人は長年一緒に暮らしている夫婦のように小さな声で笑った。リナはピーの手が体の真ん中に届くと、口の中が乾いてきた。ピーの手は、以前リナが知っていた手とはまったく違っていた。リナはピーの手を取って目の前に持ち上げ、節くれだった指を見つめた。指も爪も、そして手の厚みも、荒れているというよりほかに表現しようがなかった。指の間の黒い汚れ、爪にできた胴色の縞模様。リナはピーの指を口にくわえた。金属の匂いがぷんと鼻をついた。

それから何時間もリナは闇の中で動く、金臭いピーの体をいろいろな角度から眺めた。そしてリナは泣いた。泣いているということが照れくさくて、やたらにしゃべった。「あんた、他の女と寝たことある？　怪しい。本当のことを言いな」ピーがおしゃべりするリナの唇をたたいた。二人は長い休暇で皆が田舎に帰り、がらがらになった寮で、誰かが、いつになっても治りそうもないような咳をし続ける音を聞きながら眠りについた。夜が深まるほど咳の音はひどくなったが、二人は甘く深い眠りの中だった。リナはそうして新年を迎えた。

翌朝からリナはピーの顔をまっすぐ見ることができず、新年の挨拶も省略した。それでいてこの世に怖いものなど何もなく、寒さも感じなかった。リナは腹の中にモーターエンジンが一つ入っているように活発になり、普段は重く感じていた物もすっと持ち上げ、口元には馬鹿みたいに笑みを浮かべて暮らした。

長い連休が終わり、工業団地は一日中稼動した。人々は仕事の途中で時おり空を見上げた。どう考えても、長い休暇が終わってから、何か異常が起こっていると感じられた。リナも一日中何かが足りないようだと思ったが、それはサイレンの音だった。いつも聞こえていたサイレンが、一度も聞こえなかったのだ。

ついに第三段階プラント工程の完成する日が来た。朝から工業団地全体に活気に満ちた音楽が響き渡り、ヘルメットを被った管理者たちが忙しそうに歩き回った。燃料貯蔵タンクから発生する排気ガスに火がつけば、プラント工程建設は大成功らしい。

とうとう夜になった。工業団地の中央にあるコンテナの事務室の前に並んだ人数の多さに、リナは改めて工業団地の規模の大きさを思い知った。全員が、原料貯蔵タンクから出るガスが燃えて火がつく、フレアスタックを見つめていた。フレアスタックは原料貯蔵タンクから一キロほど離れた北側の丘の上にあった。皆が固唾を飲んだ。炎がちゃんと燃え上がらないと第四段階の工程に入れない。特に最前列に立っている、ヘルメットを被った管理者たちの顔は死人のようだった。外国人管理者たちがトランシーバーを持って音声信号をやり取りし、火をつけるための作業に入った。

カウントダウンが始まり、皆で口を揃えて十からゼロまで数えた。ついに炎が燃え上がるだろう。ところが、丘のてっぺんのフレアスタックには火がつかなかった。コンテナ事務室はいっぺんにお通夜のような雰囲気になり、列の一番前にいた中年の管理者たち数人が涙をぽとぽと流しながらしゃがみこんでしまった。それから数十名の技術者がタンクとガスの配管にアリのようにくっついて、迷路のごとく複雑なタンクの周辺をくまなく調べた。一人がゆるんだバルブを一つ締め、手信号を送る姿が野外照明で照らし出された後、再びカウントダウンが始まった。そしてまた十からゼロまで数えると、皆が沈黙した。赤くなったり青くなったりする炎が、工業団地のてっぺんに燃え上がった。管理者たちは大成功だと叫びながら抱き合い、今度は喜びの涙を流した。

終わるやいなや工業団地の人々は西の繁華街に押し寄せた。その晩、クラブパズルは足の踏み場もないほど客が詰めかけ、皆は今夜燃え上がった炎の話を何度も何度も繰り返した。

リナとミーシャはもう古参なので、二階でトランプをしている人たちの横について、言いつけられる用事だけをしていた。一階のホールは、礼儀知らずのリナの後輩と、額に黒い点のある少女が担当した。それまで夜勤で来られなかった男たちは、クラブパズルに現れた新顔に、厄介なほど強い好奇心を見せた。

夜が更けた。一階のホールからほとんど人がいなくなる頃、パズルの主人であるお兄さんとデブが入って来た。どこに行って来たのか、頬が赤くなっていて、ちょっと酔っぱらっている様子だった。リナとミーシャは酒を持って行き、彼らとともにテーブルについた。そのとき、二階から下りて来た、目の落ちくぼんだ男が皆に挨拶しながらテーブルに座った。彼は占いをしてやると言って金を要求した。パズルのお兄さんが紙幣を一枚やると、男は見事な手さばきでカードを切り、皆はつまらなそうに男の手元を見下ろしていた。最もわかりにくい結果が出たのはデブで、一番ひどい結果が出たのはミーシャだった。男がミーシャに「お前は今年死ぬ運命だ」と言うと、一同は大笑いした。デブには遠くから人が訪ねて来るが、いつか一度は会わなければならない人なのだと言った。パズルのお兄さんには、今年も商売運はいいし、いい人と結婚して極楽だろうと言った。パズルのお兄さんは首をかしげながらも気をよくして、紙幣をもう一枚やった。金のできた男は、再びトランプをするため、一気に二階へ駆けのぼった。しばらく沈黙した後、四人は声をそろえて言った。「これは詐欺だ!」

二階を片付けていたリナは、ろくに口もきかない後輩が窓枠に腰かけているのを見た。少女は泣いていた。「なんで泣いてるの? 生理痛? それに、そこはあたしの座る所よ」リナはできるだけ優しく尋ねたが、少女は答えなかった。しばらくしてパズルのお兄さんが三階に上がり、少女が目を伏せたままついて行った。

三階の部屋には、いつもと同じく赤いカーペットが敷かれ、赤いカバーをかけたソファが置かれていた。リナはいつもどおり何気なくドアを開けようとして、一瞬立ち止まった。そしてドアノブを握ったまま、中から聞こえてくる音に耳をすませた。後輩がぶつぶつ言いながら泣いていた。「お兄さん、あたし痛いのよ。あたしが脱出者だからといって、お兄さんがあたしを好きなようにできると思うのは、古い考え方だわ」口がうまくて、弁護士のようだった。リナは両手を握りしめて下唇を噛んだまま、この状況をどうやって打破すべきか、迷っていた。舌戦は続き、リナはしばらくドアの外に立っていたが、二階に下りた。

少しするとパズルのお兄さんが浮かない顔で一階に下りてゆき、後輩はしょんぼりしてリナのいる所に来た。リナは少女の手を引っ張った。「あんた、何したの?」リナが問うと、後輩は鼻をかみ、

「わからないの？　死ぬほど嫌な目にあったのよ」と答え、そして大声で怒鳴った。「あいつがあたしをどうしようとしたか、ほんとにわからない？　お姉さんもやられたんじゃないの？」少女が逆上するので、リナはやけになって、火に油を注ぐようなことを言った。「それで、よかった？」「してないわよ。やったら殺す」田舎っぽい服を着た少女は、困難に際しても意気軒昂だった。「泣くことはないわ。あのお兄さんは、意外にいい人よ。うまく誘惑してごらん」少女の赤いスカートとピンクのセーターが野暮ったくて、哀れな感じすらした。すると少女が再びすすり泣いた。「誘惑だなんてとんでもない。あたしだけじゃない、あのインドの子もやられたんだから」リナはちょっとため息をつき、少女の手をしっかり握った。

一階のホールでお兄さんとデブ、ミーシャとインド娘が座って酒を飲んでいた。リナは一階からビールを何本か持って階段を上がりながら、彼らをにらみつけた。プラスチックのコップをすすいで後輩にビールをついでやる頃には、少女はもう泣いていなかった。「あっちは、どんな具合だった？」リナの言葉が終わりもしないうちから後輩がいら立った。「やらなかったって言ったじゃない」リナは笑った。「そうじゃなくて、あたしたちが脱出して来た所。今でもみんなお腹をすかせているの？」リナはやっと故郷の消息を尋ねた。今も変わらず、空腹を抱えた人で溢れているだろう。多くの人々が国境を越えるために血眼になってる。あたしたちは運がいいの。リナは、後輩がそう言うのを待っていた。「一緒に脱出してP国に入った子たちは大学に入ったのに、あたしはどうしてこんななの！」少女はそう言ってちんと鼻をかんだ。P国！　それはまるでおとぎ話の中の国のように思えた。リナは後輩の肩をぽんとたたいた。

リナは闇の中に消えて行く白い乗用車の後姿を見つめていた。新しく来た二人の少女とミーシャ、パズルのお兄さんとデブが、自分だけを除いて都市に出かけて行くところだった。後輩の少女が後ろをちらちら振り返ったが、リナは行ってらっしゃいと手を振ってから、一人でクラブパズルに帰って来た。ドアのきしむ音が続けて聞こえた。「既婚だというハンディキャップは簡単に克服できないだろうな」リナは独り言を言った。どこからか、昔のように太鼓の音が聞こえ始めた。ミーシャの服が入った箱を見つけた。スパンコールとリボンのいっぱいついた服にはまだミーシャの汗の匂いがしみついていた。リナは服を着替えて一人でステージに上がり、下手な踊りを踊り始めた。

リナはようやく、ばらばらという音が窓の外から聞こえる雨音であることに気がついた。雨脚が風に揺れている。リナが一人で酒を飲んでいると、車の急停車する音が聞こえ、パズルのドアが荒々しく開いた。パズルのお兄さんがリナの後輩の胸倉をつかんで入って来て、後輩を床にたたきつけた。ミーシャは冷たい顔で遠くの山を眺め、インド娘はただおびえていた。パズルのお兄さんは声を荒げた。「おい、さっさと酒を持ってこい」外で何をして来たのか、雨に降られて皆顔がぐしゃぐしゃだった。お兄さんが酒を飲んでいるあいだ、デブが少女の尻を足でとんとんついて言った。「脱出者のくせしやがって、反抗するのか」リナの後輩がうつ伏せになったまま、目をぎょろりとさせながら、はあはあと息を切らした。「脱出者にも人権はある」リナはさすが自分の後輩らしいと思い、絶対にくじけないでくれと祈った。

「ついてこい」パズルのお兄さんとデブがリナの後輩を連れて三階に上がって行った。階段を上がる足音が雨の音に混じって不気味だった。インド娘は玄関のドアの前にしゃがみこんで泣いており、リナは椅子に座って、生まれて初めて頭の中を超スピードで回転させていた。そしてリナも三階に上がった。自分でも知らないうちに空き瓶を片手に持って。

開いたドアの隙間からソファの上に横たわっている後輩が見えた。後輩は目をしっかり閉じたまま唇をぶるぶる震わせていて、股の間からピンク色の局部がもろに見えた。デブの奴が後輩の体の上に上がろうとしたとき、リナはこの現実を直視しなければならないと思った。デブの奴が後輩の体の上に上がろうとしたとき、リナはこの現実を直視しなければならないと思った。重みでソファが、壊れそうなほど沈みつつあった。「今だ、今のうちに助けなければ。それがあたしの使命だ」リナは、雨の降る窓の外を見ながら、ぶう、とおならをしたパズルのお兄さんの後頭部を瓶で殴りつけた。殴ってしまうとお兄さんがどうなったのか確かめる余裕もないまま、殴った自分のほうが先に驚いて、あ、と叫んだ。うろたえたデブはソファの前のテーブルにぶつかってのけぞるようにして倒れ、横たわっていたリナの後輩がさっと立ち上がると、テーブルの横にあった装飾用の壺でデブの頭を殴りつけた。「もうだめだ」リナはしばらくじっと立って、来るべきものを待った。驚いたことに、二人の男は起き上がることができないでいた。「どうしよう、二度と人は殺さないつもりだったのに……」リナはそのときになって初めて、腰に手をあててすすり泣いた。

後輩はお兄さんの脚を、リナは肩を持って階段を下りた。頭が手すりにぶつかるごとに階段に血がついた。一階まで下りると、うとうとしかけていたミーシャとインド娘が悲鳴を上げた。パズルのお兄さんは少し気絶しただけのようだった。リナは落ち着いて一階の玄関ドアに鍵を閉めた。ミーシャがやって来て、リナに叫んだ。「あんたが殺したの？　それに、何であたしの服を着てるのよ」服を見下ろすと、黒いスカートに赤い血がついて絶妙の配色になっていた。「脱ぐわよ。それから、こうなったのはね……」その瞬間、ミーシャが全身を揺らして、やったあ、と叫んだ。「ムイ、パグレビュ、イフ?」ミーシャは意味のわからない言葉を残して、お姫様が失神するように、腰を曲げて床に倒れてしまった。ミーシャの後頭部を鉄の棒で殴ったのは、大きな目をぱちくりさせながら玄関の前に座っていたインド娘だった。インド娘はそれまでにこの国の言葉を習い覚えていたので、「悪い女」としきりにつぶやいていた。「あんた狂ったの? あの子が何て言ったのよ?」誰も、ミーシャが最後に言った言葉の意味がわからなかった。

デブを引きずって一階に下ろすのには、三人の力だけでは不足だった。それで一階のホールにある造りつけの家具に洗濯ひもを結び、デブをくくりつけてひもを引っ張った。三人の顔は汗びっしょりだったが、いつしか顔を見合わせてくすくす笑っていた。外ではずっと雨が降っていた。三人は決心したように、互いに目で合図をした。

リナの後輩がパズルのお兄さんのポケットから車のキーを出し、リナは財布を取った。一階ホールのドアを開けて車の後部座席にまずお兄さんを乗せ、車の外に出た脚を曲げさせて押しこんだ。次にミーシャを車のトランクに入れた。痩せているからトランクに入れるには都合が良かったが、氷のように冷たく美しい顔が車の床につくのは胸が痛んだ。デブはまだ荒い息をしていた。デブまで車に押しこむとタイヤが沈んでぺしゃんこになりそうだった。リナはインド娘に、店の裏からシャベルを持って来させた。準備ができてリナが車の運転席に座り、エンジンをかけると、運転は一度もしたことがないのに、まるで何度もやったことがあるみたいにすんなりできた。しかし出発するとすぐ脇の建物にぶつかりそうになった。

車はのろのろと工業団地の東に向かった。いつのまにか雨は霧雨に変わっていた。リナはしばらく走ると、ガスタンクの方に行く途中で見た堤防に車を止めた。夜なので人はおらず、まばらにあった街灯も見えなかった。リナは少女たちに堤防の下の空き地の一角を掘れと言った。車のライトはつけたままにして、エンジンも切らなかった。

少女たちは恐ろしさにおののきながら地面を掘った。三人を入れるには広く深い穴を掘らなければならないから、雨で地面が軟らかいのはありがたかった。夢中で掘っているあいだに空はいつしか青くなってきたが、霧雨はまだ降り続けていた。地中からビニールのゴミや異物がたくさん出て来た。長いスカートをはいていたインド娘は作業するのに邪魔だと言ってスカートを脱いでしまい、ももひきのような下着だけになった。はあはあと白い息をしきりに吐いていたリナの後輩は、インド娘を見るたびに笑った。

堤防の上から見た感じでは、穴はかなり広く深そうだった。リナと後輩が車からまずデブを降ろし、いち、に、さんと号令をかけて堤防の上からごろごろと転がした。重いからか、デブはうまく転がって、穴の中にぴったりはまった。今度は、パズルのお兄さんの番だ。リナが腰に手を当てようとしたとき、気がついたのか頭を振って顔をしかめた。穴の前で待っていたインド娘がシャベルでお兄さんをもう一度殴りつけると静かになった。次はミーシャだ。リナは両腕にミーシャを抱いた。「この子まで殺すことはなかったのに。氷の国のお姫様ミーシャ。バイバイ」転がって行ったミーシャの白い外套のすそがめくれ、男たちの顔を覆った。その時にも、パズルのお兄さんの口からはうめき声がもれていた。

リナと後輩は車のライトを消して下りて行き、二人はシャベルで、一人は手で穴に土をかけ始めた。獣のようにうなりながら、夢中で土をすくって穴にかけた。リナは明け方の光の中で、ミーシャの細く白い指が動くのを見た。

店に戻り、三階から一階まで水を流して徹底的に掃除をしたが、血痕は思ったよりもたくさん残っており、血が床に凍りついて取れなかったので、お湯に浸した雑巾で何回も床をこすらなければならなかった。いくら拭いても血の溜まっていたホールの床はなかなかきれいにならなかった。床はあっという間に水浸しになり、水気を含んだ床の上にいつしか朝日が差していた。リナは後輩たちに掃除を終わろうと言った。掃除を終えてしまっても何かすっきりしなくて、玄関前に塩を撒いた。

次の日から主人のいないクラブパズルの主になった少女たちは、暗い店の雰囲気から変えることにした。頑張っただけあって部屋はきれいに掃除できていたから、今度は天井や壁の蜘蛛の巣をはらい、華やかな布を買って来て細長く切って垂らした。虹のように色とりどりの布はドアが開くたびに揺れ、曇りの日には染料の匂いがした。リナはその不思議な虹色の布を見ると殺人を犯したという事実を忘れ、優しい気持ちになって少しは傷が癒えるような気がした。「これからはお金もうけさえしていればいいんだ。お金を稼いでさっさとここを離れれば、全部忘れられる」リナは夜が来るのが待ちどおしかった。

ミーシャの、とうてい真似のできない体操のように鮮やかなダンスよりも、インドから来たばかりのぽっちゃりした娘が腰を軽く回しながら踊るベリーダンスの方が、はるかに魅力的だった。仕事がきつくなるほど労働者たちは酒を飲みに来た。そのうえ夜勤が増えたから、パズルは一晩中商売をしても客で溢れた。誰も仏頂面のお兄さんやデブの消息を尋ねはしなかった。リナは顔をよく知っている人たちにだけ大麻を与え、パズルの三階の部屋はたいてい大麻を吸引するために使われた。リナは昔、飢饉の年に亡くなった、遠い親戚のおばあさんが言っていた言葉を思い出した。「いくら間抜けな人でも、生きているあいだに三回は自分の人生を賭けて挑戦をするものだ」リナは自分にもチャンスが来たということを全身で感じていた。

リナはある日、少女たちを連れてパズルのお兄さんの車に乗って都市に出た。都市まで運転して行くのは無理なので、運転のうまい少年を一人雇った。記憶をたどりながら走り、大麻を吸っていた店を見つけた。いくらノックしてもドアを開けてくれなかったから、ドアの外にしゃがみこんで一日中待った。リナが、パズルのお兄さんのお使いで来たと言っても、老人は断った。「一生懸命に働いている工業団地の人たちに、こんな物は売れないよ」リナは老人の頑固な態度が気に食わなかった。次の日も行ったが、老人は売ってくれなかった。その代わり、外国人が鞄いっぱい大麻を買って出て来るのに出くわした。彼は持続可能発展委員会の会員だったから、リナの立場をよく理解してくれた。

倍の金を払って外国人から薬を買って帰る途中、リナと少女たちは、お兄さんに連れられて行った思い出のダンスクラブに行った。考えてみると、いつの間にかリナの一行は皆ミーシャのようにデニムのスカートに半袖のシャツを着て、その上にデニムのジャケットをひっかけていた。少女たちはおぼつかない動作で踊り、三人同時に叫んだ。「あたしたちみんな、ミーシャの真似をしよう！」

少女たちはチアリーダーのように飛び跳ねて踊り、唐突に声を上げて泣き始めた。一緒に踊っていた客たちは当惑し、皆ステージから下りて客席から見物していた。ある人はインド娘に近づいて本当に感動的だったと言い、ひょっとして「第三世界涙の公演団」の団員ではないのかと尋ねたほどだ。その夜、三人はまるで大泣き大会でもやっているように、ダンスクラブが吹き飛ばんばかりの泣き声を上げた。

「おばあさん、春だからうちの店で一度公演してみない？」リナの提案を聞いておばあさんはうれしそうな顔をした。おばあさんが服を着てはしゃいでいるあいだに、リナは赤ん坊にも服を着せて車に乗せ、クラブパズルに行った。

「本当に、ここはあたしが公演するのにぴったりだ」いっときは地域で売れっ子の芸能人だったおばあさんの顔に、生気が戻った。これまでクラブパズルは若い層を対象に運営されてきたが、リナはおばあさんを通じて年配の客を集めるつもりだった。赤ん坊は広いホールの床に降ろすと、必死でぐるぐる回っては、転んだ。夜になると客が押し寄せ、リナは今では札束を入れた缶を尻の下に敷いて座っていた。誰も信じられないからいつも尻の下に置き、ちょっと腰を浮かして座っていないと安心できなかった。

近隣で噂を聞いた少女たちが、パズルで働きたいと言って次々と訪ねて来た。旅費を稼いで、白い煙の立つ工業団地を離れて都市に住みたいというのだ。少女たちは脚が長く体つきがすらりとして顔もきれいだった。全員がリナのことを「おばさん」と呼んだので、年もさほど違わない子たちからそんなふうに言われて気分を害したものの、鏡をのぞきこむと、そう呼ばれても当然だという気もした。「あんなきれいな少女たちの夢が、こんな飲み屋の店員だなんて」リナはひどく憂鬱になって、最初は訪ねて来た少女をみんな帰してしまったが、後には国籍と年齢を問わず、来た子すべてに時間を配分して働けるようにした。パズルは女たちの楽園になり、やがて工業団地以外の都市からも客が来るようになった。

パズルの公演は一日に二回行われた。就寝時間の早い老人たちを対象に行われるおばあさんの公演は、むかし天幕でやっていた公演のリバイバル版だった。昔のように衣装をととのえることはできなかったが、なぜかおばあさんは前よりもかわいらしく安らいで見えた。おばあさんの歌は青春の歌といった趣のもので、おばあさんがその歌を歌うときには、工業団地でずっと働いて声が錆びた鉄のようにしわがれ、腰の曲がった老人たちがテーブルをたたいてリズムを取った。

おばあさんの公演を助けるのは、他でもない、赤ん坊だった。赤ん坊はおばあさんの声が上がったり下がったりするたびによちよちと歩き回ってリズムをとり、片足を上げては下ろしたり、あちらこちらで人々の顔を見つめてあらん限りの愛嬌を振りまいた。公演が終われば、老人たちは人生についての、ありふれた警句をひと言ずつ言い残して席を立った。

疲れきったおばあさんがどうやって家に帰るかが問題だったが、ピーはそういうときに限って現れ、おばあさんと赤ん坊を連れて帰った。ピーはホールの中にいる知り合いには挨拶をしても、リナには目で挨拶することすらしなかった。

インド娘は、ベリーダンスをするときは薄いレースの服を着た。何のためにするのか、公演の前には目をしっかり閉じて合掌し、壁の前に立ってぶつぶつと祈った。心地よい音楽をかけてきれいなレースの服を着たインド娘が登場すると、客たちは歓呼の声を上げた。虹色の布もインド娘の動きとともに天井でひらひら揺れ、酒を飲んでいる人々の体もぐるぐる回った。

そんなある日のことだった。慌ただしく騒々しい中で、ふいに玄関のドアが開いた。その瞬間、リナは自分の目を疑い、驚きのあまり持っていた酒の瓶を落としそうになった。門の前に立っているのはパズルのお兄さんとデブだった。結局、死んだのはミーシャ一人だったなんて。リナは、がっくりして体から力が抜けたが、その事件に加担した後輩たちがまだ来ていなかったのは幸いだった。彼らはホールをのっしのっしと歩いてリナに近づいた。今この瞬間が脱出以後で最大の危機であると直感したリナは、殴られることを予想しつつ、微笑した。パズルのお兄さんがリナに言った。「俺の弟と、この人の兄貴を探しているんだが」リナは思わずおならをして、息を大きく吐き出した。彼らはパズルのお兄さんの兄と、デブの弟だったのだ。リナは腹にぐっと力を入れた。「さあ。あの人たちは店を出て行って帰って来ませんねえ。どこかで麻薬かトランプをやってるんでしょう。あの、ロシアから来た子、何て名前だったかな、ああ、ミーシャと一緒に出て行きましたけど」すると彼らは互いに顔を見合わせ、首をかしげた。いつの間にかインド娘が二階から下りて来ていた。あっと驚いたはずみに、アップにしていた髪がほどけ落ち、インド娘はトイレに逃げこんだ。

リナは彼らにビールとおつまみを勧め、何ともないような顔で音楽をかけた。彼らはほんとうに死んだ人々とそっくりな姿勢で座って酒を飲んだ。「どうだ、俺たちがここを経営するってのは？だけど白人の女がいないじゃないか。それはどっかで探せるだろうさ」彼らは商売のやり方についいてあれこれ話し合ったあげく、収益は半分ずつにしようと提案し、リナは彼らの提案を断ることができなかった。彼らが出て行くとすぐ、リナは玄関に塩を撒いた。

リナは本格的に商売を始めた。客が多すぎて席が足りないほどだった。男たちは手に息を吹きかけて温めながら店の前に列をつくって席が空くのを待ったから、リナは店の前にビニールのテントを張るというアイデアを出した。テントの中にストーブを置き、そこでも酒を出した。

さらに、妙な薬を酒に混ぜて売ったりもした。工場労働者はたいてい体が弱っているので、何杯か飲むとすぐに酔って帰って行った。そうして客が増えると、リナはおばあさんと相談して、工場をやめてしまう計画まで立てた。リナは昔から自分がクラブパズルのオーナーだったように振舞うのに、何の問題も感じなかった。パズルのお兄さんの兄とデブの弟、そしてどこから連れて来たのか、怪しげな白人女性ミーシャまでが、いつもバーに来て絵のように座っていた。彼らがいるおかげで、かえって犯罪を忘れることができ、リナと後輩たちは皆気持ちが楽になった。

永久に冬が続くように思われた工業団地にも、いつしか春が訪れた。時おり目を上げて遠くを見れば、灰色の工業団地を貫いて、真っ黄色い気配のようなものが漂ってくるのが感じられたし、地面は相変わらずじとじと湿っていたが暖かい空気が立ちこめていた。しかしいいことばかりではなかった。西の地域から細かい埃が飛んで来て、干してあった赤ん坊のおむつはいつも灰色になり、赤ん坊の大小便も灰色だった。

リナは時々、三人を埋めた場所まで散歩に行ったりした。土手道は今でもひと気が少なく、相変わらず鉄筋を盗んでいる人もいた。リナは堤防の上から穴を探し、穴の所まで下りて行って足で踏みつけたり、その上におしっこをしたりした。リナの願いは、あの日ミーシャに「死ぬ運命だ」と言ったトランプ狂いの男に会って、自分の運命を占ってもらうことだった。

ピーは管理者たちに呼び出された。呼び出しを受けて本部の前に集まったのは大部分が溶接の技術者で、管理者や装備まで積みこむとトラックは満杯になった。トラックは普通のスピードで走り、ぎっしり詰めこまれた人たちの間で、誰かが歌い始めた。「静かにしろ。運転中じゃないか」誰かが叫んだが、歌は続けられた。

トラックは工業団地の東側の道路を走り、工業団地の入り口を過ぎた。ゆっくり角を曲がって右の寮の方を通り過ぎようとしたときだった。寮の出入り口の前のベンチに、赤ん坊とおばあさんが座っているのが見えた。おばあさんは日差しにさらした顔をしかめ、赤ん坊は地面に下りようと尻を半分だけ椅子にのせたまま一人でむにゃむにゃ口を動かしていた。毎日見ている人たちなのに、ピーはうれしくなって呼びかけた。しかしトラックがぐんぐんスピードを上げたためにピーの声は聞こえなかったのか、おばあさんと赤ん坊は互いの顔ばかり見ていた。

特殊車両は既に到着していた。トラックの管理者たちは七年前に西で起こったガス流出事故を思い浮かべ、徹底的な作業を要請した。そしてピーはここで驚くべき話を耳にした。このところ警報のサイレンが鳴らなかったのは、音が出ないように警報システムをいじってしまったからだというのだ。何度も警報が鳴ったのに原因を究明できなかった事実が知れて、面倒なことになるのを防ぐために取られた措置であるという。第三のプラント工程を終えるのに支障が出るのを恐れた管理者たちの、愚かな決断であった。「今まで何も起こらなかったじゃないか」管理者たちはそのときまで、そんなことを言っていた。

北に聳え立つ複雑な格子模様のフレアスタックは、正常に炎を上げていた。そこで炎がちゃんと上がっているという意味では、今まで何事もなかったという管理者たちの言葉は正しかった。化学原料を貯蔵する問題の巨大なタンクは、死んだように静かだった。全部で六つあるうち、いつも問題とされていた六番タンクが右から三つ目にあった。

人員を分散してタンクの周辺に配置し、トラックに設置された大型のはしごが人々を高さおよそ三十メートルのタンクの屋根の上に上げた。巨大なタンクの上に上がった溶接工たちは、怖かったが、できるだけ平気なふりを装った。「俺たちがつくったんだから、俺たちが直すさ」「人間にできないことはないよ」それぞれがかっこいい言葉を口にしようと努力した。ピーは、広大な、としか形容しようのないプラント工業団地を見下ろしてみたものの、目がくらくらして、まともに見ることができなかった。皆は頭痛の種を解決するため、初めて心を一つにして、ファイト！と叫んだ。

「さあ、私たちが探し出すのです。この国の化学プラント事業の限りなき発展のために」

タンクの上に上がっていた技術者たちは欠陥を見つけられずに下りて来た。タンクのボディーを観察するチームも異状を発見できなかった。排ガスがうまく流れ出せなくて逆流し、タンクの中で何らかの問題が生じていることは明らかだった。大型のガス管であれ小型のガス管であれ、複雑な経路のどこかで管のつなぎ方を間違えているか、施設自体の設計に欠陥がある可能性が大きかったけれど、密閉空間で起こっていることを探し出すのは容易ではないように見えた。むろん、いっそのこと内部の化学作用によって勝手に爆発でもすれば、話は別だ。

あちこちで感知器のピーピーという音だけが聞こえた。感傷にひたる余裕はなかったが、疲れた人々は安全帽を脱ぎ、片隅に座って煙草ばかりふかしていた。すぐに日没が近づき、工業団地を斜めに二分して、右側はまだ少し明るく、左側は日が暮れていた。白い煙が昇っている煙突の上の空が、金色に染まりつつあった。そのとき金色の空が突如として横に裂け、煙突から昇っている白く不透明な煙を吸いこんだ。そして金色の空はまた口を閉じてしまった。

これが最後の点検だった。チームにわかれて、タンクが置かれている水槽のような所に下りて行った。数人はバルブがちゃんと連結されているかを確認し、数人は探知機をあちらこちらに当てて少量でも化学ガスが漏れていないか確認した。一部で溶接をやり直しもしたが、表面からは内部がどうなっているのか確認する方法がなかった。すぐに日が暮れてしまい、皆は敗残兵のごとく落胆してトラックに乗った。

トラックは来たときとは反対に西側の地域を通り、ピーは暗く沈みこんだ工業団地を眺めた。昔の事故で廃墟になった西の地域のあちこちで、焚き火が焚かれていた。どこかで聞いたことのある歌が流れ、肉を焼くような匂いもした。まだあんな所に住んでいる人たちがいるということ自体が不思議だった。

トラックは繁華街に着き、管理者が皆をパズルに連れて行って酒をしこたま頼んだ。酒が妙に水っぽいのに怒ったピーは厨房に行き、そこで酒樽の中にせっせと水を入れているリナを見た。リナは指に酒をつけて味を見ながら舌を動かしていたが、ピーを見るやいなや手に持っていた水の瓶をさっと後ろに隠した。そのときピーは、リナは性格はよくないが、とてもかわいいと思った。何か褒めてやりたかったが何も思いつかず、ピーは生まれて初めて口下手な自分が嫌になった。「お前はどこに行っても生きていけるよ」とピーが言い、それを聞いたリナは舌を出して、また酒を水で薄め始めた。

晩遅く寮に戻って来たリナは、流しの上に置かれた鍋の蓋を開けてギョーザをいくつかつまんだ。妙に腹がすいてたまらなかった。冬は服をたくさん着こんで洗面所に行くのだが、なぜか廊下全体がトンネルの中のように暑くて息苦しかったから、リナは薄いセーター一枚で素足にスリッパをつっかけて洗面所に行った。歯を磨き顔を洗っていても、目がちくちくして顔を何度もすすいだ。

部屋に戻って歌を口ずさみながら化粧水をつけていたリナは、むくんだ顔を見て深刻に考えた。「お酒はほどほどにしなきゃ。顔がぱんぱんだ」それからおもむろに立ち上がって歌手時代の服が入っている包みの中を探り、隠しておいた金の缶を出した。赤い洋銀の缶から札束を一つずつ出して数え直し、紙で束ねてから胸に抱いて、また缶の中にきっちりと収め、赤い絹の風呂敷で箱をぐるぐる巻きにした。そして、これからもずっとこうしてお金が入ってきますように、と祈った。そうすれば三階建ての家を買い、いま一緒にいる人たちと暮らしてもいいだろうな、と思いながら笑った。

縫製工場のお姉さんが激しく咳きこむ音が聞こえるのも気に留めず、荷物の間に缶を入れた。しかしリナはどういう訳だか、お札を数えるたびに気が滅入り、柄にもなく家族のことを思い出した。

花の咲いた木の枝が揺れる教会の庭に、のんびり座っていた両親と弟の姿が思い浮かんだが、すぐに憂鬱な気分を振り払い、「あたしにはお金があるじゃないか」と思い直して笑いながら目のふちを手でこすった。

赤ん坊が急に咳をし始め、続いてピーも咳をした。リナは座りなおして咳きこんでいる人たちを見回し、窓のそばに行ってカーテンをそっと開けた。工業団地全体が白い霧に覆われ、目の前のものも見えなかった。そして突然目のふちがひどく痛くなった。咳は近くで聞こえるだけでなく、寮全体が咳きこむ音でいっぱいだった。ピーとお姉さんが口を押さえて咳をしながら、驚いた目つきで起きて来た。

ピーはタオルで顔全体を巻いてから寮のドアを外へ開いたが、白い煙がすぐそばまで来ていることに気づき、慌ててドアを閉めて部屋に戻った。マスクをしてまた外に出ると、反射的に身をかがめた。廊下全体に何かが立ちこめていて、目を開けることも容易ではなかった。廊下の窓を開けたが、刺激臭がするのですぐに窓を閉めてしまった。そのとき、実に久しぶりにスピーカーがきいきい音を立てた。「お前、久しぶりに音を出すんだな」ピーは廊下にあるスピーカーをにらみながら言った。しかし、何か話をしそうに見えたスピーカーは、すぐに静かになった。白い霧がどこから出てくるのか、知る由もなかった。再びスピーカーからきいきいと音がしたかと思うと、うろたえた管理者の声が響いてきた。「コンピューターを見てみろ。計器板が作動しない？　どこだ、いったいどこだ」そしてスピーカーはかちゃりという音を立て、永遠に口を閉ざしてしまった。

ピーはいったん部屋に戻って来た。おびえている女たちの顔を見ると、落ち着かなければいけないと思った。「事故が起こったようだ。一箇所に集まって、絶対に外に出るなよ」ピーの言葉を聞いて、リナと縫製工場のお姉さんは目を見合わせた。リナはお姉さんと赤ん坊をベッドの前に呼び、使っていないベッドカバーを広げてベッドに寝ているおばあさんと自分たちを覆った。ベッドカバーの下で、リナもお姉さんも震えていた。

寮のあちこちから口をふさぎ腹を押さえた人々が廊下に出て来て、大の字に伸びた。ピーが近寄って見ると、どの人の顔も灰色になって硬直しており、呼吸困難と嘔吐の症状を見せていた。ピーが下着姿で倒れている男に近づくと男はピーのズボンにすがりつき、死にそうだと叫んだ。そうしてゆがんだ顔から唾が頬をつたって流れ、手の力が抜けてしまった。

ピーはやっとのことで寮の外に出たものの、霧で視野がぼやけて方向がわからなかった。薄緑色の霧が辺り一面を覆っており、服地を燃やすような匂いが鼻をついた。鼻をふさげば目が痛いし、目を覆えば匂いで息ができなかった。あちこちで割れたり壊れたりする音、泣き声が聞こえ始めた。ピーは身をかがめたまま鼻と口を手で覆ってじっと伏せていた。

ようやくコンテナのところまで這って行ったピーは、死にそうなほど息が詰まった。防毒マスクをつけて忙しそうに行き来している管理者たちが見えたので、ピーは霧の中で行ったり来たりする両脚をめがけ、やみくもに突進してこぶしで殴りつけた。倒れた男から防毒マスクを奪ってつけたピーはすっと立ち上がり、スーパーコンピューターがあるというコンテナ事務室のドアを探した。事務室も既に霧に占領されて計器板もコンピューターも管理者たちも、何もかも見えなかった。

そんな状態で何分過ぎただろうか。北の方で起こった強い振動が、若干の時間差を置いてピーのいるところまで到達し、また響いた。そして、ドカン、と何かが爆発する音が聞こえた。そのときピーは、炎が霧を貫いて高く燃え上がるのを見た。白く凍った山が火山爆発したみたいに炎が白い空に上がっては、下に落ちた。炎はそれ以後も何度か上がった。ピーは炎が燃え上がるあいだ、防毒マスクをかぶったまま涙を流した。原料貯蔵タンクのうち、原料ガスの漏れる事故がたびたび起こって管理者たちを緊張させていた六番タンクだった。

このとき部屋の中で布団をかぶっていたリナも、地震のように響き渡る振動を感じた。寮全体ががたがた震えるほどの衝撃だった。何度か爆発音がしたかと思うと、あちこちで窓が落ちて割れた。リナは、おばあさんのぺしゃんこだった腹が膨らんでくるのを見た。おばあさんは力がなく息をすることもままならず、目玉にぐっと力をいれたまま、蛙のように横たわっていた。おばあさんが死ぬとしたら、まさに今日死ぬのだろうと思った。リナはおばあさんの手をぎゅっと握った。赤ん坊の顔色も銅の塊のように悪く、リナと縫製工場のお姉さんはすすり泣き始めた。

大小の爆発音が続いた。泣き止むと、二人とも互いの目ばかり見つめた。「こんなことになるなら、父親にもう一度赤ん坊を見せてやるんだった」お姉さんは赤ん坊の頬に顔を当て、リナはお姉さんの頬をなでた。

サイレンの音が激しく響いた。サイレンは工業団地で鳴っているのではなく、都市で、全世界で響いているかのように工業団地一帯を包みこんでしまった。布を燃やすような匂いはいっそうひどくなり、目玉がひっくり返りそうなほどだった。呼吸困難の症状を見せていたおばあさんの腹は、ふくらんだ後にまたへこんだ。リナはおばあさんの顔をつねりながら泣いたが、おばあさんは絶対に目を開けなかった。

　突然、今までよりもはるかに大きな爆発音がした。リナとお姉さんはベッドの下に潜って爆発音が消えるのを待った。爆発音が終わったと思うと、寮の建物が崩れ始めた。天井からばらばらとセメントの粉が落ち、床が左右に揺れた。リナはすばやく布団から出て、赤い風呂敷に包んだ缶を見つけてしっかり持ち、また布団の中に入った。その瞬間、リナの頭上でばりばりという音がして何かが崩れ落ちてきた。リナはとっさにおばあさんに覆いかぶさり、縫製工場のお姉さんは赤ん坊に覆いかぶさった。リナはお金の缶さえ放さなければいいんだ、と繰り返しつぶやいていた。

カデンツァ

空を埋め尽くした灰色の膜に時おり丸い穴が開き、鋭い刃先のような日光が差しこんできたが、そんなときを除けば、毎日が地球最後の日だった。タンクの爆発による工業団地の被害規模を計算できる人はいなかった。めちゃめちゃになってしまった工業団地では赤い炎がところどころ燃え上がり、昼も夜も灰色の毛布を被ったように横たわっている巨大なコンクリートの塊だけが、海綿動物のように身をくねらせた。

こうなるまでには、ずいぶん時間が流れた。最初の数日間はそこらじゅうが熱く、爆発から何時間たったのか、何人が死んだのか、あるいは何人が生き残ったのか、そもそも夜なのか昼なのかすら区別できないほど赤い炎が燃え続け、喉を締めつける息苦しさに満ちていた。しかし今の工業団地はまるで最後の救命ボートが出て行ってしまった激戦後の海上のごとく、奇妙な静けさを保っている。

崩壊した建物の残骸がからまってできた狭く暗い空間に閉じこめられて横たわっていたリナは、ある時、はっと意識を取り戻して目を開けた。何日も地面にくっついていた背中は感覚がなく、体を覆った土と濃い闇のせいで、なかなか体を動かすことができなかった。気をしっかり持つために何度も息を整えてからゆっくり四方を見回した結果、最初に見たものは、生きているおばあさんだった。「生き返ったとき、目を開けて最初に見たのが、棺おけに片脚を突っこんだおばあさんの顔だなんて。悪運の強いおばあさん。運の悪いあたし」リナはおばあさんから目をそむけた。

おばあさんはベッドと一緒に墜落した。ベッドの脚が二本折れかけた以外は無事だったけれど、あれほど冷静沈着で大胆な性格のおばあさんも、皺の寄った目もとをしょぼしょぼさせて、しきりに涙を垂らした。なんとか手を伸ばしておばあさんの顔に指を当て、涙が耳の中に流れこまないようにしてやるのが、リナにできることの全部だった。失望したリナは一人で大きなため息をついた。目を開けると、すべてが変わっていて、一緒に暮らしていた縫製工場のお姉さんと赤ん坊、そしてピーも、姿を消していた。リナはこのすべての状況を受け入れることができず、むしろ何もなかったのだと思いこむことにした。だが、目を開けさえすれば、すべてが残酷だった。

ある日、狭い空間を貫いて明るい光が容赦なく入ってきた。「誰かいませんか?」建物の残骸を一つずつ片付けながらこちらに向かって来る人々の声が、とぎれとぎれに響き渡った。生きている、と答えたくないこともなかったが、リナは返答せず、金の入った赤い缶を胸にぎゅっと抱きしめた。救助隊の疲れた声が、さらに何度か聞こえた。「ここは誰もいないぞ。行こう。助けたって何になる。みんな使いものにならないのに」人々が鉄パイプで地面を数回たたいて、立ち去ろうとしたときだった。「ちょっと、ここにも人がいますよ。助けて下さい」おばあさんが元歌手らしく、高い声で叫んだ。声がとても大きいので、リナは驚きのあまりしゃっくりが出た。おばあさんは叫んですぐ気絶してしまったが、リナがおばあさんの声を聞いたのは、それが最後だった。

建物の残骸をどけて、お棺の蓋みたいに頭の上にぎっしり載っていた障害物をどけるだけでも、ずいぶん時間がかかった。障害物が取り除かれたとき、リナは菱形になった灰色の空を見た。白い服を着てマスクをした男たちが空を背中でふさぎながら、リナに向かって手を差し伸べた。驚いたリナは目を丸くしたが、助けてくれてありがとう、うれしいと言って手を出す気にはなれなかった。左の肩が脱臼して動かすこともできなかったし、悲惨な格好で救助されたくもなかった。ことに、大きな過ちを犯してもいない人々をこんな目に遭わせた灰色の空の下には、一歩も歩き出したくなかった。

男たちがおばあさんとリナの口にスプーンで水を入れてくれ、何だかわからない注射を何度も打った。生き残ったという感激もなくぼんやり寝ているリナを見ていた人々が、何か察して合図をしていた。そして少しすると数人の人がやって来てリナの体を縛り、脱臼した肩を一息に直した。丸太のようにこちこちになっていた体に、想像もしていなかった痛みが押し寄せた。リナは声を上げて泣きたかったが、声が出ないでシーシーという苦しそうな息の音が漏れるだけだった。救助してくれた人々はそんなリナを、素晴らしい精神力を持っていると称え、忍耐強いからこんな生き地獄の中で生き延びられたのだろうなどと、とんちんかんなことを言った。

救護キャンプの置かれた天幕に移され、何日も横たわって過ごした。わりに親切な看護士と救助隊員たちが、ベッドに寝ている人々の世話をした。寝ている人たちの口からは、うめき声や嘆きの言葉が漏れていた。リナはキャンプの天幕の隙間から、風に揺れる灰色の工業団地を眺めた。悲惨としか言いようのない工業団地を見ていたリナは、あるとき決然と起き上がり、二本の脚ですっくと立とうとした。しかし、いくら頑張っても太ももから足首まで力が出なくて、しばらくふらついた末にようやく、自分の足を地につけて立ち上がった。リナはあんよを始めたばかりの赤ん坊のように倒れては起き、また倒れた。

ぼうっとした顔で天幕の真ん中にある柱をつかんでいると、誰かが背後から近づいてリナの肩をつかんだ。ピーの名前を呼び、涙を流しながらそっと振り返ると、そこにいたのはピーではなかった。「シャワーを使って下さい。あちらがシャワー室です。私がお手伝いします」そばかすだらけの女がシャワー室を手で示しながら笑っていた。微笑を浮かべつつも、表情はひどく冷静だった。リナはがっかりしたけれど平静を装って鼻水と涙を拭い、礼儀として笑顔をつくった。

プレハブのシャワー室はこれまでリナが見たシャワー室の中で、もっとも立派な施設だった。まるで暖かい空気と照明のある孵化装置のようにぽかぽかとしていたし、驚いたことに水道の蛇口をひねるとお湯がふんだんに出るので、体にお湯をかけてみた。足元に流れ落ちる泥水を見下ろしてじっとしていると、女が近づいた。「洗い終われば気分がよくなるから、ちょっとだけ我慢して下さい」女はリナを小さな椅子に座らせてから、大きな手で優しく頭を洗ってくれ、全身を石鹸で洗った。その間もお湯が背中に少しずつ流れるようにしていた。女の口調も、動作も、パンの中みたいに柔らかかった。石鹸の匂いが鼻に入ると目は自然に閉じた。女が指に力を入れて頭皮を押さえたときは、全身がむずむずして我慢ならなかった。

シャワーが終わると、大きな厚手のタオルがリナの体を包んだ。優しい感触が久しぶりで、妙にくすぐったくて笑いそうになった。リナはシャワー室の横の小さな部屋に案内された。女はリナを椅子に座らせて手足の爪を切り、やすりで爪の間に挟まった泥をかき出したが、黒い汚れがびっしり詰まっていて、ひどく汚らしかった。女はからまった髪をゆっくりとかし、傷を消毒してくれた。消毒薬が皮膚につくとリナは体をびくっとさせた。基礎的な処置が終わると女が大きな鏡を持って来て、リナの顔の高さに持ち上げた。「さあ、顔をご覧なさい。生き残ってよかったわね」女が後ろに立ってリナと一緒に鏡の中をのぞきこみながら言った。リナは皆がどうしてこんなに優しくしてくれるのか、理解できなかった。「この人たち、みんな狂ってるのかしら？　みんな一緒に、親切になる薬でものんだのかな？」そんな疑問がわくにつれ、リナは自分に何が起こっているのかが、はっきりわかってきた。

生き残った人々全員に白いトレーニングウェアが着せられた。白いトレーニングウェアを着た人々は誰もがよろめくように歩くなど、立ち居振る舞いがなぜか似ていた。リナも同じ服を着て列の最後尾に並んだ。秘密のドアが開くように、キャンプのテントの隙間から灰色の工業団地が見えた。「お座り下さい」リナは前にいる人が座れと言っているのも気づかず、外ばかり眺めていた。できることなら入り口の布をさっと上げて外を見たかったが、恐ろしかった。「お名前は？」額のつるつるした、厚い唇の男がリナに尋ねた。リナは答えなかった。すると男がまた聞いた。「ここでどんな仕事をしていましたか？　どれくらいここで暮らしていますか？」リナは唇を動かそうとしたが金縛りにあった人のように、話すことができなかった。そのとき髪の逆立った、痩せた男が一番前に進み出て叫んだ。「何十トンもの毒物がこの痩せこけた我々の体をかすめて行ったんだぞ。お前ら、こんなの見たことあるかい？　よく見ておけ。我々は生涯咳きこんで、そのうち気がおかしくなって犬みたいに跳ね回るんだ。道端でくたばるか、ひどい病気にかかって静かに死ぬんだろう。だから、これ以上邪魔するな」男が騒ぎ立てても誰も動揺しなかった。「何か思い出したら言って下さい。記録しないといけませんので」それでリナは結局、生存者リストに名前を載せられないまま、列を離れた。

体の大きな男二人がおばあさんを担架に乗せて運ぼうとしていたので、リナはすぐシャワー室まで追いかけた。おばあさんはぼつぼつ穴の開いた竹のベッドに、傷ついた魚のように横たわっていた。一人の男がおばあさんの頭の下に小さな木の板を置いて枕にした。入浴を手伝う女が腰に手を当てたままおばあさんを見下ろしていたかと思うと、どこかへ歩いて行った。そして錆びた黄色いはさみを持って戻って来た。「何するの？　どこか切るんですか？」リナが尋ねても女は答えなかった。ビニールの手袋をはめた手で持ったはさみが、おばあさんの着ているぼろを真ん中から上下に切り裂くと、汚物まみれで皺だらけの体がすっかり姿を現した。ごみと汚物のぎっしり詰まった耳の穴、針金やコンクリートでこすったために櫛目のような引っかき傷がいっぱいついた顔、泥がこびりついてからまった髪まで、いったいどこから洗えばいいのか、手のほどこしようがないほどだった。髪は、いくら洗ってもほどけないから、はさみで短く切ってしまった。髪が短くなると、おばあさんは子供っぽくモダンな顔になったけれど、体が汚物まみれであることに変わりはなかった。茶色くなった体の裏側や皺のすべてにべたべたくっついたごみは言うまでもなく、脇やへそ、穴という穴はすべて汚物でふさがっていた。

下半身を洗う段になると、善意でしていることとはいえ、横で手伝っている女の表情は一瞬、曇った。リナが女の手にシャワーのノズルを渡して「私がします」と言い、女を安心させた。リナは袖をまくり上げると、おばあさんのだらりとした局部を二本の指で開き、長い虫のように陰唇と膣の間に溜まっている泥の塊や木の葉のかけらを取り出した。今度は肛門に指を入れると、おばあさんの体がびくっと震えた。幸い大きな怪我はないようだった。

今度は二人で力を合わせておばあさんの体を横にした。おばあさんの背中と腰には地中でくっついた緑色の苔が根づいて育っている最中だった。リナは薄いタオルでおばあさんの背中を優しくこすった。背骨辺りの苔はすぐ取れてピンク色の肌が現れた。背中の真ん中にちょっと突き出ているきれいな皮膚をこすり続けると摩擦で皮膚の表面が少しはがれた。皮膚は波打つように動き、驚いたことに、そこから小さな白い蛾が何匹も飛び出してきた。蛾はテントの中を低く飛び回ってぶんぶんうなり、シャワー室は蛾でいっぱいになった。リナはその様子を見ながら、横にいる女に言った。「このおばあさんはすごい人なんです。だから体の中でこんな変な生き物を育ててたんでしょうね」

事故の直後は、この工業団地が世界の中心になったみたいだった。飲み水と食べ物を運んでくれる救護団体の人々が続々とやって来て、解読不可能な文字のシールが張られた食糧の箱を開けた。脂気のない肉の缶詰、新鮮だとは言いがたい野菜、噛む必要がないほど軟らかい豆、強烈な匂いのする各種のソースまで。缶詰の蓋を開けると、匂いがきついのでまず鼻をふさがなければならなかった。食べればすぐ下痢や嘔吐を催すけれども、たちまち力が湧いてくるような、見たこともない食べ物だらけだった。

救護団体の人々は、廃墟になった工業団地をひょいと持ち上げて、永遠に豊かな暮らしができる天国にでも引越しさせるかのように騒ぎ立てた。こざっぱりした白いガウンを着た若い医療チームが常駐して怪我人を一人一人治療し、保護した。清潔なシャワー施設すらなくて連日不平を言っていた工業団地の人々にとって、不思議なことの連続だった。医療チームは怪我をした人たちの、どれも代わり映えのしない身の上話を、ちっとも飽きないという顔で繰り返し聞かなければならなかった。おばあさんは彼らの保護のもとでずっと眠っていたが、元気だったらさぞかしうるさいはずのおばあさんがおとなしく寝ているのが、リナには妙な感じだった。「おばあさんが死んだら、世の中はずいぶん静かだろうな」思ったとおり、おばあさんは長く生きられなかった。

「ちょっと具合が悪いぐらい何でもないさ、金を稼ぐチャンスじゃないか」何とか生き残った人たちは、運の悪い人生に今度こそチャンスが巡ってきたのだと言い、事故にあったことはむしろ幸いだったのかもしれないと考えた。

ショベルカーを始めとする大型の重機が倒れた建物の瓦礫をひっくり返すと、事故の実態が露になり始めた。当初は専門家が動員されて順調に動いているように見えたものの、しばらくすると黄色い重機は作業をストップしてしまった。何日か掘り返してみたところでどうにもならない被害状況を前に、誰もなす術を知らなかった。救助隊員たちは助けを求める合図がない限り、崩れた建物の中に入って死に瀕した人を救い出そうとはせず、生き残った被害者が自分の足で歩いて出て来てくれることを望んだ。放置された重機は、それでなくとも退屈でたまらない子供たちの、スリルに満ちた遊び場になった。ショベルカーの前についている巨大なバケットに上がった子供たちは歓声を上げ、灰色の空を胸に抱いた。

生き残った人々は灰の山になった工業団地を見て、毎日泣き暮らした。しかし時間がたつと泣きわめくことも少なくなった。幸か不幸か、自分自身を守らなければという生存本能が働き始めたのだ。生存本能を発動させるエネルギー源になったのは、救護団体の人々が持って来た、原料も生産国もわからない食糧だったが、食糧より直接的に人々を刺激したものは、目の前に散乱している人間の死体だった。ひどい火傷を負って全身がねじれたり損傷したりした死体が、生きている人々に、生きたいという気持ちを呼び起こしたのだ。皆は生きている者と死者の間にはっきりとした一線を引き、生き残った自分たちはともかく生きてゆくべきだということを訴えたいと思ったし、そのために時宜に適った儀式が必要だった。それで思いついたのが死者の追悼式だった。

工業団地の真ん中で、施設がちゃんと稼動していることを知らせながら煙を吐き出していたフレアスタックは、燃え尽きて骨格だけが無残に残されており、周辺の土壌も灰色に変色していた。工業団地で爆破されずに形態を保っているのは、フレアスタックの上に見える、工業団地の北側に聳えた山の稜線だけだった。

どうにか歩ける人は、二百人にも満たなかった。シーツを裂いてつくった粗末な弔い旗を先頭に、生存者たちは列をつくって救護団体から貰った酒の瓶と缶詰の箱を持ち、何か悪いことをしでかしてしまったような顔で山の尾根に登って行った。山の頂上からは廃墟になった工業団地と、遠くの都市が一望に見下ろせた。経済自由区域である工業団地への関門であった鉄道の銀色の線路、ひどい金属臭と薬品臭に満ちていた工業団地の巨大な施設、空をぐるぐる巻きにしていたたくさんの電線、そんなものは跡形もなかった。廃墟になった工業団地は、夕暮れの海辺のように赤い夕陽に包まれていた。皆は服の裾のボタンをとめた。

生き残った人々は行方不明者の小さな写真を掌に載せて涙を流し、彼らの着ていた服に火をつけ、尾根でぐるぐる振り回した。ある人は首尾よく造花一本と線香を手に入れて来て、灰色の尾根道に立てた。線香に火をつけると、それすらも化学薬品の匂いを放った。噴火口のようにひっかき回された灰色の地面に置かれた小さな写真、蓋を開けた缶詰と一杯の酒、飴とお菓子を一つずつなど、各自が持って来られるものは何でも持って来て供えた。そしてそれぞれ別の方向に視線を定めてぐしゃぐしゃの工業団地を見下ろし、とうてい言葉には尽くせない悲しみを噛みしめながら、その場にひれ伏して泣き始めた。「だめだ、もうだめだ。だめだ、もうだめだ。いったい俺たちはなんでこんなになったんだ」誰もが「もうだめだ」という言葉ばかり繰り返していた。

しばらく泣いた後、ある人は合掌したまま礼拝をし、ある人はもぐらのように灰色の地面を掘りながら怒りを抑えられずに泣いた。空腹に酒を飲んで酔った人たちは、足を踏み鳴らしながら一人でぐるぐる回った。それぞれが自分の感じる限り最大値の悲しみを表現した。そしてフィナーレが訪れ、参加者たちは転がっている酒瓶と残った食べ物、それに写真を山の下に投げ落とした。そのときリナは真剣に悩んだ。「死にかけたおばあさんを助けてくれと祈るべきだろうか？　ピーが戻って来ますようにと祈りたいけど、二人とも助けてくれなんて、贅沢過ぎるだろうか？」日が完全に落ちるまで、誰もその場を動かなかった。皆しゃがみこんで顔が赤くなるほど泣き、真っ暗になると立ち上がって一同で黙祷することで、儀式の最後を飾った。

春とは名ばかりで、花も若葉もなかったが、それでも西の地域の空からは薄緑色の気配が少しずつ押し寄せて来た。時おり灰色の空の輪郭が澄んで、白くぼやけた空が見えるような気もしたものの、風が吹いたぐらいでは灰色で埋まった空はなかなか開かなかった。一瞬のうちに煙突が崩れ、灰色の空から小さな石ころが落ちて来た。小石の落下が収まると人々はのろのろと一日の日課をこなした。人も自然も、なかなか春の訪れを迎えられないでいた。皆は、怒っても訴える所がないので指を天に向け、灰色の空に文句を言った。

春になると何かがよくなるだろうと期待したけれど、状況はいっそう悪化した。工業団地を運営していた多国籍企業が生存者と個別の協議をする代わりに、この国の政府を協議の相手に定めたため、とても妙な具合になってきた。崩壊した工業団地地域を復旧するのに金と時間をかけるより、放棄しようという結論が出たのだ。工業団地の人々は、「じっくり検討することもなしに、どうしてそんなにあっさり結論を下せるのか」とひどく興奮したが、「地面しか残ってないのに何を検討するのだ、この地域は文字通り閉鎖措置を下して自然に消滅させてしまおう」という決議がなされた。他の問題は時間がすべて解決してくれるだろうという常識が、対策を協議する人々の信念を支えていた。

最後まで残って工業団地をうろついていたのは、自分たちが最も急進的であると宣伝して回る各国の環境運動家たちだった。「災害を乗り越えて立ち上がって下さい。勇気を失わないで下さい」と書かれた垂れ幕は灰色の空気に蝕まれ、汚れて文字すら読めなくなってしまった。状況が変わったので急進的環境運動家たちも遠くを眺めながら煙草をふかしてばかりいた。彼らは敵がいなくなった虚脱感に耐えられなかった。彼らは一流らしく、運動も信念も、商売にならなければだめだという現実の論理に忠実だった。煙草が切れる頃、彼らはもっと気のきいた、目先の変わった問題を求めて地球の反対側にある大陸に行ってしまった。無論、ただ無責任に出て行った訳ではなく、どんな宗派だかよくわからない国際宗教機構に後のことをすべて託して行った。ともあれ、この国の東北部の繁栄の礎になるだろうと言われていた工業団地は、一日のうちに巨大なゴミの山になり、そっくりそのまま放置された。

支えになる柱を失い、ひびの入った壁がふいにどすん、という音と共に崩れ落ちると、顔の黄色くなった人々が、崩れた建物の瓦礫から歩いて出て来た。建物が崩れ落ちれば落ちるほど、工業団地は水平に広がりながら灰色の領土を少しずつ拡大して行った。人々は鼻を鳴らしながらのろのろとドアの外に出たり、半壊または全壊した建物の中に無理やり入ろうとしたりしていた。誰もがいっそう薄汚くなり、食糧不足以外の不満を訴えても仕方がないほど状況は悪化した。リナはもはや呼吸音すらほとんど聞こえないおばあさんのこわばった顔に、劇薬を処方するような気持ちで唇を当てた。

リナはねんねこをポンチョみたいに肩にかけて真っ黒に焦げた鍋を片手に持ち、崩れた建物の中から飛び出した。顔は太った幼虫のように丸くなり、非常に不安そうな目つきをしていた。瞳の上部が瞼に隠れ、目全体が上を向いていて、ちょっと頭のおかしい人に見えた。リナは一握りの米で粥をつくり、鍋と灰色の空を交互に見た。粥をさますためにふうふう息を吹きかけ、崩れた建物の中に戻った。

おばあさんは眠ってばかりいて、何も食べようとしなかった。ほっぺたをたたいたり太ももをつねったりしても反応がなかった。リナは怖くなった。「おばあさんが死んだら、おばあさんの声まで聞けなくなったら、どうしよう」おばあさんの口にスプーンを入れて粥を食べさせようとしてもおばあさんはぴくりともしなかった。驚いたリナは言った。「おばあさん、そんならさっさと死ねよ」リナは瞳孔の開いた目をしばたたいた。そして知らないうちにおばあさんの鼻や耳、そしてへそにまで粥を入れていた。

週に三回供給されていた飲み水すら、二回に減った。国際宗教機構の団員たちは、朝になると各宗教ごとに派手な礼式で一日を始めた。ひらひらした長い服を着ているうえ、場所を移すたびに壁に向かって礼拝をするので救護活動に専念する時間が足りなかった。週に二回の飲み水はしばらくすると一回だけになり、救護団体の食糧援助も徐々に途絶えてきた。今では子供も大人も当たり前のように瓦礫をひっくり返しながら食べ物を探し始めた。誰もが崩れた建物の外に出て、落ち着かない様子でうろうろしていた。

リナは瞳孔の開いたまま、ぼんやり座っていることが多くなった。幸か不幸か自分の体の重みすらわからなくなり、生きていることから来る不快な荷重はまったく感じなかった。体を回すとすぐ魔法のように幻が見え、金属臭の漂う工業団地が甦った。溶接の赤い炎があちこちで燃え上がり、白い煙を呑みこんだ青い空は、相変わらずくねくねと動いていた。崩れた建物はさっと起き上がってひとりでにくっつき、元の位置についた。人々は何事もなかったかのように西の地域のクラブに押し寄せて酒を飲んだ。ミーシャは魚の鱗みたいにキラキラするスパンコールのドレスを着て、つやつやした唇で男たちに投げキッスをし、ダンスを踊った。酔った客がクラブの床に寝転がった。

おばあさんは赤ん坊と一緒に日当たりのいい寮の前庭で散歩をしていた。リナはピーと一緒にぎしぎしきしむベッドの上で笑いながらじゃれあった。しかし再び振り向けば、そんな場面は一瞬のうちに灰色の地面の上に溶け、めまいがした。リナの頭の中で組み立て直された工業団地は、再びがらがらと崩れ落ちた。

七種類の涙

リナはある日、工業団地の外に向かうバスを見つめていた。生き残った人たちは既にたくさん出て行き、夏が近づくとさらに多くの人が出て行こうとしていた。「ここを出て、どこに行くんだろう。あんなに口を閉ざして、別れの挨拶もしないで、どこに行くんだろう」リナは札束の入った缶を持ち、出発しようとしているバスに、思わず飛び乗った。

バスは電車の線路と平行する道路をゆっくりと走りながら、工業団地から遠ざかって行った。「あたしもとうとう、ここを出られるんだ」リナは心からうれしかったが、灰色の空からバスが遠ざかるにつれ、なぜか恐怖がこみ上げてきた。バスは工業団地を抜けると乗客と荷物を降ろし、尻から黒い煙を出しながら戻って行った。工業団地から一番近い都市ですら七〇キロぐらい離れていたから、人々は通りがかりのトラックやバスに乗せてもらう必要があった。皆、ここから先は自分の力でやっていくしかないのだ。

いろいろな車が、身を切るような風を起こしながら通り過ぎて行った。乗っている人たちはヒマワリの種を食べたり煙草を吸ったりしながら外を見ていたが、なかなか止まってはくれなかった。道路を歩く人の格好は皆乞食同然だったから無理はなかった。腹をすかせた人たちには、遠くの田畑を背景にして二、三本ずつ立っている大きな樹木も、ゴムひものように伸びたり縮んだりして見えた。道路に沿って歩く人々の間隔が徐々に広がり、空腹で力の出ない人たちは歩くのを諦め、道路で捨て犬のように丸くなって横たわった。

リナも最初は、飛び回る虫のように目の前で揺れるかげろうだけを見ながら、うずくまっていた。たくさん食べる訳でもないのに小さな胃袋ひとつ満たすことのできない自分が、ひどく情けなくて、リナは胃袋に言った。「ほんとに、ごめんね」それから、何を思ったのか、やおら立ち上がった。このままでは食べ物どころか車にも乗れないと判断し、束ねてアップにしていた髪をほどき、指で梳いて後ろにやってから、トレパンを膝までまくり上げた。そして「お前はきれい、お前はきれい、お前はきれいだから車に乗せてもらえる」とつぶやいた。リナは俄然元気が出たので、両腕を挙げてその場で飛び跳ねてみた。ちょうどそのとき、後ろから青いトラックが走って来るのが見え、やっとのことで運転手と目を合わせるとトラックがスピードを落として止まった。リナは他の人たちがついて来ないよう、さっと走ってトラックに飛び乗った。

運転手はにぎやかな音楽をかけて煙草を吸った。煙草の匂いも音楽も久しぶりだったリナは鼻をくんくんさせた。「どこから来たんだ?」ボリュームを落として運転手が聞いた。「近所です」「この近所? 近所のどこらへん?」運転手がまた尋ねた。「聞いてどうするんですか」リナは無愛想に言い放った。「工業団地の事故でこの近辺はすっかり廃墟になったのに、いったいどこから来たんだ?」「まさに、その工業団地から来たんです。いけませんか?」運転手は、珍しい動物でも見るかのようにリナを上から下まで何度も見た。リナは窓の外に目をやった。

頭が窓にごつんとぶつかってリナが目を覚ますと、トラックは走るのをやめて道路脇に止まっていた。運転手はシートにもたれてぐっすり寝こんでいた。リナは男の腰にベルトのように巻きつけられた札入れを見つめ、自分の唇についたよだれをゆっくり拭いた。運転手の方に体を寄せてみると、運転手の顔は皺だらけで口元に食べ物のかすがこびりついていた。そうして少し時間が流れ、リナは決心した。

ベルトについている札入れを、素早くはずさなければならない。リナが大胆にも運転手の腰を両手でそっとつかんでプラスチックのバックルを手で押すと、ベルトがぽとりと腰から落ちた。リナはシートと腰の間に落ちたベルトをつかみ、体をひねって、逃げる方向から車が来ていないか確認した。ベルトについている札入れを引っ張った瞬間、目を覚ました運転手に髪をつかまれた。「言うことを聞くから放して!」リナは腕に力を入れて運転手の股間をひねろうとしたが、運転手が目をむいて飛びかかってくるので狙いを定めることができなかった。結局、運転手の腕力に負けてしまった。

運転手はリナの頭を運転席の方に置き、助手席のドアを開けてリナの脚を外に出した。助手席に移った運転手が手早くズボンを下ろした時、リナは血のように赤黒く小さな木の実のようなものをそこに見た。運転手はリナの白いトレパンをすっと下ろしてリナに覆いかぶさったかと思うと、はじかれたように体を離した。「ひええ、こりゃ何の匂いだ」リナもまた、自分の下半身から漂うきつい薬品臭をかがない訳にはいかなかった。

そんなことには構わず、あらゆる脱出方法に熟練したリナは、運転手の手に噛みつくと同時に札入れを持ってトラックから飛び降りた。降りるとすぐ口と手についた唾を道端の茂みの木の葉できゅっと拭き取り、トラックの止まった向きとは逆方向に必死で走った。そしてしばらく走って別のトラックに乗せてもらったのだが、よりによって豚の糞を運ぶトラックだったから、とんでもない匂いがした。リナは幻覚剤をかいだみたいに鼻をひくひくさせた。

リナは足を引きずりながら都市に歩いて行った。ようやく人間の生活している世界に降り立ったようで、ほっとした。トラックから降りるときには気づかなかったけれど、脚が痛くて歩きづらかった。都市のあちこちを行き先も定めずに人波に押し流されて歩き、高層建築の多い駅前広場に出た。足を引きずっているリナを、通行人たちが胡散臭そうに見た。汚れた白いトレーニングウェアは妙に目立ったが、リナはじろじろ見られるたびに恐い顔でにらみかえした。マスクやタオルで口をふさいだ人々が大きな鞄を持ったまま、子供たちを先頭にして駅に押し寄せて来た。時間がわからないほど、大気全体がどんよりとしていた。

にわかに雨が降り強風が吹き始め、土の匂いがした。匂いを嗅いで驚いたトラック運転手の表情が思い浮かんだ。あんなにおおぜいいた人々も、風に舞う土埃を避けようと、あっという間にどこかへ消えてしまい、雨が地面に落ちるたびに泥が跳ね上がった。駅周辺の食堂は出入りする人の姿もなく、病院の手術室のように電気だけが明るかった。「どこかで食べるものを探さなきゃ。人の多い所に行けば食べ物があるだろう」リナは食堂の軒先に座って土埃を避けていた。リナは自分が現金を持っているということも、目の前の食堂に入って料理を注文すればいいのだということも忘れたまま、降りしきる泥の雨を見ていた。疲れて何の意欲もわかなかった。

朝、リナは都市の中心部に位置した公園の中の、ホームレス宿泊所のような所で目を覚ました。

夜に降った雨のせいで都市の風景が、重く、乱れたものになっていた。リナは風雅な黒い瓦の家や古い木のたくさんある街の朝に、黄色い巨大な陰ができるのを眺めていた。都心を貫く川に泥水が流れ、事故の起こった工業団地から漂って来る化学ガスのせいで、人間はもちろんのこと、家畜も都市を出て行きつつあった。住民がいなくなってがらんとした路地の片隅に、狂人が飛び出して来て騒ぎ立てた。「煙草一本下さい。どうか煙草一本だけ」リナはスリッパを引きずりながら、食べ物を探して街中をさまよった。

一軒の食堂の前で男の子が四人、正座して主人が何かをくれるのを待っていた。リナも習慣で彼らの後ろに立って頭を垂れた。しかしどれだけ時間が過ぎても食べ物は貰えなかった。「お前たちにやる物はない」主人が冷たく言うと、数人の子供が食堂から出て来る客のズボンにしがみついた。客は荒っぽく振り払ったが、リナはそのとき自分が金を持っていることを思い出した。

リナは男の子たちを連れて食堂に入った。二階のテラスのような所の丸いテーブルに座り、食堂の主人を呼んだ。「メニューを下さい」主人が見せてくれと言うので、リナは金を見せた。料理はなかなか出てこなかった。横の建物の外壁に取り付けられたネオンサインの中で、携帯電話の宣伝をするモデルの太ももが動いていた。皆はモデルばかり見ながら料理を待った。従業員すらひどく無愛想で、料理を持って来ても、ごゆっくり、とも言わなかった。男の子たちは黙って、口が裂けそうなほど食べまくった。

腹がいっぱいになり、皆が椅子の上で伸びていると、なぜさっさと出て行かないのかと主人が面と向かって罵った。リナはパンティーの中から出した金で堂々と支払いを済ませ、その様子を見ていた子供たちが口笛を吹いた。子供たちは口々に言った。「姉さん、かっこいい。最高！」

行く当てもない四人の男の子たちがリナについて来た。リナはまず子供たちを連れて駅の水道の所に行き、顔を洗った。それからまた通りに出て、ビルの軒下に並んで座り、黄砂が猛烈な勢いで降ってくるのを見物した。自転車に乗って通り過ぎる人々の後を、濃い黄砂が追いかけていた。そのとき、子供たちのうちの一人がそのビルの中のトイレに入り、出て来て言った。「中は誰もいないよ」リナは子供たちと一緒にゆうゆうと中に入って行った。

エレベーターは動いていなかったので階段を上がらなければならなかったが、非常階段から建物に入るドアはすべて開いていた。子供たちは五階の、会社の看板が出ている、きちんと整頓された事務所に入った。案内のデスクの椅子に座って電話を受ける真似をしたり、廊下の端に置かれた椅子に腰かけて社長ごっこをした。事務所はすべての物が定位置に置かれていて、人だけがいなくなったらしかった。男の子たちは机の前に座って笑い合った。

広い会議室には高い背もたれの椅子数脚が置かれていて、真ん中に大きな丸いテーブルがあった。子供たちが椅子に座って遊びながら窓の外を見た。リナは不意に眠気に襲われて床に寝たが、やはり寝つけないのでトイレに入った。トイレにはタオルも石鹸もあり、ぬるま湯の出るシャワーもあった。鏡の中に映った顔は煤だらけで、服は汚れでまだらになっていた。リナは服を脱いで上半身を鏡に映してみた。化学薬品の匂いがトイレ中に広がり、リナはシャワーを浴びながら、どうにかしてこの匂いが取れないものかと考えてみたが、何も思いつかず、涙ばかり流れた。

無人のビルに飽きると、皆は再び通りに出た。子供たちは散らばって隙さえあれば他人の財布を盗んだりして落ち着かなかったが、リナはむしろその方がいいのだと思い、積極的に手伝った。金ができると皆で覆いのないトラックの荷台に座り、震えながらも笑い声を上げげた。男の子たちが、行く所がないと言ったとき、リナはふと気づいた。「どこに行っても同じだ。退屈で、汚らしくて」崩壊した工業団地がひどく恋しくなったので、彼らを連れて帰ることにした。工業団地に帰るのに、二日間かかった。

実態調査のために個人的な費用を投じてやって来ていた外国の急進的環境団体の人々も少なくなり、工業団地は孤立し始めた。すると西の地域に住んでいた人たち五十人以上が、境界が消えたのをいいことに自分たちの生活領域を拡大し、大手を振るって行き来し始めた。最後まで残っていた人々は皆、救護キャンプの周辺に集まって暮らしていた。

おばあさんはずっと眠ってばかりいたから、リナはおばあさんが死んだのにも気づかなかった。皆はリナを悪い娘だと罵った。この国では両親の面倒をみない薄情な子供は、地獄に落ちても文句が言えないらしい。ある孝行息子は、生涯を家の中で過ごしてきたお母さんが死ぬ前に旅行したいと言うと、自転車に簡易ベッドをくくりつけ、老母を乗せてこの国の全域を旅したそうだ。「あたしはこの国の人ではないもの」リナがそう言うと、責任回避はもっと卑怯なことだと大人たちが叱りつけた。どうして死ぬ間際に新しいものが見たいのか。それに、ベッドに寝て眺める世の中が、それほどに美しいだろうか。リナはそんな両親がいなくてほんとうによかったと思った。驚いたことに、その息子は七十歳なのだそうだ。

遺言も残さないまま死んだおばあさんの埋葬場所を探すのに、何日も迷った。おばあさんを木の下に埋めろと言ったのは、西の地域から来たおばあさんだった。自分の夫も木の下に埋めたと言いながら、やたら弁舌をふるいたがった。「死体から出る栄養分が木を育てるんだよ。木が育たなければアリが食うから、心配しなさんな」苦労ばかりして亡くなったおばあさんの体にどんな栄養分があるのかとリナは疑ったが、そのおばあさんは執拗だった。「死んで一本の木でも生かすことができればいいじゃないか」リナは面倒なので、そうすることに決めてしまった。

都市から連れて来た四人の子がそれぞれベッドの四隅を持っておばあさんの遺体を運んだ。被害の比較的小さかった西側の境界地域に黄ばんだ雑草の生い茂る空き地があり、そこにあった小さな木の下に、おばあさんを埋めた。遺体を埋めるにあたって、リナはおばあさんとの長い友情を思い、昔天幕の歌手時代におばあさんがよく歌っていた歌を歌った。そしておばあさんのベッドに一緒に寝ておばあさんに腕枕をしてやり、一緒に空を見上げた。

その夜、リナは花の咲く木に変身する夢を見た。皮膚がぷつぷつ裂けてきて花のつぼみがほころび、木の葉が生えてくる夢だった。リナは一晩中眠れなくておばあさんが寝ている木の下に行った。おばあさんが天幕で短く切るように歌っていた、おばあさんの国の古い歌が聞こえてきた。力強かったその後姿、そして公演の合間に与えられた五分の休み時間、首をつたって流れる粘っこい汗、しつこくまとわりつく蚊、天幕の向こうに月が呑みこまれた後の不気味な雰囲気、しびれたふくらはぎをマッサージしながらふと目を上げたとき、天幕の入り口辺りにキメラという砂漠の蛇を見つけたことなども脳裏に浮かんだ。

長くてうんざりする夏が過ぎようとしていた。リナは主に老人や子供の髪を切る仕事をしていた。

ろくな食べ物もないのに、髪はよく伸びた。西の地域から来た人たちの言葉は、なぜかちっとも聞き取れなかったが、それでも言い争ったり喧嘩したりすることもなかったし、一緒に遊ぶのにはたいして支障がなかった。人々はリナに、家族はいないのかと聞いた。そんな時、リナはいつも、おばあさんは木の下で眠っていると答えたので、皆は外を見ておばあさんを探した。

西から来た人たちは、地中の貯蔵庫から出して来たという肉の塊や干し肉、そして強い酒を並べて一晩中飲んで遊んだ。すべての食べ物は大人も子供もまったく同等に分かち合い、何がそんなにありがたいのか、食べるたびに天に向かって感謝の祈りを捧げた。暑い夜には布団も使わず顔に布をかけただけで眠った。あれほど勢いのよかった蚊もおらず、夏の夜の情緒など、どこを探してもなかった。

梅雨時には天幕の中でトランプをしたりして笑い、遊び終わると皆一緒に粥をつくって食べた。手持ち無沙汰になると西の地域から持って来た壊れた自転車に乗ったり、ボディーとハンドルだけになった自動車に乗って口笛を吹いた。リナが連れて来た四人の男の子たちは一台のバイクを持って来て、一日中その近くで遊んだ。

時々、クラブパズルに行く道、ガス貯蔵タンクのあった道、堤防の上の道だと思われる場所を、片足でとんとん跳ねながら歩いてみた。寮があった所に見慣れた色の煉瓦を見つけたとき、リナは心臓が止まりそうだった。崩れ落ちた物の間で、ベッドの上の天井に吊るしていた埃だらけの赤いカーテンの裾がひらひら揺れているのを見ると、胸が締めつけられた。「男たちを客にとってお金を貯めよう」前後の見境もつかなかった縫製工場のお姉さんとリナがここで生き延びるために考え出したのが、赤いカーテンを吊るして客を取ることだった。お姉さんの声が耳に聞こえるようで、お姉さんにもう一度会いたいと思った。お姉さんに会えたら、好きだと言って互いの体をゆっくりと、温かくなで回したかった。リナはお姉さんがチビを連れてアラブ男と一緒に男の故郷に行ったのだろうと思った。「白く塗った家に小さな植木鉢がぎっしり置かれた前庭で、言葉を覚え始めたチビのお尻をたたいてるんだろう。でも、チビは今でも言葉をしゃべらないかもね。チビはどこの言葉を習うのかな。お姉さんは隣の男と浮気してるかも知れない」リナは黒く汚れた、節くれだった指でカーテンの裾をいじったが、特に何も感じなかった。

　涼しい風が吹き始めたと思ったら、不思議なことに空の灰色が薄くなり、ところどころに青空が見えた。次第に晴れてくる秋の空と対照的な灰色の工業団地を眺めていると、何もかもが信じられなくなった。日ごと赤い溶接の炎を上げていた広大な工業団地は、めちゃくちゃになった灰色の地面に過ぎなかった。「ここでこれ以上、何をどうしろというの」ときどき空に向かって尋ねたけれど、返答はなかった。

　リナは長い髪をお下げにし、ときたま四人の男の子を連れて都市に出かけた。リナを含め五人が乗ったバイクは、ゆっくり都市に向かった。都市は移住政策によって徐々に人口が減少し、共同化区域が増えた。リナは子供たちが万引きして来ると、よくやったと褒めてやり、おいしい物を貰って来れば一緒に食べた。

　屋根がなくなった家の中に、カラスの群が飛んできた。客のいない食堂のホールはハエに占領された。道端に止まったまま砂埃を浴びた車はタイヤが自然に破裂し、激しく揺れながら沈みこんだ。

秒針のとれた時計は転がって川に落ち、広い海に流れて行った。そしてかかとが取れてぺしゃんこになった靴がからっぽの都市に満ちて行った。商店の前、マンホールの上、横断歩道の手前、バスの停留所の表示板の下に捨てられた靴だけが、夜の街を見守っていた。

街中の商店でテレビニュースもよく見た。世紀が変わってからというもの、全世界の国境が病んでいるらしい。ニュースはP国に入る脱出者たちに焦点を当てて紹介していた。バスが止まっているのはP国の都心の、あるホテルの前だった。バスの窓ごとにカーテンがかかっていて、窓の外は細かい雨が降っていた。ホテルの正門前にはカメラを持った記者たちとスーツを着た役人たちが大勢詰めかけ、バスの窓からP国の都市を見ていた一人の少女が眉をひそめた。リナは自分に似た少女をじっと見つめた。で、ほんとうにここの暮らしは楽なんでしょうね？　そう言いたげな表情でガムを噛みながら窓の外を見ている少女は、記者たちのカメラのフラッシュがたかれると、カーテンの陰に隠れた。リナが振り返ったとき、男の子のうちの一人が身なりのいい男の後について歩いていた。リナは成功を祈った。

リナも一時は、P国に入国して受けるはずの質問に対する答えを考えたことがあった。大学生になって一生懸命勉強したいです、立派な人になって、同じ脱出者の人権を保護する仕事をしたいです、お金をたくさん稼いでお金持ちになりたいです。いろいろな質問にどう答えればかっこよく見えるだろうかと悩んで眠れないときもあった。リナは道端に転がっている空き缶を蹴飛ばした。空き缶は、こともあろうに小さな写真を首にかけた、脚の悪い女の膝の前まで転がった。女は写真の中で笑っている男の顔を手でなでながら、通行人に哀願した。「この人知りませんか、見て下さい、知っている顔かどうか。お願い、一度見てちょうだい」リナは身をかがめて女の首にかかっている写真をのぞきこんだ。一人の男が花畑の前で撮った写真だった。リナは女の耳元にささやいた。「あたし、知ってます。工業団地で一緒に働いていたけど、脚も大丈夫だし、精神的にも健康です。奥さんに、元気だ、心配するなと伝えてくれと言ってましたよ」わかったのかわからないのか、女は同じ言葉を繰り返しながら膝をついて地面を這った。むろんリナは、その男を知らない。

市場の真ん中に靴を売っている露店があり、主人が片手に煙草を持ちながら、カラフルなビーズがついたサンダルの埃を払っていた。リナは露店に近づいてサンダルを見下ろした。サンダルを見ると胸が高鳴った。一足を地面に下ろして片足だけ履いてみて、また台の上に置いた。ビーズのついたスリッパ型の田舎っぽいサンダルが、今すぐ欲しかった。脱出するときに履いたりすれば一時間もしないうちにばらばらになってしまうような、粗悪な手づくりの品だった。しかしリナは脱出の途中で日没を見るためどこかで休んでいる時、あるいはすべての脱出が終わり、年を取って落ち着いた時、今、目前に陳列されている田舎っぽいサンダルをつっかけ、その場所の風と空気を感じてみたかった。だから足に合わなくても関係なかったし、丈夫でなくても構わなかった。

市場の片隅に集まって煙草を吸っている男たちに近づき、煙草をくれと手を出した。「こいつ、頭おかしいぞ」男たちが言った。「頭のおかしい女と寝たら、運が開けるそうだ」男たちは皆、自分の煙草をやると言い、にやにやした。一人が耳にはさんでいた煙草をくれ、隣の男がリナの煙草に火をつけてくれた。男たちは、煙を吐き出すリナの唇を見つめた。リナはひどい咳をして男たちに言った。「あたしは化学ガスに汚染された身なのよ。あたしの子孫は代々、不具になるらしいわ」

男たちがリナの全身を観察した。「俺は遠慮しとくよ」男たちが互いに譲りあったあげく、その場を立ち去った。リナは丸太に腰かけて、靴の埃を払っている露店の主人をずっと見ていた。

泥混じりの雨がぽとぽと落ちてきた。雨を降らせる空の上に灰色の雲が塊になって押し寄せ、空を覆った。露店の主人は敷物の四隅を持って履物を包むと、壊れたトラックの中に身を隠した。空き地にいた人々は、いつしか散り散りになり、馬車を引っ張るのにくたびれた馬は、自分の尻尾をくわえようとしてぐるぐる回った。道に迷った犬たちと腹をすかせた猫たちだけが空き地をうろついていた。

リナは、車輪が全部取れたマイクロバスの中に座って雨を避けた。雨宿りをする人々の口臭と体臭で、中の空気がむんとしていた。祖母に抱かれている幼い少年は、熱に浮かされて泣くこともできず、口から熱い息を吐くばかりだった。祖母は子供をあやそうと、高く細い声でずっと歌っていた。「お前の母さんが生まれた夏の日に家の前に咲いたきれいな一輪の花、突然家に入って来て中庭を回り空に昇った、美しい一頭の馬、外を通り過ぎた旅芸人の緑色の弔い旗、その日の午後三時のことだそうだ。死なないで、死なないで。お前の母さんもお前も死なないで」

いつしか泥の雨がやみ、靴屋がまた陳列台に手早く履物を並べた。人々は市場周辺に押し寄せ、リナは初めて見る品物のように大げさに騒ぎながらまた露店に行った。そしてピンクのビーズがついた野暮ったいサンダルを顔の近くで抱きしめた。リナは思った。「あたしは今までどれくらい歩いただろう。あたしの太ももは知っているだろうか」とつぜん耳元でピストルの引き金を引く音がした。国境に向かってとぼとぼと歩く二十二名の足音の合間に、銃の音が響いた。「ちょっと、それいじくりまわさないで、一つ買いな」リナは顔の黒い露店の主人の言葉に、心が揺れた。

缶に入れた金以外には持ち合わせがなかったが、他の人に現金を見られたくないので早足でバスの後ろに回った。クラブパズル時代からお札を入れていた缶の蓋を開けようと、片手で缶の下側を持ち、もう片方の手で蓋をつかんだ。歴史的な瞬間だった。ずいぶん前に開けて以来、ずっと閉めたままだったから、蓋はなかなか開かなかった。リナは全身の力をこめて蓋を開けた。がちゃっという音と共に蓋が開き、缶のつなぎ目が切れて真っ二つになり、リナの膝と足の甲に白い灰がどさりと落ちた。缶に入っていたのは、白い灰だけだった。ひどい熱気に耐えられず、札束は缶の中で燃えて灰になっていたのだ。リナはあまりのことに、黙ってしゃがみこんでしまった。海の上にいるのに舟も艪もなく、電話もないリナは、子供のように泣き出した。

リナは両脚を投げ出したまま、しばらく訳もわからずに泣き、膝の上に落ちた灰を指につけてなめた。目の前の出来事が、どうしても信じられなかった。リナは今だけはピーがそばにいたらいいのに、と思った。これまで大事にしてきた缶がからっぽだったということを、缶を逆さにしてピーに教えてやりたかった。リナは缶を片手で思い切り遠くに放り投げたが、たいして遠くには飛ばなかった。向こうの空き地に飛んで行く缶を見た犬たちが、喜んで追いかけた。

市場の方を見ると、リナはそこにいる人すべてがピーに見えて、幻でも見たかのように目をこすった。誰かが近づいて来て、身をかがめて話しかけるような気がした。「すっかり老けこんだなあ」リナは自分の頭を静かに包みこむピーの声を聞いたようで、魂の抜けたまま通りに立っていた。黄色い犬がさっきの缶をくわえて来ると、リナの足元に置いて立ち去った。リナは壊れた缶の蓋を探して空き地を歩き回った。

リナはその晩、夢で溶接をしているピーを見た。巨大な建物群、金属臭がして煙が上がる工業団地でピーは懸命に働いていた。ピーは溶接の炎に取りつかれて火の中に吸いこまれそうな姿勢で、できる限り炎の近くに頭を入れた。炎が徐々に大きくなり溶接の音も大きくなって、溶接作業室の回りはすべて真っ赤になった。ピーは、リナが市場で買ったきれいなサンダルを保護眼鏡ごしにのぞきこみ、出し抜けに火をつけようとした。サンダルに火がつき、リナはピーを止めようとしたが、いくら走ってもピーの所には行けなかった。サンダルの火は消えず、炎はサンダルからピーの体に燃え移っていた。リナはときどき考えた。ピーの願いは、溶接をしているときに炎の中に入って焼け死ぬことだったかも知れない、と。

ふと目が覚めると、手に持っていたはずのビーズのサンダルは見えなかった。リナは頭が痛くて全身がぞくぞくしていたので、再び寝つけなかった。リナは顔を腕に埋めたまま声を立てずに泣いた。ピーの体から出る金属臭を嗅ぎながら、安らかに眠りたかった。ビーズのついたきれいなサンダルが買えないことと、もうピーに会えないという事実を受け入れなければいけないと自分に言い聞かせながら、リナは静かに目を閉じた。

冬を迎える準備をしなければならない。西の地域の人々は、建物の一部でも残っていれば人が住めるように間仕切りをつくる工事をした。木の切れ端をつないで張り付け、保温に役立ちそうな木の板や発泡スチロールのようなものを手に入れて来て張り、そこにまた布で風よけをつくって張った。床には壊れた鉄製のベッドや椅子をたくさん持って来て、どうすればまともな家に見えるだろうかと工夫を重ねた。しかしいくらやってもぼろはぼろに違いなく、廃墟になった工業団地は永遠に普請中だった。

晩秋はすぐに過ぎてしまった。日が短いのであっという間に夜が来て、空は地上から遠くへ逃げて行った。大気が冷たくなってくるとリナはしきりに咳をするようになり、顔にはしみができ、体も痩せた。何か食べると消化不良を起こし、いつも丸い棒のようなものが喉につかえているようで全身が重苦しく、感覚が鈍かった。ずいぶん前に工業団地で聞いていたサイレンの幻聴が、毎日響き続けた。リナはひどく神経質になり、悪いこともしていないのに男の子たちを罵ったり、物を投げつけたりして時間をつぶした。

大雪が降った。灰色の領土全体が白い雪に閉ざされて、夢のような雪の国になった。雪がたくさん積もると家の出口もなくなってしまうから、肺活量の少ない人たちにとって長い冬はつらかった。

全員総出で家の前の雪を片付けて道をつくったが、雪かきを少しでも休むと雪はまたたく間に降り積もった。世界は徐々に明るくなり、人々は狂ってゆき、「私は工業団地を永遠に愛している、ここに骨を埋める」と叫びながら雪の中に埋もれてもがいた。リナはついに、生涯背負ってゆかなければならない贈り物を二つ貰ってしまった。光線過敏症になった皮膚と、日差しをまともに見られない両目だ。リナはどこにも目を向けることができず、毎日涙ばかり流しながら口汚く罵りの言葉を吐いた。

雪はずっと降り続き、冬は永久に終わらないように思えた。雪の中の孤立、また孤立。人々は長い冬のあいだも、廃墟になった工業団地を出られなかった。朝になっても誰も起きようとはせず、毎朝、平然と雪かきをする老人だけが唯一、生きている人間のように見えた。しかし見方によっては、その老人すらも死人のようだった。雪で道がふさがり、今では西の地域の人たちも食糧を調達するすべがなく、時間をつぶすために昼間はずっとトランプをした。皆は賭ける金も、その代わりになるような物もないから、病んだ自分の命を賭けた。カードを配り、自分のカードをじっと見下ろした。あまりに静かなので迷いこんできた鼠たちですら、音を立てないように気をつけて壁を這わなければならなかった。皆は口には出さなかったものの、誰かが置き物代わりに持って来たコードの切れた電話機が鳴り、どこからか救助に来るという知らせのあることを、ひたすら待ち続けた。

ある日、奇跡のごとく、工業団地の上空にヘリコプターが現れた。雪の降る音まで聞こえるほど静かな工業団地でヘリコプターの音は、それこそ青天の霹靂だった。人々は外に走り出て、いよいよ缶詰を好きなだけ食べられると歓声を上げた。二機のヘリコプターが袋をいくつか落とし、方向を変えて高度を上げるあいだに皆は白い袋めがけて走ったが、あちらこちらに落ちた数個の袋の中には、噛むことすらできそうにない、固い電子チップがぎっしり詰まっていた。いくらひっくり返しても、柔らかいパンや肉の缶詰などは出てこなかった。袋を追いかけた人たちは、ひどくプライドが傷つき、電子チップを口に入れてから吐き出して、空ばかり見つめた。

雪が積もると、子供たちが黒い電子チップを目と鼻と口にした雪だるまを作って家の前に置いた。毎朝目を覚ますと雪だるまたちが家の前を見張っていた。雪だるまの数が日ごとに増え、子供たちは電子チップがなくならない限り、そして雪がやまない限り、毎日毎日、まったく同じ雪だるまをつくった。

その日以後、定期的にヘリコプターが飛んだ。二日間ヘリコプターを追いかけてもこれといった収穫がなかったから、皆はもう、ヘリコプターが来て袋を落として行っても開けてみようともしなかったし、開けたところで、何に使うのかさっぱりわからない機械の部品ばかりだった。工業団地は、行き場のないゴミを捨てるゴミ処理場になったのだ。皆は怒ってヘリコプターを罵倒した。「こんなふうに我々を馬鹿にするなら、ただじゃおかないぞ」

リナは半壊した家に閉じこもって低い声で歌ばかり歌っていた。都市から連れて来た四人の男の子は、いつしか背が伸びて額にニキビがいっぱいできた、憂鬱な表情の青年になっていた。彼らは自分たちだけで集まって本や、都市で拾って来た広告を読んだ。崩壊した工業団地で、なすべきこともなく過ごしてきた熱い血の若者たちは、頭がおかしくなる寸前だった。リナはよく彼らに、幼少年職業訓練センターで働いていたときのつまらないエピソードを話してやった。「夜、仕事が終わると鞄を背負って、怖いのに一人で家に帰った。賢い女の子を連れていって食ってしまう男がいるという噂があったんだ。ある日、ほんとうにその男が現れてあたしを食おうとした。あたしが言った。さっさと食いなよ。冷める前に」すると彼らは聞いていないようなふりをしていたのに、頭をかかえて叫んだ。「姉さんたら、嘘つくなよ。ばかばかしい」リナは自分の話を聞けと言って、彼らを外にも出さなかった。それで男の子たちは小便も家の中でした。「姉さん、そんな話は、ほんとにつまらないんだ。頭が割れそうだよ、頼むから止めてくれ」それでもリナの話が終わらないと、男の子たちは互いに殴り合いの喧嘩を始め、リナは手当たり次第に物を取って彼らに投げつけた。「これは嘘よ。ごめんね」リナがいくら謝っても、彼らは気のすむまで殴り合った。

その中に一人、指を吸う子がいた。その子は喧嘩をした日の夜は、特にうなされながら眠った。寝ていると指をちゅうちゅう吸う音がしたので、リナはその子の横に行って口に入れた親指を抜こうとした。体は大きくても子供だったから、いくら吸わせないようにしても、その子の指はいつも口に入っていた。リナが添い寝してその子の口に乳房を含ませると男の子は一瞬、穏やかになったように見えたが、ひどく怒りながら目を覚ました。

雪の降る日がますます多くなった。ヘリコプターは以前と同様に飛んできたが、狼少年にだまされるように何度もだまされた人々は、絶対に袋を開けようとしなかった。そうしたある日、誰かが外で叫んだ。「みんな、出て来て。食べ物ですよ」人々はやっとのことで出口を見つけて外に出た。ほんとうにお菓子や飴、ソーセージやチーズが、袋が張り裂けそうなほど入っていた。しかも、とても新鮮そうだった。皆は袋にひもを結びつけて、巨大な雪の塊をよけつつ、半壊した家の中に引きずりこんだ。そしてテーブルの上に食べ物を一つずつ並べて品評した後、試食を経て、満腹になるまで食べ続けた。リナはベッドに座り、男の子たちが口に入れてくれるお菓子を食べた。ちっとも甘みを感じなかったし、むやみに涙が流れた。人々は果物の缶詰が一番好きだった。果物だなんて、それも果物の形がそのまま入っている缶詰だなんて。おいしいものを食べた人々がヘリコプターに送る歓迎と感謝のメッセージは、空を感動させるに充分だった。その日の晩、感動の結果として、あれほど降り続けていた雪がやんだ。

リナは数日間、寝こんだ。食べ物を残しておいてくれればいいのだが、皆は取っておくと言いながら、袋がからっぽになるまで食い尽くした。そして便秘で苦労した。リナは目も開けたくないし、指を動かすことすら嫌だった。皆はリナに病気なのかと尋ねた。リナは答えたくないので「この辺りに、病気でない人がいるもんですか」と言い放って、また横になった。

真夜中にサイレンの音がはっきり聞こえて眠りから覚めた。汗で服が濡れ、寒気を感じた。リナは横にあった毛布を肩にかけて外に出た。こちこちに凍った雪で滑り、五、六回は倒れたり起きたりした。崩壊した工業団地は白い雪にすっぽりと包まれていた。電子チップをくっつけた雪だるまたちがのそりのそりとどこかに向かって歩いていたので、リナは彼らについて行った。リナは一晩中、耳に聞こえるサイレンの音を聞きつつ工業団地をさまよい、全身が青く凍った夜明け頃、ようやく人々の眠る半壊した家に這って帰った。

画期的なことが起こった。真冬に、それも世界的に有名な芸術家たちがここに来て犠牲者たちのためのパフォーマンスをするのだという。そうすればここの被害状況が全世界に知られるだろうし、この国の政府も、これ以上放っておけないだろうと言うのだ。パフォーマンスをしに来たのは舞踊家と演劇俳優たちだった。放送局のカメラ装備を積んだ車がまず到着し、派手な色の服を着た芸術家たちは手を後ろで組んで、午後のあいだずっと、ステージを設置する場所を検討していた。そして翌日は一日中、崩壊した工業団地全体にろうそくを灯す作業をした。その午後から人がどっと押し寄せた。ろうそくを灯すと、雰囲気がいっそうよくなった。ところが妙なことに、工業団地の事故の被害者だと名乗り出た人たちは、皆、初めて見る顔だった。あまりにも被害の規模が大きいからそんなこともあるかもしれないし、ともかく被害状況だけちゃんと伝えればいいのだと言いながら、皆は最大限すべてのことに協力した。

他の人たちと一緒にいたリナに、一人の男が近づいて来た。「おや、パズルのかわいこちゃんじゃないか」ピーと同じ作業場で働いていた男だった。こざっぱりした服を着て、妻子を連れて見物に来たらしい。「俺は別の地域の工業団地に行ったんだ。あっちははるかに安全だというが、わからないぜ。でも、時々ここの事を思い出す。ニュースを聞いて見に来たんだよ」リナは何も言えずに男の顔色をうかがっていた。「あいつ、生きていたら仕事のよくできる奴だったんだけどな。器用だったよ、あの日も……」リナは近づいて男の口を手でふさいだ。「天下の悪人の話なんかしないで」リナは涙をこらえた。

垂れ幕を吊るし、ろうそくを灯した工業団地は、とても素敵だった。テレビカメラが状況をすべて録画し、被害者のインタビューもした。一晩中ろうそくをつけて被害者たちの苦痛を慰め、全員で祈りも捧げた。白い雪の上で男のダンサーが真っ裸になって踊った。しかし当の被害者たちは半壊の家の中にいて、パフォーマンスからも疎外されたまま自分たちだけで静かにトランプをしていた。パフォーマンスが終わると芸術家たちは皆、分厚い防寒ジャケットを着て煙草をくわえて立ち去った。自分たちの持ち物に誰かが手をつけたなどとは誰も想像しなかっただろうが、リナとその一味は、有名な芸術家たちの財布に入ったドルをごっそり抜き取っていた。

芸術家たちが出て行ってから、ほんとうのパフォーマンスが始まった。皆が外に出て、残っていたろうそくに火をつけた。各自が芸術家になってムシロをかぶって踊り、雪に覆われた工業団地全体を一緒に歩いて行くというやり方だった。リナは死んだ元歌手のおばあさんから習った歌を何度も何度も歌い、学校で習った綱領や歌も歌い、口が凍えて青くなるまで工業団地を歩き回った。時間の経過と共に癒されるべき人々の心は、少しずつ狂っていった。生き残った人々はこの廃墟に根を下ろして暮らしたいと言い、そうできるように、散らかったものを片付けて、我々の邪魔をしないでほうっておいてくれと叫んだ。

リナは脚が痛くてしゃがみこんでしまった。ここの土の色にはちっとも似合わない、青い氷の張った地面が少し見えたので、リナは両腕で氷の表面を何度も拭いた。しばらくすると、青く透明な氷が現れ、その中に横たわっている遺体が見えた。死者たちは仲良く腕組みをして微笑していた。スパンコールのついた服のミーシャもいた。ミーシャの赤い唇と青い氷の対比が鮮やかだった。リナはミーシャに向かって手を振った。「あたしはいったいどこから来たんだろう?」ミーシャを見るたびにリナはそんなことを考えた。ミーシャは昔、この国の地面がすべて乾いた砂漠に過ぎなかった頃、東洋と西洋を行き来していた国のお姫様だった。姫は氷の中に埋もれて笑っていた。リナはミーシャと一緒に氷の中に入って横になりたかったが、いくら足で踏んづけても氷は割れなかった。

両腕をまっすぐ上げても届かないほど雪が積もった日、気圧がとても低く風も強かったので、人々は息苦しくて部屋に閉じこもっていた。そのとき、今まで一度たりとも鳴ったことのない電話が、奇跡のように鳴り、皆はぎょっとしたように顔を見合わせた。しばらくすると老人が電話を取り、受話器に向かって言った。「おいしい食べ物と温かい毛布、このゴミを全部片付けるトラック数百台が必要だ。さっさと送ってくれ」どこからの電話だったのか、老人が要求したものが全部来るまでにどれぐらいかかるのか、誰もわからなかった。だが、老人が電話を切ってぼんやりと顔を上げたとき、ショベルカーの大きなバケットが白い雪のバリケードを貫いて、工業団地に最後まで残っていた家を壊し始めた。手に持ったトランプを見ていた人々は、バッタのように跳ね上がった。そして、ついに出て行くことになった灰色の工業団地に最後のキスをし、ここから自発的に消えること、背景としても残らないことを心に決めた。

初めての手紙

リナは半壊した建物の片隅を一人で守りながら、工業団地に残っていた。ショベルカーは半壊の家々までも壊し、人々が右往左往しながら出て行くのを確認して去って行った。静かな中に薄い茶色の風だけがぐるぐると渦巻いた。

始終ヘリコプターの音がして、電子チップや機械の部品とは比較にならない規模の廃棄物が投下された。化学薬品は缶に入ったまま捨てられ、白黒のネガフィルム、色とりどりのカプセルの山、シリアルナンバーのついたビデオテープ、古い銃弾が箱ごと落とされた。

夜になっても猫一匹、犬一匹すら訪れなかった。リナは昔、ピーがしていたように机の上に紙を広げ、崩壊した工業団地を少しずつ描いていった。無彩色の、人間は一人もいない、動きなどまったくない灰色の塊の都市が夜ごとに誕生した。パフォーマンスの芸術家たちが残して行ったろうそくが、リナの夜を照らしてくれる唯一の明かりだった。リナはもう、どうしてこんなことが起こったのか、など考えなかった。暑い夜の風に混じって遠くから飛んでくる白い花粉を追いかけてやみくもに走り回り、話がしたくなると、少しずつ崩れてゆく地面に向かって「止めなさいよ。痛くないの？　もう止めなさい」と叫んだ。

数日後、ヘリコプターが小さな紙切れを撒いて行ったが、それには大規模な防疫作業の日にちが書かれていた。誰のために防疫をするというのか。リナは地面に向かって叫んだ。「あんたたち、ひょっとして防疫が必要なの？　あたしはいらないけど」リナは暖かい日差しを浴びながら寝て、自分の息づかいを聞いた。弾んだ息の後ろには、違う息づかいが隠れていた。恐怖と絶望で疲れた、もっと深く低い息だった。リナは食べも眠りもしなかった。二十四時間、三十六時間、四十八時間、ずっと目覚めていた。手首や足首の骨は今にも折れそうに細くなり、髪は伸びて目は落ちくぼんだ。

気温が高くなると半壊した建物の間や、海綿動物のようにのたうつ廃墟の隙間に、緑色の草が生えてきた。汚染された土地に迷いこんでくる鳥もいた。リナは鳥たちに近づいてしゃがみこみ、他の所に行くよう話しかけ、できることなら、ここには二度と来るなと言った。すると周囲は再び静まり返った。

頭にぽとぽとと雨のしずくが落ちて来たので、雨水を受けるバケツをいくつか持って来た。今は雨の降る様子を鑑賞して楽しむ時間。雨が音を立てて半壊した家の中に降りこみ、リナは目を閉じて耳を澄ませた。雨音は痩せて小さいリナの体を貫き、屋根のない家の上空へ立ち去った。雷が落ちなければいいけれど。だが、大きな雷鳴がとどろいた。リナはムシロをかぶって目だけ出し、雷の音を聞くまいと歯を食いしばった。

雨の降った翌日、リナは鳥の声に驚いて目を覚ました。崩壊した工業団地の空で鳥が不思議な声でさえずるなんて、まるで奇跡のようだった。日差しが澄んで、光線過敏症のリナは涙が出てしかたなかった。崩れた地面の上に濃いかげろうがゆらゆら立ちのぼり、リナも一緒に体を揺らした。そうして頭がこんがらがると鋏で髪を切り、他の子たちがしていたようにショベルカーの上に上がって遊んだ。

雨はいいのだが、降った後は悪臭がひどかった。リナは自分の体から出る匂いがどんなものなのか、初めて理解した。体の中に入った気味悪いものが全部抜けて、ただのたんぱく質の塊になれればいいのにと思った。

ぼろ布のような服を縫ぎ、トレパンとTシャツだけになった。服を着ていることすら窮屈に感じるときはすべて脱ぎ、横になって日光浴をした。暖かい日差しを浴びると体のふしぶしが少しずつ伸びて軟らかくなったが、リナは相変わらず涙を流さずにはいられなかった。だからリナはもっと長く日差しを浴びるため、ゴミの山をかき回してサングラスを探した。死んだ人たちが骨を揺らしながらリナに挨拶した。髪だけ揺らす人もいたし、歯を食いしばった顎だけ残った人もいた。リナはショベルカーの運転席のミラーに挟まっていたサングラスをかけ、満足そうな顔で崩壊した工業団地をゆっくり歩いてみた。もう、涙を流しすぎて喉が乾くこともないだろう。

雨水が温まればたらいで入浴した。お湯に体を浸してサングラスをかけたまま空を見上げた。時間がたつと皮膚、血管、血液、そして骨の中まで巣食っている傷が、アメーバのような模様をつくりながら水面に浮き上がり、息を吹きかければアメーバたちが身をくねらせた。水に目をつけて沈殿物を見下ろしていると、気持ちはぐっと落ち着きを取り戻した。

翌朝、日が昇るとすぐにヘリコプターが飛んで来た。半壊した家から外に出たリナは、空から落ちて来る白い粉を、日の光を見るように見つめていた。数機のヘリコプターが工業団地の外側から円を描きつつ消毒薬を撒いた。腰に手を当てて空を見上げていたリナは、鞄を持ちサングラスをかけて歩き始めた。町にもしばらく行っていないし、消毒が終わってきれいになる頃に戻って来るつもりだった。リナはゆっくりと工業団地を横切って電車の線路が見える南の方向に向かって歩き始め、ヘリコプターは少しずつ工業団地の中心部に向かって来た。

人々が都市の中央にある広場に集まっていた。都市を離れられないでいる人たちは、することも、会う人もないまま、終日無聊に耐えていた。男女を問わず体格が小さく顔も黒ずんで、大きな目をぱちぱちさせるばかりだった。

都市の人々は二種類に分かれた。一方は新しく造成される別の工業団地に職を求めて出て行きたがり、もう一方は、この国よりももっと寒くて奥深い所にあり、工業団地などできるはずもない北の遊牧民の国に行ってしまいたいと願った。リナはどちらに行くべきかで言い争う人たちを、ぼんやりと眺めていた。

リナは四人の男の子たちと一緒に過ごしながら、春の日光が差しこむ広場を守った。赤い缶は、今では足を載せる台として利用した。サングラスをかけて広場の空き地にできた灰色の影を見下ろし、静かに、間もなく訪れる夜を待った。

ある日の真昼、季節にふさわしくない、耳当てつきの帽子をかぶった男がリナの目の前を通り過ぎた。リナは、その男が金プロデューサーか、あるいは宣教師の張か、名前はともかく、リナのような脱出者を売り飛ばして生活している人たちのうちの一人であることが直感でわかった。「リナじゃないか」リナは男の声を聞いて、はっとした。久しく聞いたことのない母国語だった。リナは唐突に、その言葉が鱗みたいに舌にくっついて取れなくなるような錯覚にとらわれ、あげくの果てに吐き気まで催してきて、ひどく当惑した。その男の正体が問題なのではなく、忘れていた母国語を再び耳にして驚いたのだ。「お前、リナだよな?」リナはやっとのことで挨拶をしたが、胸がどきどきして目を伏せたまま立っていた。「俺を覚えているんだな。それでなくとも、どうしているのかとても気になっていたんだぞ。今までどうして暮らしていたんだい?」そのとたん、リナはひどく気分を害した。少なくとも、売り飛ばした後にどうやって暮らしているのかぐらい把握しているべきじゃないか、と反論したかった。

男はリナの腕を引っ張り、座って話のできる所に連れて行った。男の子たちはリナがいくらついて来るなと言ってもついて来るので、しかたなく放っておいた。男があまり馴れ馴れしいので、ほんとうに天幕の歌手時代に会ったあの男なのか、疑わしいほどだった。リナは、知らない振りをしておけば良かったと内心後悔した。そんな人たちとの出会いは、いつだって裏切られたり嘘をつかれたりする結果に終わったからだ。常に真剣で、何かに悩んでいるようなポーズは以前と同じだったし、どれほどうろつき回ったのか、顔が少し日焼けしているのが以前との違いといえば、違いだった。男はふくらんだ鞄に手を突っこむと手紙の束を取り出して一つずつ確かめた。男の手で手紙がめくられるたび、そこに記された話たちが泣きながら飛び出して来るような気がした。「お前に来た手紙だ。いつか会えると思って持ち歩いていたんだ。俺はアフターサービスだけはきっちりしてるんだぜ。金を受け取っただけの礼はするさ」

リナは明るい日差しの中で男から手紙を受け取った。サングラスを取ったのでまぶしくて、一瞬、封筒に火がついたのかと思った。「これがあたし宛の手紙だって、どうしてわかるの。他の人宛ての手紙かも知れないじゃない」リナは意地の悪いことを言った。「ひねくれた言い方をするなあ。性格の悪いのは相変わらずだ。苦労もしただろうにな」男が舌打ちをして無遠慮にリナを眺めた。

手紙を読み終えるのに一分もかからなかった。紙は黄ばんで手垢に汚れ、べたべたくっついていた。もっと時間がたったり、雨に濡れたりしていたなら、手紙はほとんど団子のように丸まってしまっただろう。リナはじっと手紙を読むと、また折って封筒に入れ直した。そして両手を頬に当ててやたらとこすった。

「懐かしいほら吹きさんへ」手紙はそう始まっていた。気の弱い父がどんな努力をしたのかはわからないが、母と弟を連れて無事にP国に入ったらしい。文字だけでは、誰が書いたのか判別は難しかった。P国に着いてすぐに入所した脱出者教育院の政治教育、些細なことに厳格でプライドの傷つく入国手続き、大金だろうと予想していたのに思ったより少なかった定着金の額、自転車に乗ってアパートの警備室に出勤する父や、脱出した未成年者だけを集めた学校に通って英語を勉強している弟の近況などが淡々と記されていた。そしてリナの目を引いた、こんな一節もあった。「ここにはお前の部屋もある。早く一緒に暮らせることを願っている」リナは「部屋」という単語を何度も発音してみた。しかし、まだ一度も一人で部屋を使ったことがないから、何の感興も起こらなかった。

リナは感謝を表すべきだとは思いつつも、男に何を言えばいいのかわからなかった。そしてなぜか、ありがたいとかすまないとかいう意味の単語は、もう口からは出なかった。それどころか、怒りがこみ上げてくるのを抑えることができなかった。「あのね、宣教師のおじさん、あたし、お金がありません。働いていた工場で爆発事故があって、みんな死んであたしだけが生き残ったんです。それに、この手紙をどうやっておじさんが手に入れたのか知らないけど、あたしは他のものは信じられても、あなた方みたいな人間は絶対信用できないの」リナは目をむいて男に食ってかかった。

「お前はそこがいけない。だから今までP国にも行けないでいるんだ」

沈黙が続いた。リナは怒り心頭に発して、自分の肉でも食いちぎりたいほどだった。「そんな所に行って、どうなるってのよ」リナがぞんざいな口調になると、男が顔色を変えてリナの肩をつかんだ。そのとき、リナはそんな力がどこから出てきたのか、厚いロングコートを着た男を壁に強く押しつけた。

男と別れてから、リナはからっぽの都市の真ん中を昼となく夜となく、かかとを引きずりながらうろつき回った。元は病院だった建物は、そのまま放置されてホームレスの宿泊所になっていた。リナは病院の階段を上がったり下りたりし、受付窓口に頭を突っこんで独り言を言った。うず高く積み上げられていた皿が崩れ、客が吐き出す煙草の煙でいっぱいだった食堂の建物もまた、からっぽだった。リナは、水道の蛇口がついた皿洗い用の大きなシンクに入り、体を丸めて寝た。

日差しの下でもひどい咳が出た。リナは自分の全身が腐敗しつつあるのだと信じ、涙をためて都市を歩いた。指を吸う子が、リナを心配していつも後を追いかけていた。リナは何も考えずに車道を渡り、誰かが通りに止めておいた自転車に乗ってしばらく走ると、その自転車を橋の下に落とした。営業しているほとんど唯一のファーストフード店に入って、ハンバーガーを食べている女の子の頭をお盆で殴り、従業員に捕まって外に放り出された。指を吸う子が白いトレーニングウエアで暗い裏道を歩いているリナを追いかけて来て、倒れかけたところを抱きとめてくれた。

リナは、あの手紙がほんとうに両親から来た物であるとわかっていた。友達にも大人にも負けるのが嫌いで、ひどくおしゃべりだったリナの子供の頃のあだなが「ほら吹きさん」だったことを知っているのは、家族だけだったから。リナは勉強や運動で、いつも男の子たちと争った。リナは人生を楽しく生きるためには嘘が必要だということを幼くして悟って以来、いつも嘘ばかりついていた。リナはテレビや舞台に出る女優になりたかった。生きるということが、こんな絶え間なく襲ってくる頭痛のようなものだとは、知らなかった。

人々が広場でサッカーをしていた。昼も夜も集まりさえすればサッカーをした。黄砂はいつでも飛んで来ていたし、ときどきは泥の雨も降った。しかし黄砂に交じって白い花粉も飛んで来たから、時には春の夜の情緒も味わえた。反則が多くて退場させられ、まだ動悸の治まらない胸を軽くたたいている男の子の太ももを枕に横たわったリナは、このすべてがそれなりに美しいと思った。

その一方で、女たちは自分たちなりの方法で携帯食糧を準備した。干した肉を袋に入れ、蒸した米を乾かしてからビニール袋に小分けして入れて、きつい酒も瓶に入れた。皆が最小限の物だけをぺたんこにして入れて荷物をつくった。そして手持ちの服をできるだけ重ね着して行くつもりだと言った。女たちはそうしていてサッカーのボールが飛んでくると、さっと立ち上がってボールを蹴りながらサッカーをしている所に走って行った。

どこに行くという意思表示もしないでいつもぼんやり座っているリナに、サッカーをしていた男の子たちが言った。「姉さんはこの国の言葉も上手だし、顔もきれいだから、ここで暮らせよ。姉さんの顔を見ろ。この国の人よりも、この国の人っぽいじゃないか」リナは何だか腹立たしくて、靴を片方投げてしまった。「つまりあたしが田舎っぽいって言いたいんだろ。あたしにも夢があるんだ。眠れる獅子を起こすんじゃないよ」リナは声を出して笑った。

家族からの手紙を読んで、心の中では何十回もP国に行っていた。リナはどうにかしてP国に行けるよう助けてくれるブローカーに会うつもりだった。不思議なことに、頭ではP国に行く方法を探さなければと思いつつも、そうするための努力は何もしなかった。

皆は広場に座って酒を飲んだ。年寄りは寝るために早めに帰り、比較的若い人たちだけが遅くまで残った。リナも久しぶりに酒を飲んだ。酔った勢いで四人の男の子たちの頬にキスをし、肩を組んで歌を歌った。「あんたたち、これからあたしを母ちゃんと呼びな」男の子たちは、リナの言うことが幼稚だと言って笑った。酔っ払ったリナは千鳥足で行ったり来たりしながら、よく知らない人たちをつかまえて喧嘩を吹っかけた。男の子たちはリナを軽々と抱き上げ、肩にかついで家に帰った。

家に戻ったリナはかえって頭がはっきりして来たので、有り金を全部出して整理した。金を束ねて封筒に入れ、ほどけないようひもできっちり縛った。そして他の荷物も片付けて鞄一つにぜんぶ入るようにした。整理をすべて終えると、むしろ気は楽になった。

翌朝、リナは宣教師の張を探すため都市を歩き、食堂にいるところを見つけた。このあいだのことがあったためか、張はリナを見ても浮かない顔をしていたが、リナが前に座って現金の入った封筒を差し出すと、相好を崩した。「決心したのか。そうだ、行くべきだよ。ご両親のいる所に行っておとなしく勉強して就職し、結婚もしなきゃ」リナは咳をしてから、男に言った。「これはこの国のお金ではなくドルです。このお金をP国にいる家族に送って下さい。おじさんがこのお金をそっくり全部送らないだろうってことはわかってるわ。おじさんのことだから、何パーセントかはピンハネするでしょ。それぐらいは目をつぶってあげる。おじさんとは絶対、このあいだみたいに、またいつか会うことになります。だからお金を受け取ったという手紙をあたしの家族から貰っておいて、今度会ったときあたしに下さい。そうしなければ、おじさんは本当にあたしが殺すわよ。昨日、見たでしょう？　今では、あたしの方がおじさんよりずっと力が強いってこと」

宣教師の張が、麺の器の中に入っていた箸を取り出してテーブルの上に置いた。それからリナの両手を取り、自分の手で包みこんでから、祈り始めた。全世界の国境地域をさまよいながら苦労している脱出者たちの疲れた魂を見守り、彼らの人権を守って下さい、自分たちのように善良な牧師は、国境でさまよう幼い魂たちの世話をするために命がけで働いているが、賞賛を受けるどころかブローカーと間違えられることのないようにお助け下さいという祈りが、優に十分ぐらいは続いた。リナも宣教師の張について、生まれて初めて、天にましますナントカ様に祈りというものを捧げた。

黄砂が終わり、比較的澄んだ空を見ることのできる日が三日間、祝福のように続いた。男たちは広場でサッカーをし、女たちは赤ん坊に乳を与えた。リナはサッカーをする人々をぼんやり見ていた。暖かくなると皆は気が楽になり、四肢を動かして体をほぐした。四人の男の子のうちの一人は、どこから手に入れたのか、夢中になって小説ばかり読んでいたし、もう一人は女の子を必死で追いかけていた。他の二人はサッカー狂いで真っ黒に日焼けするほど熱中していた。

日差しが少しずつ強くなり、リナはもう午前中以外は目が開けられないほどまぶしく感じた。これから長く暑い夏を過ごすには新しいサングラスが必要だと考えたリナは、ピーが溶接をするときにいつもかけていた、大きな保護眼鏡を思い浮かべた。朱色の保護眼鏡をかけていれば、どんなことでも耐えられるだろう。

いつも指を吸いながら寝ている男の子がゴールに向かって蹴ろうとして、その場にへたりこんだ。こむら返りで動けなくなったのだ。リナは横で荷物をまとめていた女たちから小さな果物ナイフを奪い取ってその子の所に走って行った。男の子は、顔をしかめて痛がっていた。リナは刃先を立ててその太ももを刺そうとしたが、男の子が「やめてくれ。痛いのは嫌だ」と抵抗した。「大丈夫よ。痛くはしないって。すぐ楽になるわ」リナはすぐさま男の子の太ももを刺し、岩のようにごつごつとした太ももから赤黒い血が、脚をつたってぽとぽと地面に流れ落ちた。リナは脚をつたい落ちる血を黙って眺め、立ち上がった。そして皆に背を向けて歩いた。

北に向かってずっと歩き、北側の国境隣接地域まで移動するためにバスに乗った。定員三十人のバスに五十人が折り重なるように乗っていた。北部の山に、間の抜けた犀みたいな遊牧民たちの国があるのだ。かつてヨーロッパ大陸征服を試みたという、その傲慢な気質と広大な土地を見るだけでも気持ちが晴れて、後悔はしないという噂だった。それに、フライパンにのせると脂がじゅっと音を立てる羊の肉がたらふく食べられるので、いつも力に溢れて病気にもかからないのだそうだ。

それはともかく、リナは脱出しようとしている人たちが気に食わなかった。人々はまるで花見客のように年寄りも子供も一様に明るい顔をしていて、リナの見たところ、彼らは脱出など一度もしたことのない初心者たちだった。毛並みのよい羊の群れが、遠くの野原からこちらに向かって押し寄せて来るのが見えた。ときどき雨がぱらぱらと降っては、またかんかん照りつけるピンク色の太陽が出た。湿度が高くなって道路の両側に咲いた花や薄緑色の木の色が鮮やかだった。どんな風景が見えても、皆は寝てばかりいた。

バスは二日間走り、窓の外の風景が少しずつ変化した。牧場と、その向こうに白い雲、雲の先には砂混じりの風が見えた。だだっ広い野原の上に鳥が飛び、色とりどりの服を着た子供たちが全速力でバスを追いかけて走って来た。一行の中の一人がバスの通路に出て、深刻な表情で話し始め、北の国に行く国境地帯まで、あと二日かかると言った。ここまでは、かなり真剣な話が続きそうな雰囲気だった。「私が皆さんに何よりもお願いしたいのは、どうかバスの中でおならをしないでいただきたいということなのです」乗客はいっせいに声を上げて笑った。

バスが走る道路を、霧と雨と強風が襲った。リナは白っぽくぼやけた窓の外を見た。高原地帯に入ると、曲がりくねった道でバスががたがた揺れ、今、雨の降る山の中だと思えば、すぐに明るい日差しの降り注ぐ草原に変わったりした。横に座っている女の子がリナに尋ねた。「この人たちは、どうしてあんな顔をしてるんでしょう」リナはいったい何を聞くのかというふうに、少し年下らしい少女を、じっと見つめた。少女が再び、「どうしてあんなに無表情なのか、ということです」と言った。リナは片肘をついて言った。「考えてごらん。あたしたちは医者も逃げ出すような死の病に、今にもかかりそうなのよ。あたしたちはとても運が悪いの。あんたなら、うれしそうな顔ができる？」

しばらくして、バスが止まり、銃を持って立っていた制服の男たちが乗りこんできた。何か言っているのだが、とうてい理解できない。国境付近に住む少数民族のようだった。彼らが騒いでも誰も返答しないので、怒った一人が空中に銃を一発撃った。それでも答えがないから男たちは首をかしげて、バスの乗客を注意深く眺め回した。少しすると、男たちは、持ち物を全部バスの外に出せと身振りで指示した。驚いたことに、乗客は外に出もしないで、窓から荷物をすべて投げ落とした。「ああ、みんな狂ったの？　国境を越えるのはとてもたいへんなのに」リナは止めようとしたが、誰もリナの言うことを聞かなかった。しばらくすると男たちは食べ物だけを奪い、服や他の荷物は道路に置き去りにしたまま、銃を発射しながら霧の中に消えていった。人々はあまり傷ついたふうでもなかった。

それからさらにまる一日走り、バスは高原地帯のてっぺんに向かって緩慢な傾斜を登って行った。半分ぐらい登った地点で、運転手がバスを止めた。乗客は小便をし、煙草を吸いながら風景を眺めた。下に見える大きな都市は、一度も行ったことのない見知らぬ世界のように遠かった。リナは地面を這うように生えている背の低い花を摘んで匂いを嗅ぎ、見たこともない植物を口に入れて噛んでみた。

その夜、バスの乗客は静かな草原の片隅で焚き火を囲んで座り、一人ずつ順番に自分の歩んで来た道を詳しく語った。彼らは、このまま暮らすのがあまりにつまらないし、そのうえ黄砂はもううんざりだと言い、国境を越えて自分たちだけの国をつくるのだと口をそろえた。

皆は夜通し飲み、踊り、大きな口を開けて大声で笑った。口は笑っていても目には涙が溢れた。ひどく不自然な動きで互いにキスをし、慰めあった。リナはテントの中で毛布を頭のてっぺんまで被り、遊んでいる彼らを見ていた。青い空が逃げて行くように高くなりながら、空の上から白い星たちが落ちて来た。リナは空を、白い星を、そして人々を順繰りに見上げ、また見下ろした。意識が朦朧として、眠気がさしてきた。ふと目を開けると、皆が輪になって踊っている地面の周りに太いひびが入るのが見えた。リナは意識を取り戻して空を見上げ、また踊っている人たちを見た。ひびの入った部分がぱっくりと割れて、彼らだけ、どこかに流されて行くようだった。

翌日の午後、リナは荷台に鉄条網をぎっしり積んだトラックに乗せてもらい、北の国境地帯で降りた。国境は建物も、人も、匂いもなく、写真の中にだけ存在する空間のようによそよそしかった。綿のように柔らかい風が吹いてきた。黄砂も冷気もなくて乾燥した草原は、ひたすら優しかった。

国境の前にマッチ箱みたいな歩哨所があり、歩哨所の前に小さな机が、舞台の小道具のように置かれていた。長い影が国境の半分ほどを静かに覆った。急に胸がどきどきして呼吸が荒くなった。リナは片手で左胸を押さえてその場にしゃがみこむと、運動靴のひもをしっかり締め直して歩き始めた。

歩哨所の前に着いたとき、リナは半分が暗くなった草原に向かって口を開け、大きく息を吐き出した。銃を持った兵士がゆっくり出て来て机に腰かけ、脚を組んだ。そしてじっと立っているリナを、しばらく見ていた。日に焼けた兵士の顔は赤くなって、顔立ちがわからないほどてらてら光っていた。リナが思わず頭を下げて挨拶をすると、兵士は片手を挙げ、こっちに来いと手招きした。

リナは兵士の顔を見るやいなや、慌てて現金を出した。兵士は机の引き出しを開け、ひどく黄ばんだ紙切れとボールペンを出して、リナの偽造身分証に象形文字のような文字を書きこんだ。兵士がリナに尋ねた。「どこの国の人?」リナは再び十六歳の少女になって、地面をつま先でこすりながら立っていた。「何で体を揺らすんです? ふらふらしてないで、さっさと答えて下さい」兵士がまた尋ねた。昔のように荒っぽい口をきくとか、正座させるとか、歌わせるということはしなかった。

(私はこの国境の東にある小さな国で生まれました。私の生まれた国と同じ言葉を使うけれど見た目には全然違って、豊かな所として知られているP国に行こうとしたんです。国境を越えてこの国に入りました。最初はこの国の西に、また南東に、そしてまた出発した北東方面に行きました。いったい私は、どれぐらい歩いたんでしょう? 私がいくつに見えますか? 工業団地が崩壊しました。崩壊したのに人々は家を建て、壁をつくり、コードの切れた電話機を持って来ました。そこで死ぬまで暮らそうとしたんです。この国境の向こうにあるという北の国に行ってみたいんです)

しかしリナは唇を動かしただけで、言葉を発することができなかった。時間がたち、兵士は机の引き出しから地図を出して広げた。リナは折り目がぼろぼろになった地図の上に今まで移動して来た道のりを黙って指で示し、それを兵士が目で追った。広い大陸になだらかな円が描かれた。「遠くから戻って来たんだねえ」兵士はそう言うと、偽の身分証明書に印鑑を押した。そしてリナが出した金を、リナの前に突き返した。リナは泣き笑いするような顔をした。

「腹はすいてるかな?」紙幣をいじっていたリナに、兵士が聞いた。「喉が渇かない?」兵士が歩哨所から大きな瓶とコップを持って来た。そして瓶の液体をついでくれ、また歩哨所に入って小さな木の椅子を持って来た。兵士が言った。「飲みなさい。もう少ししたら脱出者たちが押し寄せて忙しくなるからね。一人で行くのは危ないから、他の人たちが来たらそのとき一緒に行きなさい。何でもタイミングってものが大事だよ。今は、酒を飲むのにいいタイミングなんだ。ここは今が一番いい。俺にはいい職場だ、静かだしね」

酒を飲んでから体を前後にゆすると、木の椅子が揺れた。顔に当たる風がひんやりして、手先と足先から疲労がこみあげてきた。遠くの草原の上に、長く伸びた影が見えた。その向こうにある国境は決壊しない堤防のように長く延びて、押し寄せそうな勢いを見せていた。リナは目をこすってまた国境を見た。国境はただの地平線に過ぎなかった。

リナは運動靴のひもを解いて靴を脱いだまま、草原の真ん中に歩いて行った。歩きながら服を脱いだ。朱色の保護眼鏡をかけた裸体のリナを見つめているのは、国境の上を飛びかう鳥たちだけだった。鳥は低く飛びながら、草原の真ん中に向かって歩いて行くリナの後を追った。

草の生い茂る草原に寝ころぶと、乾いた草のちくちくした感触や湿った赤い土の気配が、背中から髪や尻に伝わってきた。幸い、茂った草は体を傷つけはしなかった。一羽の大きな黒い鳥がリナの横に止まり、見張り番をするかのように草原をきょろきょろ見渡した。リナがやさしく尋ねた。「あたしいつも心配だった。こうして裸のまま国境で死んだらどうしよう。名前もなく、国籍もないまま国境で死んだら、死体は誰が処理するんだろう」鳥はこくりとうなずいたが、リナの言葉に答えたのではない。

とても静かで、丸い月に白い膜がかかっているように見えた。空がさらに少しずつ遠ざかり、体は深い地中に落ちて行くような気がした。リナは草むらの中で涙を流し続けたが、頭の中から大きな塊が取れたみたいに気分がさっぱりしたので、口を大きく開けて笑った。

夜になった。憔悴した顔の脱出者たちが、鋭い目つきで国境に押し寄せた。国境の歩哨所に食料品を運ぶトラックが到着し、勤務を交代しにやって来た兵士たちは、夜勤のために着替えながら冗談を言い、純朴そうな笑い声を上げた。

名前もわからない猛獣たちが目をダイヤモンドのように光らせて国境の周囲をうろつき、兵士たちは時おり猛獣たちに向かって銃を発砲した。銃声は猛獣たちの頭ではなく、脱出者たちの胸を貫き、国境はさらに暗くなっていった。皆は印鑑を押してもらおうと騒いでいた。リナは兵士の頭ごしに人々の様子を盗み見た。皆それぞれの事情を抱えていたけれど、いくら話を聞いてみても、リナのようにこの国の全域をぐるりと回って来た、ひどく運の悪い人は他にいないようだった。

リナは運動靴のひもをしっかり締めた。人々は緊張もせず恐れることもなく、ただ静かに、行けと言われるのを待っていた。兵士が出て来て合図をした。後ろに立っている歩哨所の明かりが見えなくなるまで、皆はせっせと歩かなければならなかった。「また脚が太くなるな。あたしが持っているのは、丈夫な脚だけだ」とリナはつぶやいた。ついに、あの遥かな闇を通って波のごとく押し寄せて来そうな、広い国境が見えた。再び国境に立つと、かえってすべてのものがはっきりわかるようになった。

リナは、しばらく歩いてから後ろを振り返った。平原に一列になって国境に向かって歩いている二十二名の脱出者たちが見えた。三家族と縫製工場の労働者たちは皆無事に生きていた。森で死んだ赤ん坊も生きていたし、縫製工場のお姉さんも化学薬品工場で死んだおじいさんもまだ生きていた。それに、縫製工場のお姉さんの赤ん坊と夫であるアラブ男まで一緒になって、列はさらに長くなった。リナは彼らに向かって手を振って見せた。

少ししてから、リナはまた後ろを振り返った。二十二名の脱出者たちは、もう見えなかった。リナは、再び前方の空に青い堤防のごとく広がっている国境に向かって、走り始めた。

（終）

訳者あとがき

『リナ』の作者姜英淑《カンヨンスク》は一九六六年に韓国江原道《カンウォンド》春川《チュンチョン》に生まれ、十代の頃はバレーボールや走り幅跳びなどの選手として活躍した。十四歳でソウルに移り、高校を出ていったん就職したものの、小説を書くためにソウル芸術大学の文芸創作科に入学して学業を再開した。大学卒業後は財団法人対話文化アカデミーに勤務するかたわら小説を書き続けて、現在に至っている。

　姜英淑が小説家として広く認められたのは、一九九八年にソウル新聞の新春文芸に「八月の食事」が当選したことによる。以後、現在までに短篇集として『揺れる』（文学トンネ、二〇〇二）、『毎日が祝祭』（創作と批評社、二〇〇四）、『赤の中の黒について』（文学トンネ、二〇〇九）を刊行している。長篇小説としては『リナ』が最初で、二〇一〇年には二作目の『ライティングクラブ』（子音と母音、二〇一〇）が出た。二〇一一年に入ってから金裕貞《キムユジョン》文学賞、白信愛《ペクシネ》文学賞を続けて受賞している。

『リナ』は、季刊誌『文芸中央』に連載された後、ランダムハウスコリアから二〇〇六年に単行本が出版され、同年の韓国日報文学賞を受賞した。二〇一〇年には文学トンネから新装版、二〇一一年にその改訂版が出た。この日本語版『リナ』はランダムハウス版を底本としているが、翻訳の過程で文意を通じやすくするために作者と相談しつつ細かい修正をほどこした部分があり、底本と完全に同じではない。また、文学トンネの初版と改訂版は、日本版での修正も反映しつつ、さらに若干手を入れたそうだ。そのためすべての版ごとに、微細なレベルでいささかの異同がある。

＊

姜英淑の勤務する「対話文化アカデミー」は韓国社会の問題を調査研究し、対話を通じた合理的な解決に貢献することを目的として各種の調査、研究、研修、出版などを行うキリスト教系の社会運動機関である。長篇『リナ』の着想は、作者がここでの仕事を通じて数人の脱北者に出会い、話を聞いた時に得られた。

『リナ』は、国境近くの貧しい炭鉱の町で育ったリナという名の少女が貧困から逃れるために、自分たちの国と同じ言葉が使われているけれども経済的には豊かな〈P国〉を目指して国境を越えるが、P国にたどり着けないまま別の国の化学工場や売春村、巨大プラント工業団地などをさまよい歩く物語である。言うまでもなくリナの出身国や〈P国〉など作品に登場する国々は、それぞれ現実に存在する特定の国を連想させるようになっている。とはいえ、作品全体はあくまで仮想空間を舞台にした架空の物語であるから、あまり現実に引きつけて考えるよりも、読者が自由に想像力をふくらませて解釈する方がよいだろう。

この物語の主人公であるリナは、幼い頃から自分が女の子であるという理由で両親から疎まれてきたと信じているうえ、脱出後はレイプされたり売りとばされたりする苦難を味わう。しかしその一方ではみずから殺人、売春、麻薬に手を染め、人身売買にまで加担する。リナは負けん気が強くて、がめつく、あくどい。そして、可憐で、愛らしい。

小説家チェ・インソクが「（家族は）国家と似てもいるし、異なってもいる、もう一つの罠なのだ。

もしかすると家族は、国家よりもずっと執拗で厳しい運命なのかもしれない。国と家族を捨てた後にリナが選んだ新しい家族は、国も家も捨てた少年ピーや、やはり一人でさすらう老いた女歌手といった人々であり、リナと同じく、国家の外部に押し出された難民達である」（『リナ』推薦文より）と指摘したように、リナは国だけでなく家族も捨てる。そして、自分にとっては異国人であるが、自分と同様、世界の狭間で浮遊するがごとき生き方をしている少年ピーや元歌手のおばあさんを新しい家族として自らの意志で選択し、「縫製工場のお姉さん」ともレスビアン夫婦のような精神的、肉体的な関係を築く。これでもリナは、なかなか革命的な少女なのだ。

元歌手のおばあさんのキャラクターも魅力的だが、ぼんやりした少年から無口で頼もしい男に成長するピーの人物造形と、リナのピーに対する感情の揺れは最もリアルに描かれており、架空の物語に読者の感情移入を誘う重要な要素として働いている。作品全体は姜英淑作品の特徴であるドライな文体で綴られており、随所に黒いユーモアが漂う。また、チェーンスモーカーだという作家の嗜好を反映したのか、この小説の登場人物たちがやたら煙草をふかすのには微笑を誘われる。

翻訳作業を終えた後に、大震災が起こった。今となっては福島で起こっている事態を連想せずして、この小説のカタストロフィを読むことができない。

私たちは、リナのために安住の地を用意することができるだろうか。

二〇一一年九月八日　　吉川凪

本書は、日本女流文学者会からの助成を得て、出版するものです。

【著者】姜英淑（カン　ヨンスク）
1966年、韓国江原道春川に生まれる。ソウル芸術大学文芸創作科卒。短篇小説「8月の食事」が1998年のソウル新聞新春文芸に当選。以後、短篇集『揺れる』(2002年)、『毎日が祝祭』(2004年)、『赤の中の黒について』(2009年）を刊行している。『リナ』は、著者初の長篇小説として2006年に単行本化され、同年の韓国日報文学賞を受賞した。2010年には2作目の長篇『ライティングクラブ』が出た。金裕貞文学賞、白信愛文学賞受賞。

【訳者】吉川凪（よしかわ　なぎ）
大阪生まれ。新聞社勤務を経て韓国の仁荷《イナ》大学国文科博士課程に留学。文学博士。著書『朝鮮最初のモダニスト鄭《チョン》芝溶《ジヨン》』（土曜美術社出版販売、2002年)、訳書『ねこぐち村のこどもたち』（廣濟堂、2002年）など。

リナ

発　行　2011年10月20日初版第1刷1500部
定　価　2500円＋税
著　者　姜英淑
訳　者　吉川凪
装　丁　泉沢儒花（Bit Rabbit）
発行者　北川フラム
発行所　現代企画室
東京都渋谷区桜丘町15-8-204
Tel. 03-3461-5082 Fax 03-3461-5083
e-mail: gendai@jca.apc.org
http://www.jca.apc.org/gendai/
印刷所　中央精版印刷株式会社
ISBN978-4-7738-1113-1 C0097 Y2500E